We read the world

死里逃生
The Skin of Our Teeth

2021原创小说选
New Fiction 2021

單 讀
One-way Street
27

出品人	许知远　于威　张帆	
主编	吴琦	
编辑总监	罗丹妮	
运营总监	张煜	
设计装帧	李政坷	
高级编辑	刘婧　沈雨潇	
编辑	何珊珊　冯琛琦　鲍德月　胡亚萍	
英文编辑	Allen Young	
特约编辑	阿乙	Isolda Morillo
	柏琳	孔亚雷
	Eric Abrahamsen	刘盟赟
	Filip Noubel	索马里
	胡起起	

问题悬而未决

向索马里发出求助之前,我已经在陕西南路一带瞎转了一个上午。我意识到自己经常陷入这种盲目的自转,不论是陌生或熟悉之地,甚至在家里和办公室也常如此蹉跎。还美其名曰是用脚丈量附近。其实不过是想找一个适合带电脑工作的地方而已。

她很快发来两家店的地址,介绍了它们的利弊,还附送一张她曾在其中一家编稿的留影。她给我指路,在几条街之外的富民路上,咖啡馆更密集一些,并同时发出警告,周末那里全是网红。

哪里又不是呢?更何况作为中国最现代的城市,上海街头的网红已经属于进化的前列。他们打扮入时,棱角分明,都像是站在生日或者婚礼蛋糕上抢眼而又标准的小人。

我终于找到一家小店,并顺利得到一个临街的座位。阳光可以完全照在身上,穿过电脑和咖啡杯之间,构成一些光影交错的角度。一个拍摄网红照片的好时机!此时,一位大哥刚刚打包了一杯咖啡，也正准备在店里拍照留念，其他桌的客人立刻警觉起来，生怕他去占自己朋友的座位。而他一走出店外，立刻调转镜头，透过落地玻璃，报复似的把店里所有人都拍了进去。那一刻我们都像是这个网红时空里的琥珀，互为背景，彼此捕捉，同时各怀鬼胎，都想把当下占为己有，假装这些晶莹剔透的角度就能代表各自的生活。

我立即把工作放到一边，记下这一幕。那是2020年的下半年，疫情的全球蔓延给我们每个人带来的影响，很大程度仅仅停留在情绪或者身体的意义上，感到难受就掉眼泪，困在一地太久就想往外走，仿佛如此便能驱赶焦虑，从窒息中缓一口气。然而时间从不会为什么事而停止。当时觉得怎么也走不出去的2020已经宣告结束，就连2021年也日程过半，周围的一切已经在叫嚣，迫不及待恢复正常。

十年前，在日本福岛核危机发生后，思想史学者孙歌曾观察到日本社会也有类似的现象，她的总结是，"尽量缩短非常事态的持续时间，尽量驱逐非常态的感觉，是人类生命的辩证法。就连非常态本身，如果持续了一段时间，人类也有本事让它成为可以习惯的'常态'"。这里所说的"非常态"，和虚假、势利、残暴等许多为人鄙视的价值一样，当我们为了让自己免于更大和更长久的痛苦，不得不和它们共存时，最终总是选择漠视或臣服。这恐怕是用一年时间反刍这次现代社会的病毒危机之后，我们面对的更为本质的困难。

于是我再次来到上海，实际上不止上海，而是花了更多时间跑去福州、嵩口、武汉、苏州、景德镇、西安、成都、重庆……这些初次或再度造访的地方，成了这次试图解题的抓手。当疫情重新划分了全球版图，我们终于无法逃往外部，不能继续迂回、悬置、纸上谈兵，只能向无穷的中国内部走，令人心惊的是，那些从未细致考察过的本土景象，似乎在这种倒错中变得比伦敦、巴黎、悉尼的经验更为陌生。

大型机场醒目的配色，几乎没有区别的高铁站台，用相反的方式提醒我游客的身份。在珠江、长江、嘉陵江的边上，散步和观光的人混同在一起，有时竟分不清谁更轻松一些。重庆高低错落的地势制造出无数的无主之地，上面开了不少野的茶社和歌厅，走一走就闯进了钉子户或流浪汉的领地。而星级酒店的后巷，是它们和城市街区唯一同温的地方。口岸城市无一例外都保存着旧的租界，和翻修过的红色旅游基地挨在一起，形成审美的冲撞，更时兴的咖啡馆往往点缀其间，宣示着一代人新的尊严。名人故居也突然变多，历史的细部主动曝光，地下党的联络点、工作站纷纷浮出地表，最有趣的是张爱玲在上海闹市的旧居，门头最显眼的竟是挂在一楼窗户上一块写着"减龄十岁"的广告牌。

一切令人恍惚。过去那种走远路甚至有意迷路的习惯，作为某种摄入更多新知的方式，对游玩异域或许有效，此时此地却显得徒劳。这两年已经足够揭示出，现代社会有多脆弱，共识又是如何轻易被瓦解，带着这种眼光再重新打量周遭，便不禁要再问，我们的现代性到底有哪些来路？我们自身是多么复杂的构成？不断蒸腾起来的时髦生活，是谁在提供动力、付出代价？短时间内积聚的现代经验，也几乎必然要带来极度的压缩和变形？那些被迅速超过、丢弃的乡村、市镇、工厂、家庭生活，真的只是外在的冗余，而不牵涉我们的内心吗？这些追问都不新鲜了，甚至有些陈腐气，却如蛛网一般，在半空中似是而非地停了很久。

然而，总会出现一些不可回避的时刻，推动我们去和真正坚硬的问题相撞，不论是在个人还是社会历史的时序里。那时远方不再为谁开脱，虚假不能再掩盖真实，既有的答案都会露出破绽。

1950年代，学者理查德·霍加特（Richard Hoggart）在大众文化开始泛滥之际，写出了《识字的用途》（*The Uses of Literacy: Aspects of Working-Class Life*），他试图考察英国工人阶级的文化与生活在其中遭遇的变迁，成为文化研究的经典之作。有趣的是，除了文本和理论，他的研究材料还包括自己的童年记忆。在英格兰的工业城市利兹，在一个刚到城里不超过三代的家庭,那个嘈杂拥挤的成长环境被他中性地形容成"远离外部世界的深洞"。"这里有收音机和电视,播放着各种各样的比赛,或者有一阵一阵的谈话(很少有持续不断的谈话);锅碗瓢盆发出噼里啪啦的声响,狗儿挠着痒痒、打着哈欠,猫儿发出喵喵的叫声……"那时我们"很难一个人待着,很难独自思考,很难安静地阅读"……在这样的描述中,我仿佛听见了自己的童年。尽管我们后来头也不回,开始追逐它的反面。

明明是亲身经历,却要借助别人的感叹才意识到自己的失去,甚至还不知道丧失的到底是什么。如果说紧急状况太过突然,难以立刻理解,那么等时间过去,机会显现出来,也少有人试图去把握。劫后余生的现场形同废墟,堆积着疑问的骸骨。不论历史、文学抑或新的技术,到头来都成为神话和谎言的一部分,并不是反抗它。问题也许就在于人们从不愿意面对问题。一时的义愤和悲伤,大都是做做样子而已。"睡眠是死亡的小样,每天分给我们试吃,直到我们习惯它。"蒴乐昊在小说《疼痛之子》里的比喻,就像此刻的预言。

二十年后,霍加特的学生保罗·威利斯(Paul Willis)继续探究"工人阶级"的文化问题。他扎进英国另一个工业区汉默镇,和工人的孩子们混在一起,和他们聊天,管他们叫"家伙们"。他的发现是,当时流行的进步主义教育有时是下一代人接受宿命的帮凶，不仅没有帮助反而排斥了"家伙们"，使得"子承父业"成为他们所剩不多且不断重复的选择。这本书《学做工：工人阶级子弟为何继承父业》（*Learning to Labour: How Working Class Kids Get Working Class Jobs*）随后成为人类学的经典，突破了文化研究的范畴。然而文化研究学派一开始并不接受他的研究，一些学者认为它过分乐观，理论性不足。因为他用了民族志的研究方法，这种方法论本质上更倾向于捕捉和肯定个人的能动性，而不是首先欢庆研究者自己的洞察和创见。可是，评论和分析我们已经听了太多，它们致命的通病就在于，经常把对意识形态的发现等同于对它的刺破，实际上这远远不够。幸好保罗·威利斯得到了伯明翰当代文化研究中心当时的主任斯图尔特·霍尔（Stuart Hall）的支持，在一次评述会议上，他说，"保罗所说的创造性，就是我说的生存。"

我们应该在这些追问的基础上工作。危机本质上是对常态的反对甚至推翻。

此时河南又是一场暴雨。生存和创造，到底谁更重要呢？

撰文：吴琦

2021.7.20

⊗　小 说

003	观音巷	郭玉洁
045	80km/h	郑在欢
073	疼痛之子	蒯乐昊
107	猎杀	索耳
135	窄门酒馆	双雪涛
151	夜游神	孙一圣

✝　影 像

| 214 | 梦月 | 尤里安·金塔纳斯·诺贝尔 |

Ⅲ　诗 歌

| 231 | 沉船之后 | 胡波 |

≋　随 笔

| 255 | 时光的碎片——忆任洪渊老师 | 李静 |

▭　评 论

291	一世读阿城	贾行家
309	隔离与超生——波拉尼奥《智利之夜》	许志强
329	美国文学撼言	徐兆正

⋈　对 读

情陷亚历克斯·韦伦　　　　　　　　　　　　　颜歌

◐ 小 说

003　观音巷

郭玉洁

　　Guanyin Lane

045　80km/h

郑在欢

　　80 km/h

073　疼痛之子

蒯乐昊

　　Child of Pain

107　猎杀

索耳

　　Hunt to Kill

135　窄门酒馆

双雪涛

　　The Narrow Gate

151　夜游神

孙一圣

　　The Night Walkers

观音巷

撰文 郭玉洁

一

观音巷里，户户都是土坯的房子，砖砌的门墙，头顶一座雕花门楼。经年的风吹日晒之后，像一个流落边疆的小朝廷，旧官帽斑驳庄重，顶顶列在两班。坐在巷子正中的观音庙更是如此了，屋顶缓缓展开三户人家，飞檐上挑起龙与凤，绘彩都已褪去，灰扑扑的，又层层叠叠，把大门直压入门槛。

只有鱼钩家光着脑袋，两扇干燥发白的木板，漆都没有上过，歪在一起就是门了。

黄昏时，鱼钩一肩撞开门板。跑了一路，她再也憋不住了，跳着脚把书包一摔，放趟子奔进后院，身后攘起一路的尘土。

过了两秒，只听一声大叫，鱼钩又从后院冲了出来，后面跟着一只五彩的大公鸡。公鸡拧着眼顶的毛，小眼睛精光四射，两条粗壮的短腿急奔，在地上留下一个个树枝形状的印子。鱼钩的鞋大了两号，跑起来啪嗒啪嗒作响，她绕着菜园、枣树，跨越小土堆、架子车，满院子疯一样旋转。慌乱中一瞥，大公鸡紧跟在后，全身涨满了风，黑金色的尾巴高高扬起，鲜红的鸡冠在夕阳下扇动着。鱼钩一闭眼，绝望地嚎叫道："奶奶！奶奶！"

奶奶出现在厨房门口。由于饥荒和长年的操劳，奶奶瘦得厉害，没有一丝脂肪似的，一把骨头弯成了钩子，牙齿几乎掉光，双颊凹陷成坑，却在那最不该长胖的地方——脖子里——鼓出了一个大瘤子。满脸纵横的皱纹里，有一双深深的大眼睛，令人相信这愁苦的人曾经多么美丽。鱼钩正有一双同样的眼睛，只是此时已惊恐地闭了起来。

奶奶扑了过来。她一身黑衣黑裤，沾满面粉的手里舞着菜刀，像一只凶狠的老鸹。一路跑，一路喝道："滚！鬼日的！"

大公鸡吓了一跳，一个急停，脖子一缩，矮了半截。

鱼钩牵住奶奶的衣襟，依旧哇哇叫着，她想去厕所，又想告状，想发脾气，又害怕，踮着脚步六神无主。

奶奶双手张在前面，好声哄道："我娃赶紧去，尿裤子呢！"

鱼钩这才跑开，留下了一串叫声："奶奶你把它杀掉！

今天就把它杀掉!"

这是一个传统的北方院落,菜园里种着西红柿、茄子、辣椒、韭菜、香菜,园角栽了两棵枣树。栽树那年,爸爸和叔叔挖到半人深,铁锹扬上来还是干燥的沙子。即使是如此缺水的沙镇,人们还是不死心地想造出绿洲。爸爸和叔叔继续挖,人快要消失在地表以下的时候,脚底的土才厚重、湿润起来。他们填上肥料和别处拉来的泥土,栽上树苗。苹果树、梨树都没能活过那个冬天,只有枣树,转春又结出狭小如指甲的叶子,秋天,枣色由绿泛红,再转为全红,摘下来抹去灰尘,滋味是酸中有甜,脆而水润。只要种得活,沙镇的水果没有不好吃的,这一点,沙镇人总是很得意。爸爸一高兴,又在东墙下插了一株葡萄苗。

正是夏天,葡萄藤在空中搭出绿色的桥,桥下挂着累累的绿葡萄。葡萄藤边的角落里,有一面厚厚的蓝色棉布门帘。打开就是后院,那里养羊、养鸡,也有人的厕所。

蓝色棉布门帘再次掀开,鱼钩又出现了。院子里静悄悄的,只听见厨房里奶奶"扑腾扑腾"擀面的声音。菜园里翘起一个黑金色的尾巴。奶奶显然还没有把它杀掉。

鱼钩站在台阶上,屁股上被啄过的地方还火辣辣的。这个仇,可不能不报。鱼钩轻手轻脚,从柴房拿出一样东西,那是爷爷用麻秆和麻绳给她绷的弓。一根细柴棍,逼在麻绳上,鱼钩眯起眼睛拉开,拉到拉不动,松手一弹,嘴里还发出"biu——"的声音。可惜，箭势不如声长，刚飞出去，就"哒"地掉在了地上。

大公鸡的脑袋像装了弹簧一样，猛地往上一抬，在一片绿油油的菜叶中，又黑又圆的小眼睛紧紧盯向鱼钩。鱼钩吓得腿一麻，扔掉弓，又想逃跑了。

这时，弟弟从厨房走出来，手里捏着一片肉。他左右一望，张大嘴露出蛀黑的小牙，嘻嘻叫道："鸡啄光屁股喽！"鱼钩又羞又恼，回头用力一推，弟弟一屁股坐倒，肉掉在了地上。他愣了一下，大哭起来："奶奶！奶奶！"

奶奶又出现在了门口。她扶起弟弟，朝公鸡扑过去："贼怂！把我的韭菜踏完了！"威猛的公鸡看到奶奶就乱了，在菜园里左扑右挪，找不到出去的路。奶奶一边骂，一边捡起掉在地上的麻秆，朝公鸡扔去。大公鸡突然张开翅膀，一蹬地，低低地跃起，跃过西红柿、茄子，落在了地上。

鱼钩的眼睛瞪圆了，原来鸡也会飞啊！她有了新的想法。奶奶拉开蓝布门帘，公鸡一颠一颠，重重地奔了过去。突然，鱼钩从半路截来，她一手抓住公鸡的尾巴，一抬腿跨了上去。她心里念，飞啊，我的神雕。神雕却尖叫一声，一缩身，鱼钩一屁股倒在了地上。公鸡恶狠狠地回头，却又挨了奶奶一脚，一路消失在蓝色门帘后面。

鱼钩呆呆地坐着，手里抓着一支黑金色的羽毛，不明白这是怎么回事。突然感觉身体一腾空,又一落地。她回头看去,叫道:"姑姑!"

姑姑下班了。她拍打着鱼钩身上的尘土,又把书包捡起挂在鱼钩肩上。一瞬间,鱼钩忘了公鸡,她捡起弓,斜挎起来,在姑姑面前神气地挺胸道:"姑姑你看!"

前几天,鱼钩在院子里耍木棍,嘴里念着:"妖怪!吃俺老孙一棍!"姑姑说:"这丫头,一天到晚戳天捣地,送到少林寺算了。"鱼钩又惊又喜:"真的吗姑姑?"姑姑笑嘻嘻地说:"真的啊,当然是真的,明天我就通知他们来接你。"

那天之后,鱼钩一会儿让爷爷绷个弓,一会儿让爷爷削个木剑,每天都等着少林寺来接自己。

这时,鱼钩手握着胸前的弓弦——爷爷搓的麻绳,满心热望地围着姑姑团团转。少林寺的人什么时候来啊?她很想问。

今天姑姑却不太一样,她戴着一顶白色帽子,不笑,也不说话,停好飞鸽自行车,径直冲进自己的房间,"砰"地关上了门。

厨房里异常昏暗,灶火是唯一的光源。往常姑姑都坐在灶台前,红红的火光照亮她美丽的脸庞。此刻,小凳上坐着什么都不知道,什么都感到困惑的鱼钩,托着下巴发呆。

"作业写了没？"奶奶在案板前佝着腰，她已经擀好了一大张面，撒一层面粉，对折，对折，再对折，用菜刀细细地切了起来。

"我们放暑假了啊奶奶。"鱼钩说。

"给，把这几瓣蒜剥了。"奶奶说。

"噢。"鱼钩高高兴兴地说。

爷爷赶着羊群回来了，"咩——咩——"的声音此起彼伏。大门响了，妈妈也下班了。火中的树枝剥剥作响，锅盖揭开，水已经开了，奶奶佝着腰站在锅前，浅黄色的碱面条握在手里。

炊烟升起在观音巷的每户人家。

二

许家铺子是观音巷唯一的商店。揭开薄薄的白布门帘，玻璃柜台跟鱼钩一样高，里面花花绿绿，都是好吃的。

一个小伙子正趴在柜台上，撅着屁股跟柜台里的许家姑娘聊天。

许家姑娘笑嘻嘻地说："你瞅你闲得很，光知道喧谎，多少总得买点东西呢。"

小伙子也笑嘻嘻地说："买啥呢你说？"

许家姑娘说："买包油炸大豆，但看电视但吃着。"

小伙子说:"吃大豆放屁厉害得很。"

许家姑娘说:"那你就放个大豆,塞住些。"说罢,咯咯咯地笑了起来。

许家姑娘转头看着柜台下:"鱼钩,你买个啥呢?"

鱼钩捏着五毛钱,本来想买冰棍,但是听了许家姑娘的话,觉得油炸大豆也很好吃,她又有点想吃五香瓜子,一时之间拿不定主意,仰头看着货架犹豫起来。

小伙子问:"这是谁家的丫头?"

许家姑娘说:"你不认得?观音庙对面那家啊,你瞅模样跟她姑姑像不像?尤其是这对大花眼睛,一模一样。"

小伙子仍然趴在柜台上,屁股旋了半圈,扭头仔细看了鱼钩一眼:"实话哦,像得很。"他眨眨眼,对鱼钩说:"丫头,我跟你说,你给你姑姑买些头油抹去嚯。"他嘿嘿笑着,又将屁股旋了回去,邀功似的看着许家姑娘。

许家姑娘忍住笑,拿起苍蝇拍,朝小伙子头上拍去:"逼就闲的,夹紧些。"

鱼钩不知道他们在说什么,但是她突然不想买了,一扭头跑了出去。隔了老远,仿佛还听到他们咯咯的笑声。

鱼钩手里捏着那五角钱,有了新的主意。她一路出了观音巷,跑到沙镇最大的菜市场。

中午,太阳烧尽所有地方,没有丝毫颗粒,没有风,也不飘过一片云。空气是透明的,坚硬的,也是烫人的,行人贴着墙，在刀锋一样的窄影中小心地归家。沙镇的中午，人们需要一个漫长的午睡，来躲过太阳的煎烤。

小孩子却不想睡。这天，如果你路过观音庙后面的那棵老槐树，抬头往上看，也许会看见一个扎爪鬏的小女孩坐在密密的叶子中间，正在专心吃糖油糕。

五毛钱，只能买五个糖油糕，五个，也就是五口。吃到第五个，鱼钩才慢了下来，焦脆的薄皮、糯软的面、融化了的红糖汁和玫瑰的香味，在嘴里一同发着烫，多打了几个滚，才咽下去。

巷子里空无一人，安静得有点无聊。鱼钩躺在槐树的丫杈上，嘴边还掉着一抹红糖汁。这是暑假的第一天，晚点回家也不会挨打……她还想吃凉皮、油炸大豆，可是奶奶就给了五毛钱……许家铺子那个叔叔，肯定是个坏人……可惜没带弓箭，射这个坏人……啊，鱼钩突然想到一件事，少林寺！

鱼钩扶着枝丫，小心地坐起，正要溜下树，却听见巷口传来人声。她探头看去，一男一女推着自行车拐进巷子，是姑姑！莫非姑姑来叫她回家？那个人是少林寺的吗？鱼钩一高兴，刚要出声，又停住了，男人满头黑发，不像是和尚，而且，她认得他。一个月前，他曾来过鱼钩家，一进门，全家的女人就都殷勤起来，集体把他簇拥进堂屋，供到上座。他的头发、皮鞋都上了油，又黑又亮，连眼镜都闪着光,显得屋里的一切更加破旧。奶奶端来果子,妈妈端来瓜子花生,孟叔叔抽出一支烟,双手敬给爷爷,再捧着双手点上火。爷爷抽了一口,所有忙碌的女人们满意了似的,松下肩膀笑了。妈妈说,鱼钩,叫孟叔叔。姑姑平时最喜欢鱼钩,这时却看不见她,只抿着嘴唇,微微笑着。空气里有一种古怪的东西,仿佛将有什么大事要发生,这件大事的中心,并不是鱼钩,而是这闪着光的孟叔叔。

想到这里,鱼钩生起气来,她决定不理姑姑了。

姑姑穿着蓝底白点连衣裙,孟叔叔戴着墨黑的眼镜,白色衬衫束在皮带里。在沙镇耀眼的阳光下,这对时髦的男女默默地走着,各自的人影钉在了各自的脚下。

走到槐树下,姑姑站住了。孟叔叔也站住了。从树上,鱼钩只看到姑姑的白帽子和孟叔叔乌黑的头发。

孟叔叔掏出手帕擦了擦额头,说道:"今天热得很啊。"

姑姑很快地说:"那就这样吧。你别送了。"

孟叔叔愣了一下:"送到你家吧。"脚底下却不动,定定地踩着碎掉的槐树影子和碎掉的槐花。

姑姑这时又不说了,停了一会儿,说道:"是我妈说的,不要耽误了你的时间……"她的声音越来越轻,轻到快要听不见了。

孟叔叔站不住了似的,换了下支撑的脚。

姑姑又说:"我这种情况,也怨不着谁,如果不是父母还在……"她又说不下去了,白色的帽子轻轻动了一下,仿佛有抽泣的声音。

孟叔叔怕被人听见似的,脑袋左右晃了一下,清了清嗓子,声音扬了起来:"那就这样,我单位还有点事……"

姑姑没有回话。孟叔叔朝她点点头,调转自行车,一踩脚踏,以极其优美的姿势俯身骗腿上车,走了。

孟叔叔很轻很快地消失在了巷子口,姑姑扶着车,在原地定定地站着。从上面看去,鱼钩只看到圆圆的白色无纺布帽顶,像打针的医生爷爷一样。姑姑抬手擦了一下脸,又一下,又一下,肩膀轻轻地起伏着。过了好一会儿,姑姑叹了一口气,扶了扶帽子,呆了一呆,骑上车走了。碎掉的槐花带着花蜜,粘在姑姑的鞋底,粘在车轮上,一道走远了。

鱼钩坐在槐树上,呆住了。姑姑的叹息很轻,又很深,浸透了整棵槐树。大人的世界里,好像又有什么事情发生了。一种模模糊糊、很大的不快乐笼罩了六岁的鱼钩。

太阳无情地烤着人间,大地碾碎为细细的尘土。夏天的中午好像特别长,永远都过不去。鱼钩看着地上混乱的车辙,默默地明白了另一件事:少林寺的人大概不会来了。大人,永远都是在骗人而已。

三

傍晚，房屋的影子倒下来，院子变深了。土墙上一层金黄的余晖，摸去还是热热的，需要一整个黄昏，才能将白天吸收的高温完全释放，沉入清凉的夜里。

饭桌就摆在葡萄藤下。鱼钩拿着一把筷子，一双一双摆好。她偷偷瞄了一眼姑姑的房门，仍然紧闭着。没有人敢去敲门。

鱼钩是在家里出生的。刚包裹好，姑姑就闯了进来。奶奶连声说："哎呀，正好，正好。"沙镇习俗，小孩像第一个进屋的人。姑姑生得美丽，温柔耐劳，从小就担起了各种轻活重活，挑水、烧火……从那以后，又包了鱼钩所有的尿布。

那时，鱼钩家刚刚摆脱饥饿和贫穷，和整个国家一起，日子欣欣向荣。观音巷里，有本事的吃公家饭，心眼活的做生意，鱼钩的奶奶却坚持让孩子念书，女儿也不例外。姑姑很快考去省城，再回来时，她穿着红色短袖衫，黑色喇叭裤，像变了一个人！姑姑成了全沙镇最美丽、最洋气的女子。同样从省城回来的女同学，穿着别的奇装异服来找姑姑，她们挽着胳膊、嘻嘻哈哈地准备出门。突然鱼钩冲到面前："姑姑姑姑，鱼钩也要去！"姑姑"嗨呀"一声，似乎有点嫌弃，又不由自主地拉住鱼钩的手："今天能不能自己走?"鱼钩说:"能!"姑姑说:"保证吗?"鱼钩说:"保证!"于是姑姑和女同学一左一右牵着鱼钩上街了。离家远了,鱼钩又拦在前面:"姑姑姑姑,鱼钩的腿断了!""这个娃!"姑姑骂着,往地下一蹲,抱起鱼钩。每次如此,直到鱼钩上学。

鱼钩自自然然地受着全家人的宠爱,连弟弟的出生,都没有改变什么。弟弟比她晚一年出生,爸爸从外面回来,只问了一句"男的女的?"得到答案,松了一口气,又回去工作了。由于奶水不足,弟弟生得秀气文静,在长期的被忽视中学会了察言观色。家里人说:"哎呀,跟女娃子一样!"鱼钩仍是家里的小霸王,她精力无限,总瞪着眼睛,喜欢上树,也喜欢舞刀弄棒,家里人说:"哎呀,跟男娃子一样!"又一拍手:"哎呀,这两个娃长反了!"

可是今天,鱼钩的少林寺梦想破灭了。不仅如此,她好像还有点明白,这一破灭是不能说的,说出来会很丢人。

鱼钩闷闷地摆完筷子,弟弟端来小板凳,坐在桌边。他盯着鱼钩的嘴巴问:"你吃啥了?"鱼钩一把推开他,恶狠狠地说:"吃屁!"

门开了,姑姑依旧戴着白帽子,低头走进厨房。昏暗中,她和奶奶、妈妈围锅站成一圈,每人胳膊上搭了一长条面,一小片一小片地揪下,丢进汤锅。没有人说话,只见白色的面片在空中翻飞,锅中咕嘟咕嘟,越开越浓,渐渐满了。

奶奶开口了:"你给人家说掉了没?"姑姑的声音很凶,又像要哭:"说掉了!咋没说掉!"奶奶被戳了一下似的,整个人更佝了几度,她说:"丫头,我们这种情况,说掉好,不要耽误人家,人家也是好人家……"妈妈好像在安慰她们,轻声道:"说掉就说掉了,不要紧。"

妈妈回头看见门口的鱼钩,骂道:"站着干吗?把菜给爷爷端过去!"

爷爷已经放羊回来,戴着老花镜,正在看一本很旧的书。和往常一样,他默默摘下眼镜,放下书,独自在房间吃饭。

爸爸常年在外工作,院子里,妈妈、姑姑和鱼钩姐弟俩围桌坐下,桌上是茄子炒青椒和凉拌萝卜丝,每人一碗西红柿揪片子。奶奶收拾完灶台,喂完鸡和羊,也终于坐了下来。除了喝汤时的声音,饭桌上很安静。

鱼钩偷眼看向姑姑,姑姑却不看她,只是低头吃饭,眼睛又红又肿。鱼钩不敢说出自己的心事,怕被妈妈揍,也怕被人笑,可是又无法消化,于是眼前的一切更加令她不高兴了。她用筷子一下一下捞着,没有肉,也没有鸡蛋,都是萝卜、香菜……筷子和碗碰撞发出"咣当"的声音,妈妈一瞪眼,呵斥道:"好好吃饭!"

盘里还有最后一条茄子,但没有人夹。鱼钩悄悄盯了一会儿,若无其事地伸出筷子,弟弟却更快,一把抓起塞进嘴里。鱼钩恼极,举手就要打,弟弟早有防备,一个蹦子跳远了,张大嘴露出茄子:"给你!有本事来吃啊!"鱼钩扑过去:"我打死你!"她满腔的怒火,非要按住弟弟揍一顿才算完。弟弟却很灵活,转身就跑:"鱼钩打人了!鱼钩打人了!"两个人"踢踢踏踏"在院子里疯转起来,扬起了一圈尘土。

妈妈放下碗,拿起扫帚,慢慢地说:"我看是谁不听话?"她的声音不高,却很吓人,鱼钩的脚步不由自主地停了下来,但她不想认输,指着弟弟大叫:"都怪他!菜都抢完了!奶奶还没吃呢!"

奶奶好声说:"不要紧,奶奶不要紧,我娃去看看你爷爷,他吃不完的,你们再去吃。"鱼钩捡到理了,昂起脸说:"凭啥?凭啥要给爷爷单盛一盘?他又吃不完!我们才这么一点!这不公平!"妈妈挥着扫帚骂道:"就你事多!坐下吃饭!"

弟弟溜回饭桌,笑嘻嘻地看着鱼钩挨骂,顺势身体一歪,靠在了姑姑身上。姑姑一直低头默默吃饭,院子里的鸡飞狗跳似乎完全与她无关,这时好像再也无法忍耐了,身体一抖,说道:"走开,没骨头么!"弟弟小小的身子被抖开了,他愣了一下,又嘻嘻笑着,鬼使神差一般,突然伸手,把姑姑的白帽子摘了下来。

鱼钩吓了一跳。摘掉帽子之后，姑姑的头像个西瓜一样，光溜溜的，什么都没有，只在四周披着散乱的碎发，这却显得更可笑了。姑姑呆住了，她的脸上是鱼钩从未见过的害怕、慌张，随即，一把夺过帽子戴上，冲回了房间。

弟弟还在嘻嘻笑着，浑然不知发生了什么。妈妈抓过弟弟，用扫帚在他屁股上狠命地抽了两记："就你爪子闲！"弟弟哇地一声，终于大哭起来。

那天晚上睡觉时，奶奶一直在炕上翻来覆去。鱼钩听见奶奶的胸腔里传出一声又一声的叹息，比姑姑在槐树下的叹息更深，更久。她不知道的是，在她睡着之后，奶奶狠狠地扯掉了自己的一把白发。

四

第二天，妈妈打好一个包袱，提了一网兜西瓜，带着姑姑和鱼钩，先坐汽车，又坐了一夜火车。清晨，妈妈叫醒睡在座位底下的鱼钩。省城到了。

省城的天是灰的，马路是黑的，房子是高的。鱼钩走在妈妈和姑姑中间，不时地偷眼看姑姑。姑姑更加沉默了，总是低着头，在想事情的样子。鱼钩小心翼翼地拉着姑姑的手，心里想，她再也不会生姑姑的气了，任何事情都不会了。

妈妈捏着一张报纸，一路走一路问，终于到了一座楼房。楼里歪歪曲曲，拐进一个房间，房间里挤满了人，有站的，有坐的，簇拥着一个穿白大褂的老爷爷。

趁有人站起来，妈妈飞速挤过去，把姑姑按在椅子上，西瓜放在老爷爷的椅子边，讨好地说："大夫，你给看下我们这个姑娘。"

老爷爷正在写着什么，头也不抬地说："帽子摘掉。"

鱼钩独自坐在墙边的板凳上，脚悬在空中。周围都是陌生人，身后的墙上贴了很多画，上面有很多光光的头顶，看起来很可怕。她伸着脖子使劲看，在人群的缝隙里，看见姑姑光溜溜的后脑勺，边上一圈揉乱的碎发，她想起了《西游记》里的沙和尚，可是姑姑怎么能是沙和尚呢？

她听见妈妈努力用一种奇怪的口音说："以前头发可多了，又黑又硬。突然得很，一夜之间全掉了，太突然了……"

老爷爷站起来，仔细看着姑姑的头顶。姑姑的头低得更低了。

妈妈继续说："想来想去也没啥事，只有一种可能，就是出差吃了一次鱼……"

老爷爷点点头，坐了回去："姑娘，我给你照张相吧。"

姑姑低着头，没有出声。妈妈愣了一下，赶紧道："行呢，听大夫的，只要能治好病，咋样都行。"

"咔嚓"一声，一道白光闪过整个屋子，墙上的各个光头更亮了。姑姑浑身一哆嗦，突然用手背抹了一下眼睛，这一抹，再也没止住，左手一下，右手一下，抹个不止。

看着姑姑的背影，不知道为什么，鱼钩的眼泪也掉了出来，她也用手背抹着脸，左一下，右一下，停不下来。

原本房间里还有些嘈杂，此刻都安静了。有人感叹说："哎呀呀，这么年轻的姑娘啊！"

老爷爷放下相机，拿起笔又写起了什么："你放心，姑娘，半年之后，我肯定还你一头黑发！"

妈妈一向是鱼钩最害怕的人，此刻却点头哈腰，连声说："谢谢你啊大夫，我从报纸上看到你的文章，就立刻来了，你看，我妹妹还这么年轻，这么漂亮……"

老爷爷问："带多少呢，十瓶？"

妈妈想了一想，说："二十瓶吧！"

一网兜西瓜换成了一堆药瓶，妈妈把药兜进包袱，拉起姑姑走出人群，却看见鱼钩坐在墙边，仰着一脸的眼泪鼻涕，胸膛起伏着，像一只伤心的小鸟。妈妈骂道："傻丫头，你哭啥！"

姑姑已经戴好了帽子，她默默地拉起鱼钩的手。

走出医院，她们挤上了去火车站的公共汽车。车一开一停，晃得厉害，妈妈紧紧攥着包袱："这下就好了，这下肯定能好。"她像在对姑姑说，又像在跟自己说。姑姑仍旧垂着头，脸色苍白，脸颊却微微松动了一下，似乎是笑了。妈妈又说："肯定能好，没问题。"

不知到了什么地方，公车一个急转弯，往前一突，又一急刹车，一车人前仰后合，骂骂咧咧起来。姑姑突然一弯腰，"呕"地一声，她忙用手去捂，黄水却从指缝里漏了出来。旁边的人纷纷后退，"哎哟哎哟"地叫着，让出一小片空地。

妈妈赶紧放下包袱，拿出报纸铺在地上，轻轻拍着姑姑的后背。她蹲着和鱼钩一样高，此刻看起来也像个小孩子一样，脸呕得通红，显得白帽子格外地白。姑姑早上几乎没吃，一碗浆水面都给了鱼钩，胃里空空的，只是止不住地干呕。不知道为什么，鱼钩的眼泪又掉了出来，热热地流了一脸。

售票员挤过来，一脸嫌弃地叫道："咋回事啊？吐也不找个地方！没坐过车是吧？晕车就吃药嚜！"这话让妈妈受侮辱了似的，她的脊背硬了一下，冷冷地说："你放心，我一定给你擦干净！"摇晃的公车里，妈妈用报纸擦着地板，回头看见鱼钩，叹了一口气说："这娃！"

车停了，妈妈卷起报纸，背上包袱，带着面色苍白的姑姑、抽抽嗒嗒的鱼钩下了车。她们消失在省城的灰尘里。

五

冬天,沙镇冻成了一块巨大的蓝宝石,每个人、每样东西都镶在其中。大地镶在其中,结为冰土,不再起沙尘。枣树脱光果实与叶子,露出尖利的枝条,竦身镶在其中。秋天摘下的梨镶在其中。一层透明、坚硬的冰壳下,浅黄的梨已变为黑褐色,盛一碗放在温暖的房间,等冰消融,梨消融,塌出一个软软的大酒窝,轻轻敲去残冰,揭开表皮,果肉是稍浅的褐色,细腻,酸甜,冰冷,咬一口,冻得头都痛了。痛着,又爽。

人们镶嵌在深蓝的梦里。鱼钩被妈妈叫醒了,她穿上姑姑织的毛衣,奶奶做的棉袄,进入明净、寒冷的清晨。在灯下,鱼钩懵懵懂懂地念着:"两个黄鹂鸣翠柳,一行白鹭上青天。窗含西岭千秋雪,门泊东吴万里船。"她还不能清晰地想象出诗里在说什么,那些风景她从未见过,它们属于另一种颜色的宝石。但是这些字排着队,在鱼钩的嘴里当啷啷地滚来滚去,她莫名其妙地觉得好听,好玩。念着念着,从不情愿的梦中醒来。天亮了。

鱼钩写作业时,奶奶坐在炕沿上梳头。有一会儿,梳子摩擦头发的声音停了,鱼钩抬起头,看见奶奶披着一头花白的长发,揪住额前一丛短短的碎发,好像在自言自语:"你说,我这头发怎么就长出来了呢?"

鱼钩说:"我的头发也长呢!"她的头发,是妈妈扎的两个抓鬏。

奶奶笑了,梳子的声音又响了起来:"鱼钩,你们学校里都教啥了?"

鱼钩说:"多得很呢。"

"识字教了没?"

"当然教了。我会写几十个字,几百个、几千个……"鱼钩觉得自己好像有点夸张,又说,"我上学期考了双百呢奶奶。"

"奶奶也识字呢。"奶奶说。

鱼钩抬起头。奶奶已经梳好两条长辫,盘在脑后,皱纹纵横的脸上咧开了笑容,露出仅剩的门牙,有点得意,又有点讨好的样子。奶奶蹲下身,用无法伸直的食指,在地上划了一道竖线:"这是1不是?"奶奶把地抹平,又画了一个小鸭子,歪头笑着:"这是2不是?"

鱼钩大叫:"不对不对!奶奶你写错了!"

奶奶在地上继续画着,声音却犹疑了:"这个不是5噢?"

鱼钩学着老师恨铁不成钢的样子,重重地"哎呀"了一声:"那是阿拉伯数字,不是汉字!奶奶你咋连这个也不知道!"她用力一抹,把弯刀和小鸭子都抹掉,在旁边划了一个"一",又划"二",叫道:"这才是一,这是二!

奶奶你跟我写!"

奶奶蹲在地上,干瘦的身体像一把收起的折尺,手收在脚脖子旁边,茫然和愁苦重新爬进了皱纹。

鱼钩边写边念:"这是三,这是四……"越写越起劲,她叫道:"这个才是五,奶奶你写噻!"

奶奶叹了一口气:"奶奶不识字啊!"

奶奶的声音里像掉了什么东西,鱼钩继续写着,却不叫了。

突然,奶奶急切起来:"要不是十八年上遭了难,要是我爹还在,保证能供我念上书,保证能识字。"她对着年幼的孙女掏心掏肺,语气里有真实的懊悔,好像这是一件她可以挽回的事似的。

但这些话,鱼钩没有一句能听得懂。她的小脑瓜拼命地动了起来,又好像一点都动不了。她想,奶奶不好好学习,又啰唆啥呢。

奶奶继续说:"十八年上土匪进了城,我妈抱着我进了山,下了山一望,土匪把城里的男人全杀光了……要不然,要是我爹还在的话……"

鱼钩在地上写了个"十",又写了个"八",她惊叹道:"十八年,是杀了十八年吗?"

奶奶说:"不是,十八年,就是民国十八年,就是那一年……"

鱼钩有点失望，原来就是一年，她不能向同学吹嘘了，要不然，杀了十八年，多么厉害！但是，她似懂非懂地看出，这是一件很严重的事情。鱼钩站起来瞪圆了眼睛："奶奶你不要哭，等我长大给你报仇！"

突然，院子里传来一阵凌厉的声音。鱼钩趴在窗台上看去，只见爸爸和叔叔走出后院，满身都是尘土，爸爸手中握着大公鸡的翅膀。奶奶手拄膝盖站起来："娃娃不能看杀鸡，看了会变傻……"但是鱼钩已经听不进这话，一扭头跑了出去。奶奶还在后面念叨："变傻就不能考大学了……"

爸爸一路出了大门，蹲在树槽前，紧紧攥住公鸡，问叔叔："你杀还是我杀？"叔叔刚上大学，短短半年时间，已经被南方的水土养白，显得十分青春，和爸爸一脸的风霜形成了鲜明的对比。他手持菜刀，正在犹豫，公鸡在空中一蹬腿，回头朝爸爸的手啄去。爸爸一缩手，公鸡用力一扭，险些就要挣脱，爸爸忙腾出一只手捏住鸡头，叫道："快！"叔叔顾不得想，伸手一菜刀划破了公鸡脖子，一股血喷出来，溅了老远。爸爸使劲一旋，把鸡头拧了下来。他骂着："贼怂！"把断开的鸡身和鸡头扔在地上。

没想到，断了头的公鸡"噌"地站了起来。站在门口的鱼钩吓呆了，没命地大叫起来："奶奶！奶奶！"公鸡好像听见了，脖子一转，朝她奔过来，腿重重砸在地上，脖子里汩汩地溅出血来。鱼钩的双腿动弹不得，只顾没命地叫着。叔叔扑过来用刀砍去，却砍了个空。公鸡狠跑了两步，突然停下来，断掉的脖子转了转，好像在辨认方向似的，然后栽进树槽，歪倒在冰上，不动了。爸爸拎起它的双脚赞叹说："怂鸡儿，劲大得很！"

中午，公鸡变成了一碗红烧鸡块。弟弟伸手就要抓，挨了妈妈的一筷子："没规矩！"一年到头，只有冬天才有肉吃，但是没有人会动第一筷，鸡肉要由奶奶来分，一边分，一边念念有词。鸡腿给弟弟和妈妈："吃鸡腿有力气，站得住。"翅膀给姑姑和鱼钩："飞高些，飞远些。"鸡心也归鱼钩："吃鸡心聪明，吃鸡心考大学呢。"鸡胸肉归爸爸。叔叔总是那么高高兴兴的，他拿起筷子说："来块鸡脖子，我爱吃鸡脖子。"最后，奶奶把鸡头夹到自己的碗里。

鱼钩偷眼看了看，鸡头已经变成了酱油色，漆黑的小眼睛上蒙了一层灰色，却似乎仍然盯着鱼钩。即使死了，大公鸡还是很可怕。鱼钩恨恨地说："这个公鸡，讨厌得很。"叔叔问："为啥？"弟弟嚼着鸡腿说："鸡啄她屁股了！"叔叔哈哈大笑起来。鱼钩急忙红着脸说："不是的！他胡说！"叔叔说："那是为啥？"鱼钩眼珠一转，说："它欺负母鸡，追着母鸡到处跑！"叔叔又大笑起来："傻丫头，公鸡就是要追母鸡啊！"鱼钩愣住了。真的吗？是这样的吗？她满心都是疑惑。

姑姑只是默默吃饭。半年过去了，省城的药已经用完，叔叔又从南方带来新药，但姑姑仍旧戴着白帽子，仍旧一言不发，仍旧吃完饭就把自己锁在房间里。

杀了鸡，又杀羊。一只羊留下过年，其余都卖到南门市场的肉铺。院子安静下来，也空了下来。人却没有闲着。爸爸每天上街，买鞭炮，买煤，又在后院垒起一堆木材，打算来年盖两间新房。

奶奶和妈妈每天都待在厨房，炸了油粿，又炸馓子，卤了肉，又剁饺子馅。姑姑有时加入，三人一起默默地做事，姑姑不在时，才渐渐生出话来。妈妈说："杨家老太太的事情办得咋样了？"奶奶说："好着呢，人家杨奶会挑时辰，正好在年前，肉也有，酒也有，事情办得好呢，就是儿女们过不了年了。"奶奶擀开一大张面，再用茶杯口切出一个个饺子皮。最近奶奶常常胃痛，头痛，她更瘦了，背也更弯了。她突然停下说："人家杨奶给娃们丢下元宝呢，我都没给你们留下元宝。"

妈妈没有立刻接话，她把馅捏进饺子皮，故意笑着说："就是的，你咋没给我们丢下几个元宝。"

奶奶也笑了："我给你丢下活元宝呢。"

两个人笑了一阵，气氛轻松起来。奶奶切完面皮，把剩下的边角料揉在一起。妈妈说："你放心，总能好起来呢。不行我们再上趟省城。"

在一边玩面片的鱼钩说:"啥是活元宝?"

妈妈喝道:"娃娃伢伢,大人说话不要插嘴!"

奶奶笑了:"还有这个娃,我还舍不得这个娃呢,都说鱼钩聪明,我要伺候她上大学。"

深蓝的夜空中都是星光,沙镇的夜异常安静,连风声都不再有。远远地,鱼钩听见叔叔和姑姑在聊天。起先,只有轻轻的谈话声,偶尔还夹杂着笑声。鱼钩好像很久没有听到姑姑的笑声了,那是笑声吗?突然叔叔的声音大了起来:"谁提出来的?他提出来的吗?我找他去!"姑姑急忙轻声说:"不是的……"

从堂屋传来爸爸的声音:"不要说了,睡觉!"

院子里安静了。鱼钩睡着前,听见奶奶在身边翻了个身,长叹了一声。

六

春天,观音巷出现了一个新的女孩。

每天放学,女孩都会在巷口买一包杏,她比鱼钩高一头,已经有了少女的样子,细条个,站得轻巧,拿钱的姿态很放松,好像常常花钱似的。

女孩拐进观音巷,长长的马尾在浅紫色双肩包上一刷一刷。鱼钩从未见过这种书包,她和同学们背的都是单肩帆布书包。但她最眼热的，还是女孩手里的杏子。

这天，鱼钩像往常一样，走在女孩后面，痴痴盯着手帕包里漏出的杏黄色，女孩的步子忽然慢下来，脸一侧，好像要转身。鱼钩吓了一跳，忙穿过小路，走到另一边。她们一左一右，并行在路的两侧。鱼钩走得难受极了，捱到观音庙，拔腿就想跑，却听见一声："哎！"她转过身，女孩细长的眼睛笑眯眯地："吃杏子不？"

隔着窄窄的泥土路，鱼钩又馋，又迟疑。女孩有一种奇怪的口音，像是普通话，又和电视里的普通话不太一样。鱼钩的世界里，还没有见过这样的人。而且，妈妈禁止她吃别人的东西——"拿人家的手短，吃人家的嘴软"，妈妈说。

女孩从手帕包里勾出一个杏，轻轻捏成两半，塞进鱼钩手里，转身朝观音庙走去。

鱼钩不由自主地握住杏，突然又想到一个问题："这是甜核还是苦核啊？"

女孩的背影笑了起来："你砸开不就知道了？"说着，推开了观音庙的侧门。

第二天放学时，鱼钩有了同伴。这个叫晓静的女孩刚转来，比鱼钩高两个年级。晓静总有零花钱，她们一路走，一路吃各种零食，吃完瓜子，又吃杏，吃完杏，晓静蹲在观音庙的台阶上，用石头砸开杏核，轻轻揭掉条理分明的外皮，露出小心脏一样的白色杏仁，结实，脆，有丝丝的甜味。

鱼钩就像杏仁一样，从小包裹得很好，在家无法无天，在学校却不敢说话，因此没有要好的同学，晓静成了她的第一个朋友。晓静也不知道为什么，不由分说地照顾起鱼钩，也不由分说地命令起她来。

吃了杏仁，鱼钩终于问道："晓静姐姐，你家是哪里的啊？"

"北京。"晓静傲然道。

即使此刻石头裂开，蹦出杏仁，都不会让鱼钩更震撼，她瞪圆眼睛，声音走起调来："我的天爷！北京噢！真的吗？"

晓静细心地剥开残碎的杏核，取出杏仁，她的脸有点长，嘴唇和眉眼一般细薄，看起来比实际年龄成熟许多，此刻眼角得意地上扬着，却又若无其事似的，轻飘飘地说："不相信就算了。"

鱼钩忙说："相信呢，相信呢。"她想了一想，胸膛一挺说："我去过省城！"

晓静递过杏仁："省城算个啥？你这个鱼钩！傻呢！"她似乎是痛心疾首，不相信鱼钩竟说出这种傻话。鱼钩羞愧起来，脸涨得通红，是啊，跟北京比，省城算个啥？为了将功补过，她想出了一个新问题："那你去过天安门吗?"晓静下巴一扬,黄昏的一抹云正挂在观音庙的飞檐上,她悠悠地说:"天安门,那可大得很呢。"鱼钩热切地问:"有多大?有观音庙大吗?有学校操场大吗?有我们县政府大吗?"晓静却一撇嘴:"虱子和骆驼咋比?告诉你,天安门比整个沙镇还大呢,比你见过的所有东西都大!"

已是一地残渣,晓静用手帕擦擦自己的手,又擦了擦鱼钩又脏又黏的小手,站起来潇洒地命令道:"好了,回家去吧!"晓静的新身份让鱼钩平添了许多敬畏,她听话地说:"嗯!"却蹲在原地,一动不动,一双圆圆的眼睛吧嗒吧嗒地出神。她的脑子里,原本只有沙镇的世界,此刻天安门却占了进来,自行膨胀着,超过了沙镇,超过了省城见到的马路和大楼,超过了天边那朵骆驼一样的云,是她想象不到的大,她的小脑袋都快要爆炸了。

突然,她听见一声:"哎!"只见晓静站在观音庙的侧门前抿着嘴笑,又冲她勾了勾手。

观音庙里静悄悄的,院中一棵老树,一个瘦小的老和尚正在扫地,只听唰、唰的声音,扫帚在地上留下一条条细细的印记。

虽然家就在对面,鱼钩却从来没进过观音庙。每次奶奶提到"烧香""观音娘娘"的字眼,就会遭到爸爸和姑姑的呵斥:"封建迷信!"晓静却毫无畏惧,拉着鱼钩的手,昂首大踏步穿过了院子。

大雄宝殿的旁边有一扇小门，推门进去，竟是一个大杂院。晓静掀开一扇门帘，拿钥匙开了锁。晓静居然还有钥匙，鱼钩更羡慕了。打开门后，眼前却是普通的套房，外屋兼作厨房和客厅，里屋有半截炕。

晓静放下书包，熟练地捅开炉子里的火，坐一壶水，再挖出两碗面粉，开始和面。这一系列动作像行云流水一样，显然是做惯了家事的样子。

鱼钩发现，这个家和她见过的房子都不同，首先，这里没有大人，再来，外屋有一个柜子，满满当当放着三排书。她抽出一本，大声念道："水许……"

晓静"咯咯"笑起来："水许？你还语文课代表呢！连这个都不知道！《水浒传》！知道不？"

鱼钩的脸一涨："我知道我知道！水浒，水浒！"她分辩似的说："我爷爷也有这本书！"这是真的，吃饭前爷爷戴着老花镜看的，就有这本书。

鱼钩踮起脚尖，大声念起书架上的书名："《唐诗三百首》《三国演义》《施公案》……"她想让晓静知道，自己不是别字大王，是合格的语文课代表，却听见晓静叫道："鱼钩！鱼钩！"她的额前渗出细细的汗，沾满面粉的手小心地撩起碎发，笑嘻嘻地说："你这个书呆子，这些破书有啥好看的，等我去了北京，我妈给我买童话书！那才好看呢！"

鱼钩眼睛一亮："什么童话书？"又一想："你要去北京哦？"一时之间，她不知道这两个消息哪个更重要了。

晓静虽然比鱼钩高，却比案板高不了多少，每一揉，都努力踮着脚尖，瘦瘦的肩胛骨耸了起来，像是在案板前跳跃似的。她的声音也像跳跃一样："快了，我妈让我到北京上学呢。"

那天回家后，鱼钩钻进碗柜，从酱油瓶后面翻出《水浒传》。她跳过那些难懂的字，连蒙带猜，发现了一个比小人书好玩得多的世界。

林冲、梁山、北京、相逢和注定到来的离别……这天到来的信息太多。鱼钩心中堆了一大团东西，纷乱而又饱满，她想到在墙上题诗的宋江，突然也很想写点什么。她拿出练大字的毛笔，蘸上墨水，绞尽脑汁地想着。

这些天，妈妈下班总是特别晚。等她到家时，天已经全黑了，鱼钩冲出去，兴高采烈地拉着妈妈的手，把她拽进房间，指给她看，雪白的墙壁上，五个黑色大字歪歪扭扭地分成两行：社会主义好。"义"字下面还掉了一滴墨汁。

鱼钩仰头看着妈妈，她太期待得到表扬和安慰了，无论是她的毛笔字，还是她的诗兴，还是别的说不清楚的什么。万万没想到，妈妈操起扫帚，在她的屁股上使劲地抽了起来。

鱼钩被这突然的遭遇吓了一跳,屁股火辣辣的,心里更是无法理解。她哭了起来,却很倔强地,既不躲,也不跑,一边哭,一边在心里发狠:"打吧!打死我算了!"妈妈看见她这个样子,更气了,非要打到她服似的,又拼命地挥起了扫帚。

门撞开了,奶奶跌跌撞撞地冲进来,挡在鱼钩前面。

妈妈还在气头上,她一把拨开奶奶。奶奶已经瘦得毫无分量,一屁股坐倒在地上,她一时无法站立,坐在地上对鱼钩叫道:"跑噻娃娃!你咋不跑啊!"

鱼钩就不跑,她仍站在原地,"呜呜"地哭着。妈妈停手了,她把奶奶扶起来,绝望地看着墙壁上的大字,咳嗽起来。咳了一阵,她端来一盆冷水洗手,水都污了,指头缝里还是黑黑的,都是机油。洗完,再端一盆水,开始擦洗墙壁。一边擦,一边"咔咔咔咔"地,咳不尽似的,脸色一层灰青。

在奶奶的怀里,鱼钩"呜呜"地哭着。她对一切事情都想不通。

七

从那之后,每天放学后,鱼钩都去晓静家。

晓静仍然慷慨地分给鱼钩各种零食,也仍然讲起北京。

讲得多了，鱼钩的心里除了羡慕，还滋生着许多别的东西，有点酸，又有点紧张，她说不清楚，只"嗯嗯哈哈"，埋头在书里的世界。书里有很多人，很多地方，很多打仗的故事，很多侠客的故事。她忘记了现实中的很多事，只想知道：武松怎么样了？穆桂英怎么样了？

直到观音庙敲起钟声，鱼钩才放下书，恋恋不舍地回家吃饭。

直到离别真的来临。

那天，鱼钩坐在晓静家的旧沙发上发呆，手里抱着一本书。一会儿，她叫道："晓静姐姐，你看过这本书吗？""啥？"晓静正在揉面，声音却很飘。鱼钩说："你说，贾宝玉给林黛玉送块手帕，为什么林黛玉心里会害怕呢？"这个问题困惑了她好几天，今天再看，还是不懂，譬如前几天姨娘家的表哥送了自己一本小人书，这有什么呢？

晓静没听见似的，面团早就和好了，表面洁白光洁，浮起一个大大的气泡，但她还是一下一下地揉，气泡破了，又浮起。

鱼钩又叫："晓静姐姐！"晓静突然放下面团，夺过鱼钩手里的书用力扔在地上："问问问，你咋那么多问题，烦死了！"鱼钩吓了一跳，心里一阵委屈，从沙发上翻下来就要走。晓静却伸手一把拉住了她。晓静的胳膊细长，沾满面粉的手却很有力。她说:"鱼钩,我妈要来接我了。"怕鱼钩不懂似的,她说:"北京!我真的要去北京了!你说吓人不?"鱼钩呆住了。晓静的表情很怪,是笑着,却也有点慌张,有点害怕,似乎她也没有想到,这一天真的会到来。鱼钩心里一酸,张口说:"去就去!永远别回来!"晓静有点意外似的,眯起眼睛,又变成了那个高傲的女孩:"回来?谁要回来?肯定不回来!这辈子都不会再回来了!"

鱼钩没有想到这个答案,眨着眼睛,说不出话来。

晓静放开鱼钩,继续说:"好不容易离开,谁还回来?这个地方又脏又穷,没出息的人才会待在这里,我回来干吗?"她的声音挑在舌尖,轻轻地上扬,故意在气鱼钩似的,果然,鱼钩心里一阵刺痛,一种被遗弃的感觉和对沙镇的荣誉感同时升了起来,她大声说:"我们这个地方又脏又穷,你咋来了呢?"晓静狠狠地说:"你以为我想来?都怪我爸,支援边疆懂吗?好好的大米不吃,天天吃面!难吃死了!"鱼钩灵机一动,搬过妈妈训斥自己的话:"你吃我们的面,喝我们的水,还有理了?"晓静被噎住了,竟说不出话来。鱼钩更来劲了:"你喝我们的水,就是我们沙镇的人!不是北京人!"晓静冷笑道:"沙漠里哪有人?沙漠里都是老鼠!"

鱼钩气急道:"北京都是哈巴狗!"

此时两个人已经技穷，晓静骂道："沙老鼠！"鱼钩还道："北京狗！"在单调而有节奏的对骂中，鱼钩越骂越激动，脸涨得通红："行，你走啊！你现在就走！你把我们沙镇的饭吐出来！"晓静扑过来："你有本事就别看我的书啊！"鱼钩看着地上的书，想伸脚踩两下，又舍不得，眼泪几乎要掉下来。她拽起书包跑了出去。远远地听见晓静叫着："还有我的杏！沙老鼠！"

那天晚上，鱼钩心里发誓，永远、永远都不跟晓静玩了。

但是第二天放学时，鱼钩改变了主意，她想，如果晓静请她吃凉皮……或是糖油糕也可以，她就原谅晓静。

晓静并没有出现在校门口。

观音巷的水果摊前，杏子早已下市，第一批桃上市了。晓静也没有出现。

观音庙依旧那么安静，通往晓静家的小门已上了锁。站在空无一人的院子里，鱼钩看起来很小，又不知该去哪里。她第一次看到前殿中漆得像年画娃娃一样的四大天王，又第一次看到黑洞洞的正殿里，从暗处垂下许多金色的经幡，不知道从哪里来的阴风，经幡轻轻拂动起来。

晓静说走，就真的走了。

春天过去，夏天来了。黄昏时，不知是谁，从天边的哪个角落，轻轻吐出一口凉爽的气息，掠过绵延无际的沙漠，吹入一排笔直的防风林，让白杨树簌簌翻飞，翻出灰白色的叶子背面，又突然伏地，想撼动低矮的丛丛沙棘，但沙棘是如此坚强，紧锁住戈壁荒滩，使大地与自己都不再移动，尖尖小小如同儿童齿痕的灰绿色叶子和同样尖尖小小的红色果实将风扎碎，使风破毁迟滞，又目送它重聚，离开。经历了无数重的破碎与重聚，到达城南残缺的土城墙时，风难以为继似的，慢了下来，盘旋半圈，将尘沙搁在城墙脚下，悄无声息地进入了沙镇。

黄昏的第一缕风吹到了观音巷，坐在巷口树荫下卖果子的女人像是感觉到了什么，抬头望了一眼天空，从裤兜里掏出白色的棉纱口罩，按住因风沙而终日通红的眼睛，使劲揉了揉。

观音巷里，鱼钩一边走，一边看书。她又一个人走在了路上。这条路似乎比以前长了许多。书是她不变的朋友。

突然"砰"的一声，她抬头一看，发现前面是一柱电线杆。她摸了摸作痛的脑袋，想假装若无其事地走开，却听见后面有人"咯咯"笑。回头一看，原来是弟弟。

她瞪了一眼，准备走开。她已经长大了，不会在大街上揍弟弟了。弟弟却跑过来拉着她的手："快跟我来！"被弟弟热热的小手牵着，鱼钩突然发现，弟弟好像也长大了，旋风似的跑得飞快。

跑过南门菜市场，拐进那条长着槐树的小街，鱼钩看到了妈妈，旁边那个是谁？那是姑姑，姑姑没有戴帽子，而是一头乌黑的短发。虽然不像以前的长发，却比以前更黑更亮了。

"姑姑的头发长出来了！"弟弟在她耳边说。

姑姑已经很久没有跟人对视过了，此刻也一样，微微低着头，脸上却笑笑的。姑姑的头发是什么时候长出来的？她竟然一点都没有注意到。鱼钩觉得很神奇，又很开心。像姑姑和妈妈一样，鱼钩和弟弟一句话都没有说，却说不出的高兴，环绕着姑姑，从左边跑到右边，从后面跑到前面，像两只刚会飞的小鸟一样。姑姑仍旧笑笑地，伸出手一边拉住鱼钩，一边拉住弟弟。

远远地，她看到奶奶站在大门口，双手背在后面，腰越发佝偻，但是满脸的皱纹都松开了。奶奶好像好久没有这样笑过了。

在鱼钩印象里，那是特别快乐的一天。

八

观音巷里停了一串黑色的桑塔纳，从鱼钩家门口，一直停到了南街。中间那辆最新最亮，挡风玻璃上牵了一朵大大的红花。

"来了！来了！"一群人簇拥着姑姑从屋子里走了出

来，走到了车前。姑姑穿着大红裙子，乌黑的头发在脑后梳起一个髻，又笼了一层红色的纱。

"压轿娃娃呢？""在呢在呢！"有人把鱼钩推了出来。鱼钩穿着粉红色衬衣，头上扎着红色的蝴蝶结，手里抱着一个玻璃盒子。

家里没有摆酒席，也没有放鞭炮。一个月前，院子里还满是黑色的幛子、白色的花圈、吹唢呐的道士，吊唁的人们络绎不绝，此刻只有门口还留着白色的挽联。爷爷坐在墙边，一动不动。往日木讷的他在葬礼上突然放声大哭，连哭三天之后，更不爱说话了。

她们几乎是被推上了车。"走吧！走吧！"车外的人们嘈杂地重复着。

车开了。鱼钩坐在中间，左边是姑姑，右边是孟叔叔。姑姑的脸藏在纱背后，看不清楚到底在想什么。孟叔叔今天没有戴黑色眼镜，却也看不出表情。鱼钩心里不高兴。她想，今天回家以后，就看不到姑姑了。以前姑姑去外地读书时，鱼钩也曾送别过，却从没有像今天这样。"你姑姑成别人家的人了。"妈妈说。鱼钩想去拉姑姑的手，但是，自己手里还抱着一个嵌着黄色毛绒小狗的玻璃盒，这是姑姑同学送的礼物。妈妈说，保护小狗，就是你今天的任务。

车开得很慢，但还是很快就到了。她们停在一个院门口，鞭炮噼啪炸响，"新媳妇来了！"有人叫着。突然涌出很多人，簇拥着姑姑走进去。

院子里拉起了帆布篷，酒席已开始，到处是粗壮的猜拳声，和鞭炮声吵成一片。以姑姑和孟叔叔为中心，形成一个人团，在院子里滚动着。有人要挤进去，有人要挤出来，有的人拉，有的人推，"这里！""这里！""让开！让开！往这里走！"叫声此起彼伏。鱼钩很快被挤了出去，她抱着玻璃盒站在院子当中，不知道该往哪里去。她感觉到盒子的边缘很锋利，手指有点痛，她捏得更紧了，似乎这样，她心里反而好受了一些。

一个长着黑痣的老婆子问："这是谁家的娃娃？"另一个老婆子说："压轿娃娃啊，你看这大花眼睛，跟她姑姑像不像？""走掉的就是她奶奶吗？""就是的，才六十几岁，一个好老婆子，可惜的呢。"叹息着，长黑痣的老婆子夹起一个肉丸："你尝一下，王大师的砂锅最拿手了。"

鱼钩不禁也盯向了肉丸子，咽了下口水。这时，院子里传来一阵打雷般的笑声，她看到一个奇怪的人，又高又壮，脸上红一道、白一道、黑一道，耳朵上挂着红辣椒，腰间又挂了一个白萝卜。旁边的人们嬉笑起来，怪人得意地大笑着，这笑声哇哇呀呀，很像爷爷带她听过的秦腔。突然，这个怪人出现在鱼钩面前，花脸一拧，大声说："这是谁家的娃娃？"

鱼钩"哇"地一声，大哭起来。怪人想来拉她，她把盒子一扔，朝人团滚动的方向挤去。

从一丛大腿缝里拼命钻出去，鱼钩看见姑姑站在屋子正中，旁边都是人，其中一个男人嬉皮笑脸地举着酒杯，凑在姑姑前面。鱼钩认出了男人，他就是许家铺子那个吃油炸大豆的。男人使劲往前凑，姑姑往后退让着，又已无处可退。有人在旁边说："不行不行，总得先吃点东西。"男人嬉笑着说："等你们晚上睡在一个被窝……"姑姑瞥见挨进来的鱼钩，声音厉害起来："不要胡说，娃娃在跟前呢。"男人不高兴了："新媳妇脾气还大得很……"旁边的人纷纷说："今天是好日子，可不能发脾气……"男人又嬉笑起来，伸手去拉姑姑的头发。姑姑惊叫一声，往后一退，一屁股坐在了地上。一个老婆子又说："丫头，今天这日子，你可不能哭……"姑姑甩开她的手，坐在地上吼吼地哭了起来。

鱼钩想起来，奶奶去世的时候，姑姑也是这样哭的，像里面都坏了一样，在咽喉里吼吼地哭。想到这里，鱼钩也哭了。她用手去抹眼泪，却在脸上擦满了横七竖八的血路。

男人看了看手中扯下的一缕头发，有点失望又有点尴尬似的，嬉笑道："哭啥？这是给你面子呢……"话音未落，他感觉肚子上被什么撞了一下。

男人一把推开，却被满脸血路的鱼钩吓了一跳。鱼钩一边擦眼泪,一边还在朝男人乱踢。男人叫着:"这娃疯了!"旁边的人上来要抓鱼钩,鱼钩一拧身,钻了出去。

她跑出大门,朝着记忆中的方向跑去,她记得,奶奶葬在西门外的一片沙地里。

姑姑的头发长出来之后,奶奶就病倒了,好像一口气突然松了,撑不住了。正逢暑假,鱼钩到处疯玩,直到有一天姑姑叫醒她,说奶奶睡着了。

一拨一拨人来到家里。她从没见过那么多道士,也没有见过那么多幛子,那么多不认识的亲戚。她也从没戴过白色麻布做的帽子。

下葬的前一天,他们排成队,围着红色的棺材看奶奶。她踮起脚尖看去,奶奶躺在被子里,闭着眼睛,不知是谁梳的头发,整整齐齐,归到脑后。奶奶更瘦更小了。奶奶好像真的是睡着了。

她并不明白到底发生了什么,只是姑姑哭,妈妈哭,爷爷哭,连爸爸也哭了起来,所以她也跟着哭。她也有不高兴的事情,迎大寨时,弟弟举起了绕魂幡,走在了队伍前面。爸爸说,他是长孙。可是不对,鱼钩才是老大,奶奶最喜欢的明明是鱼钩!

在姑姑的婚礼上,鱼钩才模模糊糊地明白,奶奶去世了,这到底是什么意思。她再也看不见奶奶了。可是她不要,她要跑到奶奶坟前,告诉奶奶,有人欺负姑姑,奶奶快来保护姑姑，保护自己。

就这样，一个满脸血和眼泪的小孩狂奔在沙镇的大街上。

突然，有人钳住了鱼钩的胳膊。她听见妈妈问："你要去哪里？"鱼钩动弹不得，吼吼地哭着。

妈妈拽着她往回走："傻丫头！"

鱼钩仰天大叫："我不去！"

妈妈问："你要去哪里？"

鱼钩说："哪里都不去！"

妈妈拉着她转向另一条街，那是回家的方向。

鱼钩屈服了。其实再跑，她也不知道该去哪里，单靠自己，她找不到奶奶坟墓的方向。

鱼钩呜呜地哭着。走了一阵，拐进观音巷，前面就到家了。妈妈说："以后姑姑的房间就归你了。"

鱼钩的哭声停了一下："那自行车呢？"

妈妈说："等你学会骑车就给你。"

渐渐地，鱼钩不哭了。只有喉咙里还抽搐着伤心的喘息声。

80km/h

撰文　郑在欢

小说 ⓘ 80km/h

四环出过车祸，会死人的那种，但不多。五环的车祸比四环多，货车连环追尾什么的，损失就大了。三环和二环也出车祸，多是小剐蹭，这里车太多了，跑不起来，车速带来的危害顶多是一阵轻微的震荡和一小块车漆。一天中的大部分时间，四环、三环、二环总是堵着的。五环也堵，大多是局部的堵。一路上，行车导航进行着无用的播报，"前方路段限速80"。司机们盯着前车频繁亮起的刹车灯，都不用看仪表盘，他们知道根本没有超速的机会。一般到了晚上10点钟之后，车流才能畅快起来，沿着四环路，可以一路80而归。

第一辆车：
河北牌照北京现代 ix35 上的中年人

夜里11点，东四环的热闹还没散，沿路所有的酒店、饭馆、洗浴城、便利店、KTV都亮着灯。路上的行人冒着热气，看起来多是快乐的。这个点还在外面走，肯定是出来寻开心的嘛，不管寻没寻着，总得摆出一副无愧于今宵的模样出来。四环路上的车真正跑了起来，变道，超车，甚至是超速，都跑出了汽车该有的尊严。超车道上有一辆河北牌照的北京现代，蓝色的车漆看起来很时尚。它匀速行驶在两辆违规开上来的货车后面，显示出了极好的脾性与修养。那两辆货车就差点意思了，它们靠得太近，完全把现代框在里面。一声长笛，现代几乎是从货车错开的缝里挤了出去。

"傻缺！"

现代车里飘出一句骂，声音不大，旋即被强风冲散了。李青坐在副驾，斜眼看了一眼司机，这是他继"你好"之后说的第二句话。司机没有真的生气，只是习惯性的一句骂。他穿一件很平整的白衬衫，看起来像个遵纪守法按时上下班的好职员。

我喜欢这会儿回家。李青说，这段路开着太爽了。

司机说是的，这会儿总算不堵得慌了。

李青说，你天天这时候回家吗？

不是，司机说，我一般下班就回家。

那你总得堵着。李青说。

可不是吗。

今天怎么那么晚？李青说，加班？还是玩去了。

跟几个同事聚一聚。

那肯定是工作上有什么阶段性胜利啦。李青说，庆祝庆祝。

算是吧。司机顿了一下说，你呢，怎么这么晚？你喝酒了吧，闻这味儿喝得还不少。

是的，喝了不少。李青说。

跟朋友喝？司机说。

不是，一个人喝的。李青说。

一个人跑那么老远喝那么多，遇到什么不开心的事儿了吧兄弟。

算是吧。李青说，失恋了，还丢了工作。

嗨，那可真够惨的。司机说。

先是一小段沉默的真空，随后慢慢变成一大段。李青看着前方迫近的景色。一座墙体伪装成石头的小区，高楼上的玻璃窗大多亮着灯，当初为了卖楼做的广告语还悬挂在高空："山水嘉园，还你一座有山有水的世外桃源"。过了山水嘉园，是楼体通亮的家居城，车内也跟着亮起来。李青目不斜视看着家居城从窗外消失，车内又恢复黑暗。他能感觉到司机在斜眼偷瞄他。

要我说，完全没必要难过。司机说，你还年轻，工作大把的，女朋友也是。

李青说，是啊，我还年轻，可我还是感到难过。

哪一个更让你难过？司机说，丢工作和失恋。

肯定是失恋嘛。李青说，工作丢了还可以再找。

女朋友也一样可以再找嘛。司机说。

女朋友有点麻烦，再也找不着完全一样的一个人了。

工作也一样，司机说，你也找不着一份完全一样的工作了。

不一样吧。李青一时找不到反驳的话。

一样。司机笑了笑，我不是故意要跟你抬杠，我只是想跟你说，你还年轻，现在的不一定是最好的。真要说起来，工作应当比恋爱重要，你工作都没有，拿什么跟人谈恋爱。

你说得对，我也是这么想的。李青说，我也觉得工作很重要，几乎是最重要的。可我丢了工作一点都不伤心，甚至还有点解脱的意思。我一直想要辞职，又犹豫，直接被开了倒是替我解了难题了。只是女朋友，我从来没有想过跟她分手，她离开了，我是真的难过啊。

我明白了，你是不喜欢工作嘛。司机说，或者说，你不满意现在的工作。

可以这么说。

那女朋友呢，你很满意吗？

满意。

你喜欢她哪一点？司机说，漂亮？温柔？还是别的什么。

她不算漂亮。李青说，也不算温柔。我也说不上来具体哪一点，可能就是舒服吧。她说话让我觉得舒服。她说话的语气，或者说节奏，就像卡着我的心跳一样，还有她的动作，她开心的笑和闹脾气时候的样子，都让我觉得舒服。我一直有一个感觉，就像我们是两个齿轮，结合在一起才能天然地转动。齿轮的每一下咬合都是恰当的，舒服的。

你说的都是虚的。司机沉吟了一会儿，你要说你们的家庭情况和学历背景，我能理解，或者说你们的恋爱经历我也能理解，你说的这些我理解不了。按我的理解，你说的这些就是你想让自己喜欢她就喜欢她了，你要是不想喜欢她了，这些一条都靠不住，她怎么做都是不对的。我就问你吧，她有没有让你觉得烦的时候？

有。

那时候你还觉得她是齿轮每转一下都让你舒服吗？

那时候我只会觉得她烦，我只想一个人待着。李青突然激动起来，你说的我有点明白了。他掏出烟给司机，司机摆摆手。他给自己点上，接着说，可是，过了烦她的那会儿，我还是会因为她的一些小举动觉得舒服，想要和她和好。

那是因为你需要她。司机说，或者说，你需要随便一个什么人来做你的齿轮，和你一起转。

可能吧。李青说，只是我现在一心想的都是她，只有看到她才能让我开心。

惯性而已。司机说，只是惯性，你要是用看她的眼光去看看别的女孩，说不定很快就找到替代品了。

可能吧。李青说，倒是有别的女孩喜欢我，刚好和她是相反的类型，我一直觉得那个女孩有点聒噪。

你要是不在心里拿她跟你的女朋友比较，说不定你们就成了，你又会觉得她是你的齿轮了也说不定。

我倒是可以试试。李青说，也许真像你说的，我就是需要一个齿轮而已，或者说人就是需要一个齿轮而已。

人肯定是需要一个齿轮的，或者很多个齿轮，人就是要让自己转起来，舒服地转起来。司机说，听我的，没错，你还年轻。

是的，我还年轻。李青说，真是谢谢你了，和我说那么多，没想到大哥你把人生看得挺透彻啊。

啥透彻不透彻的，闲着没事瞎胡聊呗。

不过我也想问问你，李青说，你对你的工作满意吗？

满意啊。

你喜欢你的工作？

也谈不上喜欢。司机说，喜欢和满意是两码事，有时候容易搞混，不过也没必要弄清楚。

那你对你的爱人满意吗？你应该结婚了吧。

满意啊，很满意。

喜欢吗？

也谈不上喜欢。司机说，喜欢是会变的，满意不会，喜欢是没有标准的，满意有。满意了以后，喜欢就随缘。就像你说的，有时候她也跟我的一个齿轮差不多，喜欢的时候，看她哪哪都舒服，烦的时候，觉得哪哪都不对，但因为有个满意的大前提，我可以在喜欢她的时候多和她待会儿，不喜欢的时候就出去走走。

想不到大哥你还挺虚无的。李青说。

我这哪是虚无，我对什么都满意，那么乐观向上。司机说，你才虚无呢年轻人，不过不用担心，虚无是年轻人的通病，你们总想些不着实际的，长大了就好了。

这句话说得好。李青说，虚无是年轻人的通病，大哥你随随便便就说了一句格言。你说得太好了，我简直是茅塞顿开，真是听君一席话胜读十年书啊。

别别别，司机笑了，你别抬举我，这都像是挖苦我了。我知道你们年轻人没那么容易想法就改变了，我也是打那时候过来的。你该读书还读书，就当我们这是闲着没事瞎扯淡。

李青也笑了，大哥你不光看得透彻，还机灵。不管我是不是真的茅塞顿开了吧，我是真的开心了。我突然有个主意，大哥你急着回家吗，不着急我们折回去再喝一杯怎么样？我请你。

我倒是不着急。司机说，只是我不爱喝酒，我开车去参加同事聚会就是为了不喝酒。

那你总得有个爱的吧，李青说，吃喝嫖赌抽总得占一样吧，我们去玩点别的怎么样。

还能玩什么？司机说，两个大男人大半夜的，也就剩玩那个了吧。

哪个啊？

那个呗。

李青笑了，你要是想玩那个也行，正好我也没玩过。

算了吧。

走吧，玩玩嘛。

没啥好玩的。

你说玩什么咱们玩什么。

玩什么呢？

玩去呗，闲着也是闲着。

车子下了辅路，掉了一个头又往回开了。车里关于玩的讨论还在继续。他们应该是奔着玩去了，至于要玩"哪个"就不知道了。

第二辆车：
北京牌照雷克萨斯ES上的年轻人

夜里12点，东四环的热闹还没散，沿路所有的酒庄子、饭馆子、澡堂子、小门脸子、KTV都亮着灯。路上有几个原地踏步的行人，好像多留恋这里一样。等车开过去我们才知道，他们只是走得太慢而已。这么晚还在外面走，肯定是不愿意回家的人嘛，可不回家又能去哪，他们只能走慢点，走在这一天的分割线上。四环路上的车真正跑了起来，变道，超车，急加速，每一个动作都跑出了汽车该有的尊严。李青坐在一辆棕色的雷克萨斯上——这么说有点拗口，雷克萨斯是一种汽车，应该是豪车，进口的嘛。顺风车打到豪车不算稀奇，奔驰宝马什么的李青也坐过，这年头讲究环保，越有钱越讲究。只是对雷克萨斯，李青不太了解，坐进来之后，车上超大的显示屏和鼓点浑厚的音响让他感觉这车很值钱。车里放着慵懒的爵士说唱，颓丧中略微透出些浮华。车主的做派佐证了这一点。这是个穿着时尚的年轻人，头发烫着卷，右耳后有刺青。他用一只手开车，另一只手不是在玩手机就是拿一根扁扁的电子烟往嘴里送。他电子烟抽得很勤，每一口都吐出大量烟雾。带着甜味的烟雾充斥车厢，害李青也想抽一根。车速太快了，没办法开窗。这就是电子烟的好处，只需开一点天窗就可以肆无忌惮地抽。即便他手里这么多活，还是可以兼顾一路超车。加速时轰鸣的马达和电流般穿过身体的推力再一次让李青确认，这是一辆好车。

这车真不错，有劲儿。李青说，得七八十吧。

没那么贵，年轻人说，办下来三十多。

那么便宜！李青说，我那辆奔驰260花了六十多，屏幕还没你这个大呢。

不能光看内饰。年轻人说，260的发动机还是可以的，9档，变挡很平顺，就是降挡到3的时候有一点颠，有没有感觉到。

还行吧。李青说，你怎么开过那么多车。

朋友的。年轻人说。

年轻人又抽了一口电子烟，同时加速从应急车道超了前面的几辆车。推背感十足，李青感觉自己坐在一辆赛车里。

你这个电子烟漏油吗？李青问。

漏，不过很少。

我被这种烧烟油的电子烟坑怕了。李青说，之前买了一支美国产的，每一颗烟弹都漏油，一抽一嘴烟油，太坏心情了。

哪一种？年轻人说，什么牌子的。

我也记不清了，好像是J-U-U-L。好像是这么拼。

那是美国销量第一的电子烟,确实漏油,前一阵美国还有人猝死。

太可怕了,要命的东西太多了。李青说,你为什么抽电子烟,为戒烟还是怎么着。

确实是为了戒。年轻人说,不过抽了这个之后反而抽更多了,虽然真烟抽得少了。

你不怕死吗。李青说,戒烟是因为怕死吧。

死是概率问题,怕也没用。年轻人说,我戒烟是想让自己干净点,就算死也干净点死。真烟的焦油太脏了,牙和肺会变黑,会有口臭,这个太难受了。感觉自己是一个移动的垃圾箱,黑不拉叽的,冒着臭味,跟人说话都怕熏着别人。

是这样。李青说,还会干呕,抽烟真是害人不浅啊。

是的。年轻人说。

可是戒又戒不掉。李青说。

戒又戒不掉。年轻人重复道。

这就是瘾吧。李青说。

这就是瘾。

为瘾死,值吗?李青说。

什么意思。年轻人说,死就是死,有什么值不值的,不是这么死就是那么死。

就像这个电子烟,你都知道有人因为这个死了,你还抽。李青说，在我看来，你没那么怕死，起码不怕因为抽烟这种明知道不好甚至不太光彩的事情死。

兄弟，你这话说得有点尖锐啊。年轻人抽了一大口电子烟，烟杆上的指示灯长明不熄。过肺之后，年轻人缓缓吐出烟雾，呛得自己直咳嗽。他瞟了一眼李青，说，老实说，我没想过这个问题，或者说我想过，没有想出个所以然，后来干脆就不想了。我知道抽烟不好，我也想戒。戒一个瘾很难，明白吗。就像我开车，总是忍不住开得很快，每超过一辆车，我就感觉节约了一点时间，这让我感到满足。我用应急车道超车，我利用一切缝隙超车，我知道这很危险，可能要我的命，但我忍不住。这也是一种瘾，明白吗兄弟，要命的瘾太多了，你戒一个，不知道哪天又有一个新的冒出来。

那也不能坐以待毙吧。李青说。

坐以待毙。年轻人笑了，说得对，就是坐以待毙，谁不是坐以待毙，我们干得最好的一件事就是坐以待毙。

你是个悲观的人。李青说，听你说话有点绝望。

年轻人又抽了一口电子烟，恰恰相反，我是个乐观的人，我只是没把事儿想那么严重，要不是你提起来，我是不会说死这个字的。虽然我们都知道，死是终点，我们活着就是为了更好地死。从一出生就注定了，就像这台车，一出厂它的命运就是被人开，就是在路上一点点被消耗，直到报废。慢慢开会报废，快快地开一样报废，我不知道怎么开能让它报废得慢一点，所以我选择舒服地开。至于你说瘾，就是舒服地通向死亡的一种态度。我也希望自己瘾少一点，最好没有，当然这不可能，瘾太多了，有的你自己都意识不到，比如说科技和经济，那是全人类的大瘾，这种瘾一旦染上，怎么戒？地球快完了，大家都知道吧，但是瘾，还是越来越大。因为人们想要舒服，每一种恶习都是为了舒服，每一种瘾都是奔着毁灭去的无用消耗。

那你为什么还要戒烟？

我说了，我想让自己干净一点。

你想死吗？李青说，说完偷偷瞄了他一眼。

这什么话，我不想。年轻人有点生气了。

我就想。李青说。

一个急刹车，年轻人把塞到嘴边的电子烟拿下来，车停在应急车道上。年轻人凶狠地看了李青一会儿，说，你什么意思？

没什么意思。李青努力挤出点笑容。年轻人太过严肃了，狭小的车厢有点剑拔弩张的意思。

你说你想死？

是的。

什么意思，你不会现在想死吧。

怎么会。李青笑起来，我现在死不就连累你了吗。

所以你会好好的?

我会好好的。李青说。

车子重新上路,车内死寂一片,只剩下嘻哈歌手懒散的说唱。这些歌听起来都像是一首歌。年轻人双手扶着方向盘,双眼盯着前路,他没有再抽电子烟。憋在自己制造的沉默中,李青有些不安,他没想到这句话的杀伤力那么大,好像这一片天空都笼罩"我想死"这句话的阴影之下。

你不和我聊聊吗?李青说。

聊什么。年轻人说。

我刚跟你说我想死。你不想劝劝我?李青用一种能调节气氛的轻松语气说。

聊什么。年轻人说,好言难劝该死鬼。

你不想问问我为什么想死?

你为什么想死?

我媳妇跟人跑了。李青说,我是个傻子,被她结结实实摆了一道。

被她坑了?

是。她和奸夫转移了我所有的财产,我太蠢了,居然那么相信她,把所有密码都告诉她,把什么都交给她保管。

所以你想死?

是。

为什么?

嗯？

你为什么不想惩罚她，为什么不去报复奸夫，为什么不搜查证据和他们打官司，哪怕你做了这些再死，我也敬你是一条汉子。年轻人抽了一口电子烟，切了一首歌。

你鼓励我去杀人，去干坏事？李青说，我爱她，不可能去杀她，因为爱她，也不可能去杀她爱的奸夫，这是爱情，你能明白吗？

爱情不是单方面承受，年轻人说，爱要有互动。我不是鼓励你杀人，我是鼓励你去反抗，或者说去跟她互动，看她的反应。

她没有反应。李青说。

那就没有爱情。年轻人说，你为了不存在的事情去死。

还能怎么办，我的最爱已经不存在了，我活着还有什么意思呢。

你可以因为活着没有意思去死，但不能为了不存在的事情去死。年轻人说，在我看来，首先这不是舒服的死，其次这不是明白的死，这种死不值得尊重。

可我就是想死，我怎么才能死得被人尊重呢。李青转过头看着年轻人。他实在忍不住了，给车窗开了个小缝，掏出烟点着。

我刚刚说了，你要去互动。年轻人说，不管是和她，还是和奸夫，进行充分的互动。不然你死就是白死，就是没有任何意义的死。年轻人抽了一口电子烟,补充道,没一个人会在意。

去互动?李青说。

互动。

我有点明白了。李青说,你救了我,虽然我还是想死。我还想和你深入地聊一聊,我们找个地方喝一杯怎么样。

算了,你就要到家了,我也要到家了。年轻人说,我没有想要劝你,我还是那句话,好言难劝该死鬼。我也想过死,不过自从我想到我可以随时去死这个地步之后,我就不想了。希望你也好好想想。祝你幸福。

车子在一个气派的小区门前把李青放下,一脚油门轰鸣而去。李青听着厚实的引擎声,忍不住说,真是辆好车。他没有进气派小区,转而朝相反方向的破烂小区走去。路上,他拐进一家24小时便利店,买了一支冰棍和一包烟。

第三辆车:

北京牌照荣威350上的老年人

夜里1点,东四环的热闹还没散,沿路所有的大酒店、大酒楼、大浴场、大超市、KTV都亮着灯。路上的行人冒着酒气,哼着歌跳着舞跟跄而行。这个点还在外面走,肯定都是兴尽而归的。他们说话不清楚像唱着歌,走路不利索像跳着舞。他们可能回家，也可能再找个地方继续消遣。这是酒的余兴。四环路上的车真正跑了起来，变道，超车，超速，都跑出了汽车该有的尊严。一辆2014款的红色荣威350以稳定的车速行驶在超车道上，它没打算超任何车，前车慢它就慢，前车快它也不快。它与世无争地保持着恒定速度。司机是一个上了些年纪的干净老头，头发灰白，脸很黑，但刮得很干净。老头如佛般稳坐驾驶室，为了节油不开空调，两边的车窗各开一半。夜晚的风灌进来又窜出去，老人岿然不动。李青坐在副驾，风一次一次吹乱他半长的头发，他不厌其烦地将其理顺，看着后视镜里的自己。灯光游移，勾勒出他明暗变化的脸部轮廓，他似乎对自己很满意。车厢里播放着一些奇怪的网络歌曲，什么"小三也有情小三也有爱"，什么"哥有老婆请你别爱我"……一些俏皮诙谐又具有人文关怀的普世情歌轮番上演，偶尔也会播放到一些刀郎、刘德华等大腕的歌曲。这些歌曲全都深情款款，不禁让人凝神自叹，仿佛自己就是歌里那个纯善悲苦的失恋者。

嘿！你的头发真不错。老人说。

什么？李青被他洪亮的声音惊醒。

你的头发真不错。老人说，又黑又密。被风一吹跟麦苗子似的。

是吗。李青去看老人，你的头发也不错，也没秃也没掉，就是白了点。

年纪大了嘛。老人说，秃头是另一回事，我说的是你的头发，真好，看起来很结实。

李青笑了，我还是头一次听说头发用结实来形容呢。

结实可不容易。老人说。

不秃就好了。李青说，你不知道，现在年轻人压力大，都开始秃头了。

是的。老年人说，现在的年轻人跟我们那会儿可不一样了。

李青说，你们那会儿年轻人不秃头吗？

什么时候都有秃头。老年人说，这是遗传吧。我说的是我们那会儿的年轻人，也没啥压力，活得可快活了。

那真不错。李青说。

不过我们那会可没有你这么漂亮的头发。老年人说，这么好的头发，得花好多钱保养吧，得用特别贵的洗发水吧。

跟这个关系不大。李青说，也是遗传问题，我爸的头发就特别好。

哦，原来你爸的头发就特别好。

不过我用的洗发水确实不差。李青说，你呢，你保养你的头发吗。

保养。老人说，我也保养，我都用那个飘柔，五六十一瓶呢。

李青又笑了,飘柔,你知道我用什么吗?

你用什么?

我用的都是二三百一瓶的进口货,纯植物的那种。

二三百,那是啥洗发水?老年人又看了一眼他的头发,你怎么买那么老贵的?

不是我买的。李青说,都是女的买,我跟着女的用。

女的?老人说,你说你媳妇吗。

是的。

这就对了。老人说,女的就是舍得花钱,我老婆也买这些,都可贵了,什么擦脸油,口红,防晒霜,一瓶防晒霜就一二百块。

一二百块的防晒霜。李青说,那很贵了,你老伴还挺舍得给自己花钱呢。

那可不,天天弄这些瓶瓶罐罐往脸上抹,咱也不懂。

挺会打扮自己。李青说,你觉得她漂亮吗?

啥漂亮不漂亮。老人说,都是老太太了。

年轻的时候呢?李青说,她年轻的时候漂亮吗?

这怎么说呢,各花入各眼,反正我觉得她可以。

你觉得可以就行,漂亮也没有标准。

就是嘛。

你们怎么认识的呢,谁追的谁?

老人咯咯地笑了,哪有谁追的谁,我们那时候又不像你们现在。我们是人家保的媒。

那你们结婚之前谈恋爱了吗？李青说，你们在一起过吗？

没有，哪有时间啊。老人说，那时候我在外地打工，过年才能回家，回家就买了礼物去她家看看她爹娘，就坐一起吃一顿饭，也说不了几句话，这样过了四五年我就把她娶回家了。

就是说你们结婚之前还不太熟，没说过多少话。

没有。老人说，我们那时候又没有手机，没办法联系。

这样就结婚了，就洞房花烛夜了，你们不觉得生分吗？

啥生分不生分的，都是人，有啥好生分的。

厉害。李青说，你们一点都不了解就结婚了，能过到一块儿吗，互相没有埋怨吗？

那咋没有啊。老人说，她埋怨我打呼噜，我埋怨她臭美，埋怨有什么用，打呼噜能改吗，臭美能改吗，日子还不是得往下过。

是这样。李青说，这样反而简单。

那时候，大姑娘有的是。老人说，那时候女的多男的少，大家都是一样穷，结婚不是什么难事，现在不一样了，现在男的多女的少，男的不多赚钱结婚都是问题。

是的。李青说，现在大家都比着花钱，看谁有钱，没钱确实难。

男人男人嘛，难题都在男人这边。老人说，女的长得再难看都能找着对象，男的不好好挣钱就不行，难题全出给男人了。

你有小孩吗？

有，两个。

结婚了吗？

没呢。老人说，大的94，小的99，大的大学毕业工作了，小的刚大二。

94年，也该结婚了。李青说。

是啊，有什么办法呢，我也没本事给他买房买车。老人说，大的专业读得不太好，土木工程的，现在在武汉，一个月五千多块钱，够干吗的呢，慢慢干吧。

五千块，确实不算多。李青说，不过上了大学眼界就不一样，就有上升空间。

就是上大学上坏了。老人说，上了大学是眼界高了，想的都是不切实际的东西，家里农村的姑娘也看不上了，可城里姑娘咱找不起啊，这不就两头都够不着吗。

那也比不上大学好吧，李青说，对象慢慢找嘛，总会碰到合适的。

我也是这么认为。老人说，所以我才拼命让他们上学，大的小时候上学不用功，我回家陪了他两年，两年啥也不干，就是陪着他上学。我心想不能我没文化小孩再没文化啊。可没文化有没文化的苦恼，有文化有有文化的苦恼。他有文化，我没文化，他的苦恼我也不太懂。总归最大的苦恼是穷呗，我跟他们说了，我没本事，拼了命也只能给供他们上完大学，以后就只能看自己了。什么房子车子，我是没能力再给他们奔了。

你做得对。李青说，要我说，你是一个合格的父亲，你给了他们你能给的最好的了。

啥合格不合格啊。老人说，生活的难处太多了，每一个难处都让人不合格。我跟小儿子说，包括大儿子也是，永远不要忘记你从哪来，不要忘了自己的身份。在学校里，不要跟人家比，不要比着去吃去玩，你多没有那个本事供你这样。小儿子现在一个月生活费一千五，之前是一千，现在大了点，该交朋友了，我给他一千五。

一千五。李青说，一千五很多了，足够了。

钱永远不嫌多，好在我家小孩都老实，都胆小，像我。老人说，之前每年最怕的就是交学费，过年一次，9月份一次，提前两个月就要准备这个钱，两个人加起来三四万。当时为了交学费连家里的鸡蛋都拿出去卖，自己养的鸡下的蛋不舍得自己吃，一个鸡蛋五毛，两毛一个也卖过，去给他们交学费。

可怜天下父母心啊。李青说，好在你快熬出来了，等他们都学业有成，能挣钱了，你就该享福了。

啥享福不享福啊。老人说，现在上大学又不是考状元，上好了大学还要找工作，租房子，再谈恋爱，他们还要出去旅游见世面，这些都需要钱，我也帮不上他们什么了。我跟他们说，供完你们上学我已经把劲儿使完了，以后我也管不了了，我也不用你们管我，到老了我们老两口找一间小房子，谁也不用管我们。

家里的房子没有了吗？

有，但是不可能回农村了。老人说，我在县城有一个房子，一百三四十平，老小区，当初为他们上学方便买的。给他们他们也不要，我们也没办法住，在四楼，没电梯，我们爬不动楼了。我看小区楼下有车库，车库可以住人，我们到时候租一个车库住。

住车库，那太苦了吧。李青说。

啥苦不苦的，咋过不是过啊。老人说。

李青点了根烟，他递给老人一根，老人摆摆手，说戒了。李青抽着烟，把刚刚被风吹乱的头发理顺，看着后视镜中的自己。老人的歌单轮替，放到另一首DJ版的伤感情歌，"节日的狂欢情人的浪漫，所有的快乐都和我无关"。李青的目光从后视镜移开，看了看窗外飞速掠过的大楼。快到家了。"无聊的工作让人很心烦，我又想你了你人在哪端"，一串拉肚子般的鼓点过后，副歌的高潮盈满车厢。

李青的目光回到后视镜中的自己，他看着镜中伤感的自己，感觉到一种彻底的伤感。

你呢？老人说，年纪轻轻就结婚了，头发还保养那么好，你一定很能干吧。

说来惭愧。李青盯着后视镜里的自己说，我爸有钱。

他们笑了起来。老人连声说，有钱好，有钱好。车子驶过那个豪华小区，径直驶向对面的破烂小区。

是这儿吗？

是这儿。

得了，您慢点。

你该收工了吧。

收了，所以才接你这顺风车。

到我家坐一会儿怎么样，我那有酒。

不了，不了，我老伴儿还等我回家呢，今天她炖了排骨。

好，那我就不留您了。

好，你慢点年轻人。

你也是，路上小心。

李青在24小时便利店下来，目送老人大红色的车子驶出视线。他走进便利店，买了冰棍和烟。

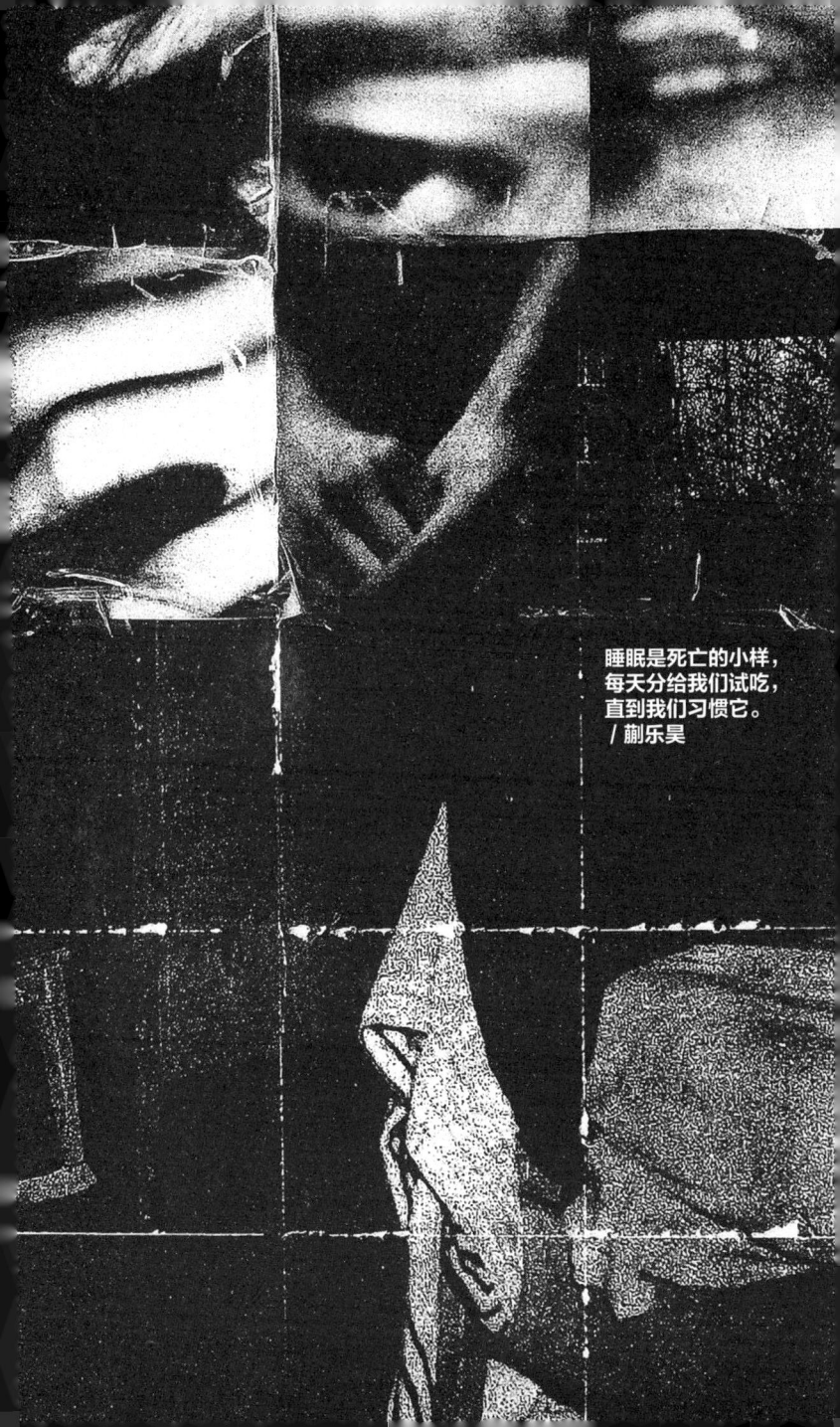

睡眠是死亡的小样,
每天分给我们试吃,
直到我们习惯它。
／蓟乐昊

疼痛之子

撰文 蒯乐昊

起初只是一条线。然后是另一条。一条线召唤一条线。一条线抚平另一条线。面是不存在的，面只是无数条线的集合。线有节奏，有逻辑，有抑扬顿挫。无数我们捉摸不定的东西都以线的方式存在，比如，宇宙指缝里漏下的光；星星跑动时扬起的风；你在人山人海之中，一眼望见最想望见的人，眼光自觉笔直，走出一条最短的线；然后以唇角为圆心，漾开半幅同心圆一般弧形的水波。

线有声音。石墨在纸面沙沙作响，拐弯时如同呜咽，顺滑的时候，像猫咪伸懒腰，发出满意的咕噜。钢笔性情耿直，是铁环滚动在烈日之下的柏油马路。油画笔顿挫生姿，像吊嗓子，像在练习拼写，字正腔圆地念出字母，有时候突然喑哑了一下。还有水墨，上帝保佑中国人！水墨如同云在山谷里涌动的腹语，像大海的核心，巨大的声音包裹在巨大的寂静里。有时候，线会吼叫，吞没那个画出这条线的人。

丽塔老了,她眼周的线密密匝匝,眼尾几根粗纹,要放倒笔锋,力透纸背,是收网的主绳。其余细线纵横交错,像提起的网,勒进肉里。眼睛是漏网之鱼,还在拼命拍打尾巴,水淋淋的。

"我怎么老是调不对你眼睛的颜色,丽塔?"

"波本威士忌,不加冰。"

"医生说你不能再喝酒了。"

"该死,我知道,"她露出性急的表情,嘴歪往一边,"我是说我的眼睛。波本色。"

她用手指头翻了翻下眼皮,做鬼脸似的。通红的指甲,箭头一样,指示着她的眼珠。"以前是肉桂咖啡的颜色,现在好像褪色了。"

别的女人染红甲都是丹蔻,丽塔涂红指甲,却只让人联想到暴力的事情,想到她像一个吃薯条的小孩,把手指头蘸进血里,番茄酱似的隔夜的浓血。

"今天先这样吧,光线不大好了。"我合上画板。

她靠在枕头上耸耸肩膀,"随便你。你明天还来吗?"

"来的。"我站起来,向她告别,她不看我,于是我探身在她脸上亲了一记。她的鼻孔真大,像黑色洞穴,会飞出蝙蝠的那种。每次凑近她,我都想起小时候父亲送我的小马邦妮,第一次用额头去蹭马的长脸,近距离看到马儿翕动的鼻腔。小马打了个响鼻,吓坏了我。亲吻丽塔,也同样胆战心惊。她任由我吻，我拍拍她肩膀作为告别，顺便摘掉她落在羊毛披肩上的一根白头发，也可能是我的，谁知道呢。

从伦敦到萨福克，火车一小时，开车两个半小时。以前我常常开着车往返在这条路上，每周三天，我去伦敦城市大学授课。火车很好，可火车免不了等待的时间，我痛恨等待。

英国乡村一成不变，康斯特勃时代的云，至今在我头顶涌动，暮云低矮，折射天光，地平线像一声叹息般垂下肩膀。野性难驯的树，是骑士和贵族立在天地之间。康斯特勃是我的老乡，我可以在他的画中辨认出每一道光线的变化方式。牛津的阿什莫林博物馆里收藏了一幅他的云彩练习，淡蓝色如同古旧丝绒，云朵是天空的折痕，构图平铺直叙，好像只是有人擅自从天幕的布幅上，随机绞下一块，钉进了画框。康斯特勃真是个彻头彻尾的乡绅，他追求画面的平衡，就像在追求道德。他比透纳诚实，透纳总像在表演。我一边开车一边想，说不定丽塔会喜欢透纳。

丽塔，50年代伦敦苏荷区的女神，睥睨一切，颠倒众生。我几乎没跟她说过话，我遇见她的任何活动现场，她总是一副我刚刚顺路过来我马上就要离开的模样，一只脚尖急不可耐地在地板上敲着，用下巴看着全场的人。她喜欢穿红色鞋子,再贵的鞋子到了她脚上,很快鞋头就变得一塌糊涂,深褐色头发随随便便地披拂在后面,像马的鬃毛。

"天哪,快让我离开这儿!"我听见她对身边的男伴抱怨着,眉毛挑得像拉满的弓。男伴刚帮她端来两杯香槟,杯身上沁着细汗,马上放下就陪她往外走,她披着男人的西装外套,碎珠子的流苏从里面垂出来,发出摔摔打打的声音,古代铠甲的碎片也是这样撞击着。她身边的男人常常不同,但我也没留意过他们之间的区别,她跟任何男人走在一起,你都首先看到她,男的不过是罗马神像下面的底座。即使是她跟赫赫有名的培根在一起,我等他们过去了一会,才反应过来刚刚那是培根。

那时候她已经不年轻了,属于她的好时候已经过去。可能她就没有过好时候,据说她十八岁就来伦敦混,美得不可方物,已经一副破罐子破摔的模样。战争刚刚结束,这也不足为奇。那时候我还小,没有见识过她美貌的巅峰期。等到我开始在苏荷区的画廊做展览的时候,她已经现出老态,但依然是人们嘴里的传奇。谁都认识她,也认识她上个星期、上上个星期或者上上上个星期勾搭过的男人,有时候是女人。谁知道呢?她可是丽塔呀!丽塔又把自己搞得遍体鳞伤,丽塔差点进了警察局,丽塔已经第五次戒酒了,他们这样说。我们在不同的场合照过面,却从没交谈过。那时候我太害羞，我用冷酷掩藏这种害羞，我还太年轻，忙着用眼睛吃这个世界，我从来没想到，我竟然会成为她晚年陪在她身边唯一的一个人。

我生活的村庄，一百二十八个人。当然啦，取决于当年的出生率和死亡率，这个数字每年都会略有上下浮动，但相差不会太多。今年，是一百二十八。年轻人总是离开这里，去大城市寻找工作机会，但是中年以后他们会慢慢住回来的，因为，所有英国人，除了伦敦人，本质上都是乡下人。

"屁咧，什么工作机会？"丽塔嗤之以鼻，"才那么点点人，除掉老人小孩和丑八怪，睡来睡去，很快就睡完了。"

她说得没错，村里每个人都互相认识，谁娶了谁，谁睡了谁，谁杀了谁，确实一览无余。年轻人选择的余地不是太多，如果不赶紧跳上火车逃走，很快就没人可以搞了。不过我们总有搞不动的那天，那时候，我们就会回来，种花伺草，养鸡，喂马，搞搞土地。

如果让最早跑到美国的那帮英国人设计美元，他们可能会在钞票上印"In Earth We Trust"。郝思嘉的爸爸是爱尔兰人，所以才那么热爱土地。有谁能比岛民更知道土地是怎么回事呢？土地是我们在四顾茫然之海中，仅有的立足地。

"这一片领地，都是我的，未来会属于你。"小时候，爸爸穿着长筒胶鞋，带我在屋后大片的田野里散步，得意地拔出烟嘴，对周围指指点点，烟斗里升起一个烟圈，在空中越变越大，似乎能圈住一大片土地。胶靴在泥地里，总是越穿越重，抬起脚来的时候，能感觉这片土地在试图黏住我们。

父亲也是土地的信徒，前脚赚了钱，后脚就买成地。我小时候有点怕他，他每周去城镇上的银行上班，周六才回来，其实那里离我们村庄并不太远，开车可以当天来回。他工作很忙，在家里也甚少笑容。

遇到丽塔的那天，是我父亲落葬后的第二天下午。那天有个培根的回顾展在伦敦黑屋画廊开幕，培根已经死了六年了，想想都令人愕然。我不想在乡下的房子里待着，那里每样东西都好像泡在黑色的水里。我喜欢这种18世纪荷兰风格的尖顶老式房子，它特别低矮，在寒冷的冬天容易聚住热量。这种房子，心情好、天气好的时候，住在里面会觉得自己像个北欧的精灵。但在心情低落、天气糟糕的日子里，就会觉得自己住在一个黑呼呼的洞穴里，连白天都要点着灯。所以我没办法在里面画画，我在旁边盖了一座画室，有玻璃的天顶，能带来稳定的天光。父亲走了，只要我坐在房子里，我就忍不住想，这里面哪件他的东西我要保留，哪件东西我必须丢掉。我忍受不了看见任何跟父亲有关的物件，但我也忍受不了任何跟他无关的事物。最后我忍无可忍地站了起来，跳上了最近一班去伦敦的火车。

培根死了，他的画还在打动我，我没法像他那样画。这次他们又展了一幅他画戴尔的小画，画面上的戴尔狰狞地扭曲着，但却显得被动和悲伤。我看了很久，这种画永远没法让人舒服，就好像有人用手捣进来在绞着你的胃。我佩服那些把培根挂在家里，挂在餐桌对面或豪华办公桌后方的人，他们一定有着强大的神经，和强大的钱包。培根已经很贵了，贵到他只能被挂在美术馆和高雅的房子里了，他用他的粗暴，对峙这种高雅。

傍晚的开幕餐会上，罗宾带了丽塔一起过来，带给我两本我正在找的画册。

"你们居然不认识？"他惊奇地说。

丽塔飞快地瞥了我一眼，她比我高，"我知道你，"她说，"国王十字火车站附近那个雕塑是你做的，那口青铜棺材。"

"嘿你说对了，她外号就叫棺材，她比棺材板儿还硬。"罗宾笑起来，他叫了两杯咖啡，从屁股口袋摸出扁酒罐，往里面倒了些酒，把其中一杯推给了丽塔。丽塔喝了一大口，在杯缘留下一圈果酱色的唇纹。

"别跟我说棺材,我爸爸昨天刚落葬。"我有气无力地说。罗宾飞快地拍了拍我的胳膊弯,以示安慰,但也仅限于此了,他知道我讨厌安慰。我歪了一下脑袋,表示领情。

我很少在白天这么近的距离看见丽塔,破除了灯光的神话,她已经是一个老妪了,我有点吃惊。不过我很长时间没见她,记忆也不太靠得住,可能她早就老了。她两腮的线条变软,皮肤上斑斑点点,嘴角因为被皱纹拖累,垂了下来,形成一种很奇特的表情,有点不屑,又有点慈祥。她掏出香烟,我跟她讨了一支。

"你爸爸多大了?"她突然问。

"七十九。"

"他怎么了?"

"心梗,倒在后院的灌木丛里。"

"我倒希望我能死得这么痛快。"她用手对着自己的太阳穴开了一枪。

"一切都很快。我们家对面就是村里的墓园,从我家走着过去,也就五十米。"

"我去过你家,那是哪一年的事儿了?"罗宾插进来,"你们家的母鸡好肥啊。"

"昨天我们杀了两只烤了,村里人都来了。"

"多拉好吗?"

"还那样,她女儿去读大学了,她搬了过来。你知道,我妈妈那间屋子空了。"

"哦,伊琳,亲爱的。"罗宾又飞快地碰了碰我的胳膊。我知道他什么意思。我在这个世界上已经是孤儿了,再老也是孤儿,无人认领。

"昨天马车走了一大圈,还去海边绕了一下,最后从墓园回到家,只有五十米,两分钟就走完了。这太荒诞了,好像他出生就是为了走到对面去,然后这五十米,他走了将近八十年。现在只剩下我,看看我得花多久,才走得到对面。"

丽塔笑了起来,我吃了一惊。"对不起,亲爱的,我十分羡慕你。我好想住到你那里去。然后我就可以挑一个阳光好的日子,前一夜通宵跳舞,跳到筋疲力尽,等太阳起来了,我就喝杯橙汁,穿上我的法兰绒袍子,直接走到对面去,舒舒服服地躺下,就像年轻时候那样,我总是天亮了才睡觉的。"

"你应该去伊琳那里看看,萨福克的乡下太美了。"罗宾摇着头,"你知道萨福克羊吗?那种黑脸的山羊。"

丽塔不置可否地耸了耸肩膀。

"一群萨福克羊就像一群异教徒。它们只有脸是黑的,一脸干了坏事的样子,可是它们的身子,还是当年在祭坛上的无辜模样。"

我笑了起来,罗宾总爱胡说八道,他每晚在电台里信口开河，又读书，又念诗，迷倒一代又一代姑娘，现在也须发皆白。不过一大群萨福克羊盘踞在田野里吃草的样子确实惊人，圣经里一群白羊里只有一只罪孽深重的黑羊，但萨福克羊，每一只都长着一张棒槌也似的黑脸，好像在说：好吧，我们都是染罪之身。火车开过的时候，发出轰隆轰隆的声音，几百只吃草的羊突然同时抬起黑脸，愕然朝火车这里看过来，像被人捉了现行。

"你相信鬼魂吗？丽塔？"

"绝对相信。"

"昨天晚上，我觉得我看到我爸爸的鬼魂了。"

住在一个很小的村庄，有一个很大的问题。所有人都认识你，而我，一个心不在焉的艺术家，却不见得能认出我所有的邻居。女人不请自来，梆梆梆敲着我工作室的门，我正在作画，没好气地打开了门，颜料果然蹭在了把手上。

"哦，甜心，"一个扎着佩利斯腰果花头巾的女人挤了进来，显然刚从海边市集回来，她的篮子有两条冻得梆硬的鱼，"她们说你画画。"

"有何贵干？"我不客气地说。

"你瞧，你会画画，我会做果酱，我们何不来个交换呢？用我的果酱，换你一幅画，怎么样？这是我种的樱桃，甜极了。或者你喜欢橘皮酱？这个星期橘皮没有了。"

我正想摔上门，多拉从里间出来了，她马上熟练地接手了这一情况。

"嘿，林德太太，你太好了，今天海边热闹吗？"

"非常好，我的果酱很受欢迎，只剩这两罐了，这是我新做的。"

"我喜欢果酱，太好了，还是樱桃味儿的！我们到那边房子里说话，我有刚刚泡好的茶，日本茶叶，也许您愿意喝一杯。"她脚不沾地地把那个婆子撵走了。回来后，她跟我说，"你怎么不让林德太太看看你收藏的骷髅，说不定她就不敢跟你讨画了。"

几枚头骨，还有我画的许多张脸，在工作室的四面墙上，围着我。那些我爱过的人，像叶脉书签一样，压扁了，变成了墙上二维的线条。叶肉消失了，只剩下纵横交错的线，干燥的线，固定地对抗消亡。撒切尔夫人曾向我订制一幅肖像，我拒绝了，我只画我爱的人，我对撒切尔夫人远谈不上爱。

奈特老师是一团灰色的细线，很柔和，有许多淅淅沥沥的毛边。就像有人要把他织成一件开司米细毛衣，但中途改了主意，又拆了。他睡着了，我趁他午睡时候画的，这样他就不会知道我爱他，也不会知道我的眼睛是怎么从他的骨骼里偷走那些线的。我爬上床边的凳子，从上往下看着他，就能得到一个全然的俯瞰角度。我偷得不多，小心翼翼，这里抽出一根丝，那里抽出一根丝，然后，织起来。他不会知道发生了什么，等他午睡醒来，只会觉得怅然若失，然后他会表扬我画得好。在画面上，他看起来就跟死了一样，阳光在他的眼窝和鼻梁之间留下阴影。睡眠是死亡的小样，每天分给我们试吃，直到我们习惯它。

老了以后就越睡越少，越醒越早，父亲退休以后，每天天不亮就起来在房子里四处转悠。现在轮到我，早上五点钟的天光不足以画画，我就去海边写生，画日出时分的海怎么被第一道光线照亮。

即使是夏天，海边的清晨也还是很冷的，我穿上最厚的靴子和外套，保温杯里带着滚热的茶。几年前，政府委托我在海边做了一个雕塑，是纪念作曲家本杰明·布里顿的，他也是我的老乡，据说布里顿常常在这一带海岸线散步，海浪在他脑中盘旋，一时间也不知道是海浪在模拟音乐，还是音乐在模拟海浪。我用银灰色的铸铜做了一枚巨大的扇贝，立如蝶翅，又如风之竖琴。造型并不难，我在海边捡了一些漂亮的贝壳，很快组合成我要的样子。难的是如何用铸铜做出合适的厚薄量感，太重了会破坏扇贝的褶皱美，太薄了又会影响结构稳定，经不起海边的狂风。贝壳边缘我镂空刻了一行诗："我听见永不消逝的声音。"

所有的贝壳放在耳边，都能听见大海的啸声，这可真是个奇迹。我把扇贝做出裂隙，让风可以在其中穿行。

自从我做了这枚大贝壳,这里就成为本村的地标。村人喜欢在雕塑前面举行海滨婚礼,仲夏的夜晚,青年男女在贝壳的庇护下野合。我撞见过不止一次,夜色里远远望到贝壳那里有几条白生生的胳膊和腿绕在一起,像一只巨型的章鱼从水里湿漉漉地爬上沙滩,爱,让人退化成软体动物,我赶紧绕道而行。我幻想着他们生出的孩子会继续来这里捉迷藏,然后他们死掉了,也就在雕塑面前举办葬礼。

父亲的葬礼也在这里,并没有太多选择,要么这儿,要么乡村教堂。显然父亲会更喜欢大海,他早就不去教堂了。

在墓园的时候,有个男人一直站在后面,他个子很高,穿得也考究,一身黑西装,衬衫领口里打着领巾,不太像本村的人。等人散得差不多了,他走上前来,对我抬了抬帽子。"你一定是亨利的女儿,你跟他长得可真像。我叫恩斯特,从伊普斯维奇来,是你父亲的好朋友。"

我跟他重重地握了握手,邀请他结束后一起去家中喝一杯,多拉烤了些鸡肉馅饼。我想他一定是父亲生意上的伙伴。父亲走得突然,我并不熟悉他的朋友,也没通知他以前的同事,不知道他是怎么得到消息的。葬礼对我来说是个麻烦,我不擅长应对邻居的慰问,更怕听他们回忆往事,幸好他们大多围着多拉,好像是她丧了考妣。那个叫恩斯特的男人端着酒杯，出神地在看柜子上我们一家人的各种照片。我趁机从后门溜走，去田野里喘口气。

芦花鸡看见我出来，慌乱地颠着肥大的屁股逃走了，逃得毫无章法，有一只甚至一头扎进了柴垛。白色的大鹅也快步四散走开，大概是早上多拉抓鸡的时候吓着它们了。不知道动物对于迟早要被主人吃掉这件事情到底能明白多少，起码它们心中有数：那些被抓走的鸡们就再也没能回来。

我抽了比平时更多的烟，磨磨蹭蹭，估算着邻居们应该走得差不多了，才起身往回。我跟多拉之间有默契，我不在，反而便于她提前结束战斗。"恐怕伊琳是太伤心了，我得找找她去。"我能想象她抱歉地捂着领口，对那些阿公阿嬷们这样说，引起他们一阵同情的叹息，然后把他们统统打发走。这就是我们的组合，村人们会因为她而原谅我。艺术家是一个很好的壳，在这个壳里，你尽可以扮演一个不近情理的、脆弱又疯狂的人，一个咄咄逼人的、人缘很差的怪胎。你横冲直撞，然后全世界都不得不为你让路。

那天晚上我听见楼上有人走来走去，一只脚拖着走路，还有抽屉拉开又合上的声音。这吓坏了我，以前每天晚上都有这个声音，但是以前父亲还活着啊。

自从战争时受了伤，父亲有条腿就不太利索，平时看不出来，阴雨天那条腿会隐隐作痛。在田野里散步，能明显看出一只脚留下的脚印比另一只脚更深。我叫醒了多拉，但是她也没有勇气上楼去查看。

第二天，我们锁上了楼上的房门，但是到了夜里，依然听见有人在房间里走动，拉抽屉和柜子的声音，好像在找什么东西。我跟多拉乍着胆子爬上二楼，有一瞬间我以为我看到了父亲，再细看时却什么也没有，好像只是一阵白色的雾霭。

"然后早上我们吃早餐的时候，发现他的雨靴像以前那样放在门厅里，上面的泥巴竟然还是湿的。"我对丽塔说。

"你爸爸生前有什么未了的心愿吗？"丽塔问我。

"不好说，他曾经希望我是个男孩，这算吗？"

"恐怕不算。"

"他以前不太喜欢我学艺术，不过到退休那年，他自己也拿起画笔开始画画，居然画得不坏。有一幅画是他画我们屋后的森林，把树叶画得火红，好像烧起来了一样。这幅画我一直挂在家里。"

"我妈妈是个萨满，"丽塔说，"我们相信强烈的愿望会在世间不散。那些走不掉的人，往往因为他们还有一股强大的念力牵扯，有时候是他们自己有心愿未了，有时候是活着的人用强烈的爱憎在拉住他们。这个结不解开，他们就只好日日夜夜在世上游荡。"

"你是说鬼魂吗？"

"鬼是人的反义词，生而为人，死而为鬼。我倒宁可称它们为'灵'，灵不是人的反面，灵是人的萃取。"

"我只想搞清楚到底是什么夜夜在楼上走来走去。"我站起来，穿上外套，"我得赶紧回去了，我不能把多拉一个人留在那间闹鬼的房子里过夜。"

几天以后，我又来到伦敦，在丽塔的公寓里为她画像，这次没有旁人在场。收到她的来信，我竟一点也不意外。那几天我一直在无意识地用水墨勾划一些小幅的脸庞，勾完才意识到那是丽塔。她柔软的嘴唇大极了，我回忆起许多年前，我第一次得知丽塔的艳名，几个男人以猥亵的口吻，谈论她非凡的尺寸。

丽塔在信里向我开口讨要400英镑，好帮她支付那些该死的账单。作为回报，她提议道，她可以在一段时间里充当我的模特儿。她的字写得忽大忽小，字母跟字母之间隔得很开，捏着信纸，我想了一会儿，我愿意画她。我没有让她来我的画室，我提出去她的地方，想让她更自在一些，反正我暂时也不打算画尺幅太大的肖像。

"我年轻时候的照片跟现在完全不像了，"她在起居室里穿着一件吉卜赛晨袍，挥手抱怨着，"而我又忍受不了用一张老太婆的照片做遗像。该死的培根！我竟没有得到任何一张他为我画的画。不过得到了又怎么样呢？我可能会把它卖了,好付医药费。"

"我们都认为你曾是他的缪斯。"

她耸耸肩膀,"也许吧,但那太短暂了,培根不喜欢女人。他画过我,只是因为我们都热爱疼痛。他很快就有了戴尔,那个英俊的小毛贼,他在偷东西的时候从培根的天窗里掉了下来,被他抓住了,可怜的家伙。"

"反正你也不可能用培根的画做遗像。"

丽塔哈哈大笑起来。"会把牧师吓死的,如果我的葬礼上竟然有牧师的话。"

"这里埋葬着魔鬼,很快她将掀开冻土,卷土重来。"她模拟着布道的口吻。

"我看过培根为你拍的照片。"那是一张很骇人的照片,针扎穿了她整个手臂。"他私下里是个残暴无情的人吗?"

"恰恰相反,他很慷慨,任何人只要跟他在一间房子里共处半个小时以上,都会被他迷住。他不喜欢送画给朋友,他甚至一画完就对着画面乱砍乱涂,直到把它们彻底毁掉。但是他常常会拿出一捆钞票来,说,'这种东西我已经有很多了,我想你应该不介意拿一些去用',弗洛伊德年轻时有很长一段时间都靠他接济。"

"我认识他的时候,他已经功成名就了,我不觉得他对周围人还有兴趣。"

"真没想到他又活了这么久。他才三十多岁,医生就判了他死刑。他的心脏一团糟,没有一个心室是正常的。他们告诉他,他从此必须滴酒不沾,甚至不能情绪激动,否则随时有可能倒地不起。为了宣布这个消息,他兴高采烈地喝光了好几瓶酒,之后也照喝不误,然后一口气活到了八十二岁。"

"所以你看,医生也不总是对的。"

"我可不敢赌我能有培根的好运气。而且,相信我,我是萨满的女儿,我很清楚死亡会在哪里等着我。"

"萨满的能力会遗传吗?"我用蓝色、橙色和白色的线织出她的眼睛。

"你可以把通灵术看成是一门语言,不同的通灵方式,就像不同的语种,本质上是一种沟通。一个人天赋再好,语言还是需要学习和使用的。"她摸出一套黑色的骨牌,开始在桌子上排列起来,"我正在自学占卜。"

"你妈妈没有教过你吗?"一条线从鼻翼开始,到她的嘴角还没有停止的迹象。

"我希望她教过,但她死得太早。"她停了一下,把其中一张骨牌翻过来,不看我,"大屠杀,我是我们家唯一活下来的人。"

我一时不知道说什么好,只好假装非常专注地在她的嘴角铺出灰色的细线。"我这辈子没结婚,没孩子,所以,等我死掉，我们家就全死光了。"她接着说，"也许我早就跟他们一起死了，只是直到现在还没有安葬。"

不知道她在卦象上看出了什么，她一副心神不宁的样子，于是她收起牌，走到我身后看了看。"你非常擅长画女人啊，是不是把我画得过于温柔了？"

"你说了算，女王陛下，这一幅算是你的订件。"

她笑了起来，"王尔德那个雕塑，也是订件吗？"

"那是政府的订件，我不必对政府负责，因为政府是抽象的。"

"我跟你说过吗？我在你做的那口绿棺材上做过。王尔德那个铜绿的脑袋在旁边全程看着我们，亏你想得出来。"

"那是一张长椅，只不过长得有点像棺材而已。而且那是在大马路上啊。"

"后半夜那儿没人。我又穿了一条长裙子。"她故作媚态，拎起晨袍的裙裾，哈哈大笑起来。

"好吧，你可以想象王尔德的灵魂也参与了你们的性爱，虽然他压根不喜欢女人。"

"你喜欢王尔德吗？"

"我喜欢一切毒舌的人。"

她给自己倒了杯酒，只端起来嗅了一嗅就放下了。然后又给我倒了一杯。"你最喜欢他哪句毒舌？"

我想了一会儿，"王尔德说过，'英国人绝不会对一件艺术品感兴趣，直到有人说这件东西不道德'。后来我开始做艺术，每次我想做一件惊世骇俗的作品，我就会想起他这句话。培根可能也是这么红起来的。"

"如果不是因为战争，人们可能永远也欣赏不了培根的画。战争结束的时候你才刚出生。那时候我从波兰来到伦敦，半座城都被摧毁了，甚至半个欧洲都摧毁了。但每个人都很兴奋，很放纵，空气里好像还残留着火药，只要拿出火柴轻轻一擦，就会凭空引爆烟花，那是自由的味道——我们本来要活成炮灰的，但我们活成了烟花。你明白那种感觉吗？我们干一切禁忌的事情，只为了得到一点乐子。道德有什么用？所有人刚刚死里逃生。哦，天哪，我得喝一口，让医生见鬼去吧。"

我们端起酒杯，我理解的碰杯，只是两只杯子在边缘处轻轻一挤，但她却好像是一艘巨轮撞了过来，我的酒泼出来一些。她仰脖喝了一大口，挽起袖子，我瞥见她身上的伤口。"痛苦是个好东西，痛证明你还活着。别人都死了，凭什么你配独活？培根跟我一样，我们嗜痛就像嗜蜜。彼得·莱西把他打得遍体鳞伤，一只眼珠都爆了出来。有一次，他俩都喝醉了，莱西把他从十五英尺高的楼上扔了下去，他竟然没摔成肉酱。警察也管不了这事。因为培根先生跟警察说，他是自愿的，他喜欢这样。"

"听说培根小的时候，他爸爸让马夫鞭打他。"

"他爸爸是军官,所以希望他当个硬汉,可他偏偏哮喘,骑不了马,打不了猎,还偷穿他妈妈的女装。"她一旦喝开,就再也刹不住车了。"你知道吗?戴尔自杀之后,他的灵魂也没走,自杀的人是无法被超度的,他一直跟着培根。从此以后,培根就像变了个人。"

我一连许多天没有回到乡下,等我再回去时,多拉已经搬走了。表面上的理由是她的女儿回来度假,她也没有勇气一个人住在那个空荡荡的大房子里。但我清楚,以多拉的善解人意,她不可能没有察觉到我的变化。

她没有拿走她所有的东西,看起来,她只是回家小憩一段。她用不伤及自尊的方式,给我腾出时间和空间。我坐在她房间里发了一会儿呆,念及所有她为我做的事情。婚姻是确定的,婚姻是一份大家都很熟悉的合同,权利义务不必宣讲,忠诚的边界也厘得很清楚。可婚姻之外的亲密关系,那就各有各的打法。

多拉在食盆里留下了足够的饲料,鸡和大鹅也可以自行觅食,但它们看见我时,还是出其不意地愣了一下。家禽和猫狗不同,它们不是宠物,传情达意有障碍。它们只是前后左右转挫了几下脖子,确认大家对我重新出现这个情况都已经清楚了,就抬起爪子来,轻手轻脚地踱开。

我打开冰箱,切了一些剩的磅火腿,又煎了几枚鸡蛋。

家里食物不多，但反正我也待不了两天。我只是回来取一些衣物。丽塔最近咳得非常厉害，夜里也离不了人，有时候她难以入睡，就会推醒我，让我陪她彻夜聊天。她一脸虚火，两颧和眼睛都红通通的，酷爱在夜里点香薰蜡烛，在烛光里像个渴望睡前故事的任性小孩。只是这次，是小孩非要给大人讲故事。她把以前当模特时的华服拿出来，一件件穿给我看，穿了又脱，满不在乎地让它们在地板上堆成一堆，华丽的褴褛。我看见她凸出来的肋骨，像两扇对开的百叶窗，宽大的骨架让她看起来仍然很结实。我们常常睡到下午，然后去她最喜欢的惠勒餐厅吃饭。这是我们一天里唯一的一顿饭，要吃上很久很久。我肉眼可见地瘦了。

晚上，我一直没睡，我在等子夜，十二点是阴阳交替的瞬间。按照丽塔教我的方式，我一遍一遍地念着咒语。楼上又传来了隐约的脚步声，一只脚拖着。我点燃蜡烛，举着它上楼。

房门锁着，我停下来，仔细听了听，脚步声消失了，又过了一会，房间里传来拉抽屉的声音。我扭动钥匙，推开房门，房间里什么都没有，所有家具都保持着原来的样子。蜡烛也没有像丽塔说的那样会猛烈抖动。我突然觉得一切都那么可笑，我不再害怕了，甚至有点失望。我把烛台放在书桌上，在桌边坐了下来。

就在这时，我脑中突然闪过一件事，就好像有人把一切都告诉了我，我突然明白了每天夜里父亲的抽屉被拉来拉去是他在找什么。我打开写字台左边第一个抽屉，动作幅度太大，一下子带倒了蜡烛，蜡烛磕在桌面上，跳动了一下，熄灭了。我咒骂了一声，四周一片寂静，但又好像站满了人。我什么也看不见，只能停在一片黑暗之中。

又过了一小会儿，我的眼睛适应了周围的环境，家具在暗影中浮现了出来，房间初步具备了五官。我摸索着走到墙边，打开电灯开关。桃花心木镶嵌的书桌上滴了一摊蜡油，这可是父亲以前的心爱之物，从意大利古董市场买来。我用指甲抠了两下，确认桌面没有被烫坏，便又接着去拉抽屉，摸向抽屉里那个暗格。

果不出我所料，那里面空空如也。

我把车停好，走向右手边那座浅绿色的漂亮房子。房子前面种着许多绣球花，米色栅栏上挂着一面小小的国旗。

我刚敲了敲前门，门就开了。我事先已经打过电话，他一定在等我。我们用力握了握手。"我太太现在不在家，她去超市买东西了，不过她可能一会儿就回来了。如果你不介意的话，往南边走一小段有家咖啡馆，我们可以去那里说话。"

我还没来得及表态，门廊前的道路上有个跑步的男子经过，跟他打了个招呼，并好奇地看了我几眼。

"恩斯特先生，其实你很清楚我要来和你谈什么对吧？"我等男人跑到听不见我们说话的距离，忍不住开口了，"你能不能把你在我家拿走的东西还给我？"

恩斯特愣了几秒钟，他用质询的、请求原谅的眼神看了看我，然后请我稍等，返身回屋了一小会，穿上外套走出来，轻轻锁上了门。我的眼睛一直没有离开他的手，他有一双惨白的、修长的手。这双手做任何事情都显得深思熟虑，他示意我跟他走。我们一言不发地向咖啡馆走去。

这是一片很好的住宅区，每家每户门口的草坪都修着得体的寸头，罕见的阳光，晒得草尖几乎透明。几棵有年头的橡树，投下巨大的树荫，光线的明暗对比令人恍惚，好像我又回到了跟父亲在田野里散步的时光，有一瞬间我甚至觉得行走在我身边的这个沉默的老人就是父亲，或者我们此刻是三个人在行走。

下午时分的咖啡馆里人并不多，有两个推着婴儿车的母亲在聊天，一位穿着紧身裤的青年在电脑前全神贯注。我们点了喝的，找了个角落坐下来。恩斯特很老派地等我呷了一口咖啡之后，才斟酌着开了口。

"我很抱歉。"他从口袋里掏出一个很小的相框，递给了我。

我吃惊地接了过来，那是我父亲的一张照片，我从小看熟了，是他结婚那天拍的，照片上他笑得腼腆。这张照片应该是搁在我们家客厅的壁炉上的，我太熟视无睹，压根没发现它被人偷偷拿走了。

"你把我妈妈裁掉了？"

"对不起。"恩斯特看着我，好像在评估应该告诉我多少。我并不傻，我小时候就知道父亲有秘密。成人之后，这个秘密变得不值得侦破，它像那种谜底过于简单的谜语，只是大家都选择不说，就像主动绕开马路上的一棵大树，很自然，仿佛那棵树本来就该长在那里。我想母亲多半也知道。

"这对她不公平。"我接着说。

"是的。"他在口袋里挖着，又摸出半张照片来，"我本来想丢掉的，但是不知道为什么又没丢。也许还可以贴回去。"他把照片放在桌子上，推了过来，"我不该这么自私，毕竟这也是你的回忆。"

我接过照片，母亲年轻的时候可真美，她穿羊蹄袖的婚纱，头上又披了白色蕾丝，显得人大了一廓，月晕那么膨胀的一团白光，脖子上挂着珍珠，眉眼像浸过，水汪汪的。那一定是她生命里紧张又美好的一天。她戴着白缎长手套，一只手伸出去挽住新郎的胳膊，但那只手现在被裁断了，像伸手去够什么却没够到。我又转脸去看父亲的那半张，黑色西装的臂弯里一只断了的白手，假肢一样攀住他。我把两个半张重新拼在一起，端详片刻，把父亲那一半递给了恩斯特。

"你留着吧。他俩都死了，再拼回去也没啥意义了。"

恩斯特很意外，他接过相框，喃喃地道了声谢，为自己辩解似的："我太想拥有一张亨利年轻时候的照片了。我没有他这个年龄段的照片，一张也没有。他走得那么突然……那天在你家看见，我想我要是错过了，就再没机会了。"

我点点头，表示理解，他如释重负。我们有一会儿没说话。过了一会儿，恩斯特开口道，"亨利常常跟我说起你，他很爱你，伊琳。"

"嗯，我知道。"我停了停，又说，"其实你不用觉得抱歉。"

眼前这个男人，他不欠我什么，只有我妈有资格生气。我突然意识到，其实我也并不了解我妈，她当然不幸福，但她这一辈子是怎么消化这件事的？那棵树长在她的房子里。她是否也拥有她自己的秘密生活？我记得他们并不争吵，中年之后，两个人甚至相处得还算融洽，像两个终于摸清了赛事规则的、疲倦的队友，因为赛程过半，也就决定继续配合，打完全场。我年轻的时候忙于跟自己缠斗，谁会想要去了解父母呢？父母不过是生活里的两片剪影，像舞台上的远景一样不需要有细节。现在我年过半百，终于获得了一点点去体察他人的能力,但他们已经不给我机会了。

"你是怎么知道我父亲去世的消息的?"

恩斯特用手叠着餐巾的边缘。"你相信灵魂吗?伊琳。"

"嗯,没有亲眼看到的东西,我都不相信。"

"我也不信。我从来不睡午觉的,那天我本来要去修一下花园里的浇水泵,但我太困了,就在工具房的一张躺椅上打了个盹,然后我就看见了亨利。他穿一件深蓝色的夹克,胶鞋上全是泥,站在一丛灌木旁边。他对我说:你不是一直想在那里吗?现在你可以在那里了。然后我就醒了,越想越觉得不对。"

我沉默不语,父亲走的那天,确实穿的是深蓝色的衣服。

"说来也奇怪,人上了点年纪,就忍不住琢磨,自己会以什么形式死掉。以前我常想,亨利死的时候,你母亲会守在他身边,我却不能在场,我就心如刀绞。他活着的时候跟她一起生活,我倒比较容易接受。我们已经让渡了活着的空间,我们还要接着让渡出死。反过来也一样,我死的时候,我的家人会在病床前,把我团团围住,看着我咽气,亨利却不能出现。"

"我母亲在这之前就去世了,这你也知道。"

我的意思是,如果他想参与我爸爸最后的时光,大可以来陪他生活。

他点点头,"是啊,我知道。可我太太还活着。"

"你是不是还偷走了我爸爸的手枪?"

"被你发现了。"

"我并没有发现,是爸爸让我来找你的。他不停地敲那个抽屉,每夜都不得安宁。"

"亨利。"他嘴唇有点哆嗦起来。

"可能他是担心你做出可怕的事情来,所以他指示我来找你。你得把它还给我。"

"我想过,确实想过。亨利没走太远,如果我动作快一点,说不定我还能追上他。'你不是一直想在那里吗?现在你可以在那里了。'那里,到底是指哪里呢?亨利是来报信的,这个信息很含糊。我知道他有这把枪,他从战场上带回来的。我也知道他藏在什么地方,以前有很多年,他必须枕头底下压着枪才能睡得着觉。去年议会通过禁枪令之后,他没上缴,这种小口径的手枪,弄不到持枪证的。但我一直没有下定决心,这太难了。"

我用了很多方式去画丽塔,有一段时间我喜欢用炭条。炭条是一种很霸道的材料,虽然它脆,易折断,但是它所经之处留下的一切痕迹,就像所有发生过的事情一样。医生说得没错,丽塔的肝脏在硬化,身体每况愈下。她的容貌也在变化,鼻弓弧度越来越大,眼睛也陷了进去,肤色发黄，有时候看起来甚至是暗橙色的，紧紧地包着她的眉骨。整张脸像河流退去后，露出河床，然后河床也渐渐变干。我的画面上经常只有一团残暴的线条，我用手指擦出她的眼周和嘴角，那是她脸上最为柔和的地方，是河水尚未退尽之处。

她的财务情况一塌糊涂，偶尔有人会送来鲜花，但是没人为她支付账单，她拒绝再见以前的朋友，有时候甚至不肯吃药。"我看人没错，"有一次她对我说，"大概只有你肯付钱画一个垂死的老女人。"

她掉了两颗牙齿，说话的时候腮帮子开始吸进去。她把牙齿埋在阳台上的花盆里，然后哈哈大笑。

"也许我死了以后它们会发芽的。"她说。

我每个星期都回乡下去，现在晚上不再有恼人的声音了，也许是我习惯了，不再竖着耳朵谛听。丽塔说得没错，肉身总会消亡的，不散的是念头。死了的人，活着的人，念头和念头会纠缠，最后汇在一起，形成合力。

丽塔迷上了降灵会，但她总是独自冥想，偶尔喃喃自语，并不告诉我她看到或听到什么。她想搞清楚人死的那一瞬间，灵到底从哪里脱体而去。"你可以趁我断气儿的那一瞬间亲我，"她说，"只要你时间掐得恰到好处，没准儿可以把我的魂儿，一口气吸出来，然后吞下去。"

"听起来很恐怖。"

她耸了耸肩膀,"这有什么,你就当你在吃一只牡蛎。吃牡蛎不就是这样嘛,提起来,就着嘴,要吸得快,反正人跟人就是互相吃掉的关系,所谓爱一个人,无非也就是你选择宁可被谁吃掉。就好比莱西吃了培根,培根又吃了戴尔,那些食物链顶端的灵魂总是很膨胀。我被很多人爱过,也折磨过很多人,现在我老了,落到你手里,我情愿被你吃掉。"我想她是衰竭了,灰了心,她已经六十六岁,如果她年轻二十岁,我一定不是她的对手。

"也许没有你想得那么复杂,也许我不停地画你,你的灵魂已经被我一点一点转移到纸上来了。"

"那我宁要个完整的,你画得太多了。"

我真的是画得太多了,东一张西一张的纸片,哪一张才能代表她?她死了以后我还在画,一直一直画。我对着她棺木中的睡姿,笔在纸面上扶乩一样移动着,有时还哆嗦,像失智了一样,直到殡仪人员忍无可忍把我拽开,钉上棺木。她的线条弥散开来,失去焦点,脸上浮现出斑块,手却紧握着。她变小了,河流细得快要消失了,最后的水滴也渗进了土壤。只有我看到这整个过程。我们画画的人,都自负眼睛像钩子一样,但现在我被教育了,世间盲目之人甚多,那些能看见肉眼不可见事物的人,才不是瞎子,真正的艺术家,应该具备为非物质赋形的能力,画出虚空的能力。

我订制了她的棺木，跟我雕塑的王尔德青铜棺木椅款式相似，如果她愿意，她可以半夜从坟墓里翻身坐起，在棺材上继续跟谁胡来。丽塔说，假使让她选她最喜欢的王尔德语录，她会选这句："被烫疼过的孩子，依然爱着火"。

从1998年2月4日我们相遇，到1999年1月6日她死掉，我和丽塔相处的日子里，留下了近200幅写生，我销毁了它们中的大多数，留下40多张。最后一张是我在她下葬之后画的，我在木板上用亚克力画出棺木的形状，她的面孔在棺木上浮现出来，好像我有一双俯瞰的透视之眼。然而我对她灵魂的去向依然一无所知。

我希望她能给我一些提示，像我的父亲那样，半夜敲敲哪里，或者显示一些可供联想的迹象，但是没有。只有一次我梦见阳台上的花盆里开花了，那些花不长叶子，花瓣上密密麻麻全是牙齿，在风里使劲摇着。

到了春夏之交，天气回暖，我又恢复了清早去海边写生的习惯。海先是潜伏着，然后开始跃跃欲试，最后涨潮终于来临，一堵堵墙一样的海水，前赴后继，笔直撞向沙滩，像自杀式袭击。最近我一直在尝试用左手画画，我的右手太熟练了，一出手就不由自主地流露经验，但左手还保持着纯真，像刚刚学步的小孩，跌跌撞撞，有时还会捣蛋。一连画坏了好几根线之后，我觉得手在风里有点僵冷，就停下笔，使劲地搓。我老了，我的膝盖现在每天都隐隐作痛，有时候画得久了，画完会突然站不起身。我还痴心妄想，要在这个垂老的肉身里去召唤那个隐藏着的孩子吗？我一边这么想，一边伸手去包里掏着，一侧是多拉给我准备的保温杯，里面装着热红茶，一个三角形的手帕包软软的，应该是她做的鸡蛋火腿三明治，另一侧还有一个三角形的手帕包，摸上去硬邦邦的，很重，我不用打开就知道是什么。于是我把它掏了出来，用尽全身力气扔向大海。

猎杀

撰文 索耳

两年前，吴镰还在旧圣城的复古真人色情电台工作，有段时间一个女人总是在半夜四点给他打来热线。要知道，那个点儿他正中场休息，在工作室铺着石榴色毛毯的走廊里徘徊，舒展因表演呻吟而发硬乏味的舌头，那个女人打来的电话却完全打扰了他，加上她那模糊的南方口音，讲述的荒诞不经的内容，吴镰根本没有耐心听她讲下去。每次听半分钟左右，吴镰就一下子挂断电话。她其实都在重复同一个内容，两句话就能讲完，她说自己最近老是做梦，梦境预示我们的城市会遭遇一场大灾难。她做梦很灵，从小就是。所以她希望借吴镰之口，把这个消息传达给市民们，她以为他们的电台是新闻联播呢，他们电台的受众能有这座城市总人口的百分之一就不错了，那些人要么是街头的少年浪荡子，要么是翡翠窟的基佬，还有一部分是中产家庭里因更年期到来而失眠的妇女。吴镰相信这个女人就是其中之一。在接到第七次还是第八次电话后，他实在忍不住,用字正腔圆的普通话狠狠骂她,羞辱了她一通。你需要更高级的安眠药了,吴镰对她说。这个城市确实越来越多的人需要高级的安眠药,对此,他们广告部的同事可再清楚不过。那次挂完电话后,她再也没有打过来。过了差不多半年,吴镰完全忘了这事,6月25号,都记得这个日期,所有的旧圣城人都不会忘记的日期,在这天,发生了那次著名的核泄漏。凌晨六点,地壳开始震动,混合着工厂废液的海水倒灌入城里,沿海的富人区首当其冲遭受了致命的照射。最初大家只把它当成地球放的小屁,没人认真,没人意识到那是多么深刻的灾难。那次灾难直接毁掉了一个繁华的都市,甚至说,一个繁华的湾区。五天以后,那些贫困区边缘的居民才被两千多台机器人强行架进直升机里。当时吴镰穿着防护服,耳边尽是螺旋桨的悲鸣,脑子里闪过无数这片旧街区的回忆,那些对着打过手枪的涂鸦墙,姑娘们养的水仙和鸽子,下水道里漂流的古惑仔火拼后遗留下的指甲和牙齿,每一幅画面都纤毫毕现,仿佛恋人告别时挤出的印象深刻的微笑,而他将要告别这一切,去往新的所在,很伤感,这时他才突然想起那个女人的梦,她的预言,还有那把后鼻音发成前鼻音、把卷舌发成平舌的熟悉口音。他本来可以拯救这座城市,她也可以拯救这座城市,这个他们在被窝里切齿痛恨却又拼命去拥抱次日的晨曦的地方。他们对它的爱可能完全一致。得找到她，当时吴镰就这么想，她有可能和他在一趟飞机里，更有可能是前面一趟，或者后面一趟，也是被那些毫无感情的金属触手强行按住手脚，就跟抓犯人那样，被弄进了飞机里，于是他在飞机里来回走动，想要把她辨认出来。可吴镰根本不知道她长什么样。只记得她的声音。他想了个办法，连着放了好几个响屁，他故意放得震天响，就在机舱里那些人面前，那些人果真大呼小叫起来，结果飞行队长抓住了他，威胁说再放屁就把他扔下飞机。这又不是他能控制的，吴镰装作委屈地说。通过刚才那群人发出的声音，可以确认她不在这趟飞机里。她在哪里呢？这份念想也没坚持多久，吴镰，还有其他一起避难的人民，搬到了新的圣城后，马上就投入生活的洪流中，马上把旧城的记忆忘得干净，他们都是混口饭吃的，好像在哪个城市都没有关系。无非就是旧湾区的海拔低点，氧气充足些；新圣城的墙壁干净些，气候也更冷点而已。吴镰也换了好几份工作，从午夜色情电台主播，换成花边新闻副刊的记者，再就是购物网站的分销管理员，看起来地位提高了些。吴镰对自己的新家也很满意，宽敞明亮，还有巨大的甚至把整个房间也容纳进去的落地窗，而在旧圣城，每个人只有一个篮球大的窗子，透过窗子也只能看到邻居的墙壁，大家都挤在一块，仔细想来，这个城市已经到达了它的饱和期，即便没有那次核事故，也会有这儿那儿的问题。庆幸那次核难给我们重新分配了土地。他知道这想法很卑鄙。对于死者而言，生者永远都很卑鄙。后来吴镰交了一个朋友，是散步时偶然认识的，他饭后散步的习惯保持了有十年，却从未给他带来什么朋友，他也本来没几个朋友，有两个还在核难里死了，这次却是个意外，因为他们几乎每次都会在某个地点迎面相遇，每次绕过游泳池上方的节育广告牌，吴镰就能预料到对方会从相反的方向拐出来，同一场景出现了有七八次之后，最后一次他们相互对视笑了出来，然后，搭讪，沿着游泳池边走边聊，聊到他们共同的爱好就是游泳，从那以后，他们出门就是按照原有计划散步，接着在这里相遇，聊天，在泳池里游泳。聊天时，他们尽量不提旧圣城的话题。他们都是从那里过来的。朋友甚至就是土生土长的旧圣城人，从朋友的口音能听出来，朋友以为吴镰也是。他们一直用旧圣城的标准语交谈。有一天，朋友因为拉肚子，不能下泳池，就躺在栏杆前面，躺了好久，突然问吴镰想不想回去。吴镰说回去哪，朋友说，回旧圣城。吴镰说当然不想，干吗要回去送死啊。那里郊区的空气里的灰尘都还带着几百毫西弗的辐射当量。朋友却说他要回去一趟，去公墓里拜祭他的某位亲人，这是他每年必行的仪式。吴镰知道阻拦不了朋友，便跟他约好一周后再见面。一周后，朋友回来，就跟什么也没发生过一样，坐在泳池边上，双条腿伸进水里。还是像往常那样聊天，但吴镰能感觉到那些放射的粒子流从朋友大腿的毛发间弹射着，鱼蛋似的噗噗掉到水里，沿着水流向他围攻过来，他确实感到害怕。吴镰害怕自己唯一的朋友。朋友身上的某些气质让他恐惧，同时也吸引着他。比如朋友那漫长的服役期，和吴镰交往的两年恰好是朋友度假的两年，用他的话说，人生很长，需要喘口气。这样的机会只有一次。朋友也明白接下来几十年是什么样的严苛和残酷在等着他。他们认识的第二年，吴镰辞了职，和朋友有事没事就出去外面逛，开朋友的旧丰田。这座城市无论他们住了多久，对他们而言都是新鲜的。他们得渐渐熟悉哪条街的涂鸦最前卫，哪个酒吧里的姑娘最好看，哪个广场上的演讲最动人，哪个管道里聚集着最穷的一批人。朋友爱吃巧克力，每吃必醉，每次在副驾驶座上，他慢吞吞地撕着巧克力的金色包装纸，把那堆皱巴巴的皮囊蜕在四周，再把巧克力伸进嘴里，热乎乎的，还没等它融化，朋友就开始背诗：他们用棕榈叶凉爽着我的额头／他们唯一关心的，就是探究／那使我萎靡的痛苦的秘密。朋友就只记得这么几句。但朋友反复把它们背出来，无疑就是想升华他们的行为，"城市间的浪荡子"。不过那个发达的资本主义时代已经离他们几个世纪那么远了。过了一年，朋友又要回去旧圣城，临走前夜，他们再次聊起和那座城市有关的话题，好像忍不住要一股脑把那些记忆抖搂出来。吴镰跟朋友说，自己做过色情电台的主播，朋友不信吴镰还有这么一段黑历史，吴镰便当场给朋友表演男人高潮的三十二种方式，以及女人高潮的十五种，实际上女人的高潮种类是男人的三倍，因为声带条件限制，吴镰只能勉强复刻出十几种。但这些已经够用。整个过程里朋友笑得直不起腰来。你有一条天下无双的舌头，朋友说。可惜这条舌头错过了拯救整个城市的机会，吴镰接着说。朋友问这句话是什么意思。吴镰便把那个女人的事情毫无保留地说了出来。朋友说，你一定得找到她，向我保证。虽然不知道向朋友保证的意义在哪里，但他毕竟是吴镰唯一的朋友，吴镰用拜物教的方式在胸前比画给朋友看。其实无须朋友的提醒，吴镰也会和这件有史以来纠缠他最久的事情纠缠下去。朋友第二天飞回旧圣城，准确说，是它的遗址，一周后却没有飞回来，飞回来的是他的一封电子信。朋友告诉吴镰，他得直接回部队，有任务必须马上执行。这么短的信，这么长的告别。起码最开始吴镰是有点庆幸的，这次不用被朋友带回来的辐射伤害到，可过了段时间，吴镰开始寂寞，没有朋友的旧丰田，他只能重归一个人的散步。一个人散步是多么无聊。吴镰发现新城市里多数人都很无聊，但走到一起就更不容易，特别是之前的人际关系被莫名其妙打破以后。两年过去了，很多人还是不能从这种"莫名其妙"中解脱出来。他想做出点改变。于是报了入伍的申请，在填写资料的时候，吴镰还设想着某次巡逻时和朋友偶遇："咦，这么巧？"边想边笑出声来。结果经历了漫长的新兵培训，在训练营里待了八九个月之久，主要是练体能和射击，枪都摸过十几种了，教官还是不肯放人。无休止的体能，无休止的射击。吴镰为那些在他身上浪费掉的弹药抱歉，真是抱歉。有次他甚至把一只路过的猫头鹰射了下来，教官气得发晕，大吼说你每对敌人打偏一次，敌人就对你回报一百个窟窿。吼归吼，教官还是同他们一起把猫头鹰烤着吃了。一百个窟窿和一个窟窿其实没有区别，不过是死相难看点。后来上头总算来了一位军官，营地的所有人都站成列队，接受检阅。多亏那些误伤在他们枪下的猫头鹰、黄鼠狼，还有别的乱七八糟的小动物，变成他们几个的腹中餐，这样一来，枪法越差的人长得越壮，那位长官第一眼就相中他们胸前和腰腹间横飞的肉块，把他们从中挑出来，像赶牛羊般赶上飞机。庆祝成为战士的首日，吴镰几个当晚在营地里喝到了十二点。一个绰号叫"毛蹄旺"的家伙手头上总是有各种各样的洋酒。其实吴镰不太爱喝酒，因为无法忍受自己不清醒的样子。他身上最可贵的品质就是，保持清醒。但是那天是他头一次喝多了，只记得他们这群人半夜里偷偷溜到外面，如同野兽一样在星空下跳舞。吴镰甚至不记得到底是他们在跳舞，还是宇宙在围绕着他们转。宇宙向来都在转动。所以很可能他们什么也没干。有人蹲下去哭起来。因为激动或恐惧。这时，关于那个女人的记忆突然又复苏过来，她的声音很清晰地飘浮在脑际，仿佛就在和吴镰打着电话，还是几年前那么多个苦闷的夜晚，她向吴镰透露过姓名，还有生长的村庄。她的村庄和他的只隔了几公里，一条河或者一条山沟的距离，想到这个，吴镰其实有点恐慌，因为他想起爷爷和奶奶，还有他爸爸和妈妈，他们之间相遇，认识彼此，只需要走几步路，从村庄到村庄，跨越一条河或一条山沟就可以。他们一辈子都在同一块弹丸之地打转，像狗被拴在木桩上，这也恰好是吴镰要躲避、远离的，他比任何人都要厌恶故乡。所以吴镰去了旧圣城，在那里住了十多年。那里是文化的中心，不管你是谁，只要住在那座城里，都会被文化的梦魇所波及。住进去后他沾沾自喜，认为自己总算能以一个高雅的文化人自居了，虽然干的是低贱的工作，但工作以外的时间，比如傍晚五点到七点，这段短暂美好的时间，他能沿着护城河西岸走一段，听着寺庙里诵经的声音，要么过桥到东岸去，看看广场上那些饥饿艺术家的表演，或者到几百年历史的大剧院去，坐在大理石波纹楼梯上，听听那些流传了上千年的音乐。一个有文化的世界多么好。这样的世界已经被毁灭了。从他的手中被夺去，在地上被摔烂，用脚踩灭。那晚吴镰彻底失眠，喝了很多酒，也不记得周围发生了什么，只记得那个熟悉的声音在干扰他的思想，第二天中午昏昏沉沉，被集合的号令从床上拉下，接着急匆匆地整理行装，腰带只系了一半就被赶上飞机。吴镰提着裤子在位置上坐下，周围的同伴有的戴歪了帽子，有的蹬错了鞋，有的穿反了外套，如此可笑，他想不通是什么样的任务如此紧急，也可能只是一个冷玩笑。他们的星球上已经很多年没有战争。飞机爬升到平流层以后，某个看起来像政委的人向他们传递消息，他们正在前往的是四龙岛。四龙岛！吴镰深吸了口气，对它简直不要太熟悉，开始还以为听错了，也许是另一个同名的岛屿，可当那位长官报出经纬度后，他确信那座岛就是距离家乡六十多海里的那座四龙岛。怎么会忘记那座岛呢。还是少年时代，十五岁那年，为了逃离那种粗鄙无聊、缠绕着各种恶意和误解的家庭氛围，吴镰偷偷坐上一艘外出的客轮，本来想去东寮岛，在那里可以转乘别的船去荔枝湾，结果买错了票，去了另外一个远离大陆的四龙岛，那是个荒凉的地方，只有罂粟商人和猴皮商人才会去，两个月才有一趟往返的船只。那两个月他在岛上饿个半死，和猴子抢东西吃，跳进海里才逃过去。岛上住的都是负责原始加工的工人，住在简陋的帐篷里。他们比猴子还凶。后来总算等到船，灰溜溜地回到家乡，第一次冒险就这么结束，还成了家里人好长时间的笑柄。为什么偏偏是这座岛？吴镰坐在座位上，努力平复着颤抖的大腿根和臀部，自几年前被架进飞机以来，还是第一次坐上飞机，竟然再次萌动了放屁的欲望。他可不能放屁，这里不是放屁的好地方。夕阳像初熟的花生酱糊在机翼上，舷窗外面的云彩渐渐由灰转赤，继续往下，转眼间就露出一片丛林的深绿。忧郁的深绿，怀旧的深绿。飞机在上空盘旋了二十分钟才登岛，很小心谨慎。他们沿着梯子下来，举目四顾，似乎台风刚过，红色的土地上堆积着巨大的椰子树尸骸。同伴们都没见过这种景象，热带的一切对他们来说如此新奇。他们更像是一群观光客而非接管这座岛屿的人。枪支和弹药背在身上，重量快把他们拖进地里。忧伤啊忧伤。自从踏上这块土地开始，Samsara的齿轮就开始转动。眼前熟悉的南方景色，吴镰曾刻意去遗忘它们，此时却真实地重现，真实得甚至透露出深刻的虚假，每一株植物、每一块石头都像是随手打印出来的模型。他们由政委领队行军至岛上的大本营，交接给另外一位长官，大概是负责这次岛上任务的参谋长，胡子有二十公分长，说话时有股莫名的兴高采烈，这次大家的任务是，他说，清除掉这座岛上所有的犬类。其实就是杀狗。狗屠夫。长官把杀狗这件事讲得这么漂亮，他们愣了一下，不太相信把他们大老远运来这里，就是为了杀几条狗。这和他们在训练营里误杀猫头鹰和黄鼠狼有什么区别。很快，参谋长接下来的话打消了他们煮狗肉的念头，不要小看这些狗，他说，它们的嘴里，牙齿里，唾液里，爪子里全是危险的东西，放射性的物质，核辐射。被它们挠一下相当于七百毫西弗的照射伤害。到那时候，你会更愿意被它直接一口咬死。为什么这些狗会变成这样呢？有人问。参谋长回答：好问题。这些狗是从旧圣城偷渡过来的。有人把它们带到了这里，我们还在查那个人的来历。这些狗在这座岛上没有天敌，因为它们那有毒的武器，习性也变得凶残，把这里的猴子全都吃光了。如果我们不想成为下一个被毁灭的灵长类，那就——杀死它们。参谋长的话起到了效果，他们脸色凝重，开始严肃对待这件事，而不是军队里的游戏打闹。和平时代让吴镰他们忘了那种你死我活的心态。这次可不是899块钱一位的野外军事体验活动。接下来几天，他们分头行动，五人一组，每组负责岛上的某个区域。吴镰分到的那个组，带头的是一个东北大哥，已经在岛上待过半年，杀了七十多头狗，拿过月冠军，经验丰富。东北大哥要求每个人不管前面放多少枪，打中的那枪一定要让它毙命。一枪毙命是为了减轻它死亡的痛苦。听起来很人道主义。但吴镰他们可能没那么人道，仅仅是因为枪法太差，甚至连子弹都送不出去而已。有一次他们巡逻，在岩石的夹缝里发现了一只被困的德国边牧，可能是失足掉进去的，也可能是为了躲避他们的追捕，个头不大，前腿横着蹬在石棱上，看到他们后，紧张得把爪子磨得霍霍响。那是吴镰首次见到这座岛上的狗，如此弱小，和参谋长的描述完全不像,更不是想象中电影里常出现的形象,红着眼龇着獠牙流着口水,它有那么可怕吗?偏偏东北大哥让吴镰来行刑。吴镰端着枪,往那条几公分宽的夹缝里瞄过去,它那琥珀珠子似的眼睛从阴影里半露出来,直面着近在咫尺的死亡。那是怎样一种庸常,这几个月来它经历的是怎样的庸常,人类自己都无法习惯,还在逃避它,从旧圣城到新圣城,逃避死亡这朵乌云的高压。吴镰的手腕开始发抖。本来枪法已经够差,五米之内都射不中一头大象,这会儿更加不堪,索性闭上眼睛,开了一枪,打中了边牧犬的后腿。它趴下去,用力哼叫起来。见此情景,东北大哥愤怒地把吴镰推到一边,用自己手里的枪,对准那条狗的头颅,结束生命。他的屠宰纪录继续在更新。但吴镰因为这次犯错,很长一段时间内失去队长的信任,例行巡逻时都被安排到队伍的末端,每次队伍停下来歇息,他都能吸食到前边的人放松时弥散开来的烟气。渐渐地,吴镰感觉自己被同伴隔离。和他同一个训练营出来的,十发子弹能把九发送给空气的同伴们,竟然纷纷开了荤,一周之内,成绩最差的也能杀两条狗。有个好开始就相当于成功一半。而吴镰却迟迟没法跨出那步,不知道为什么,动物他杀了不少,狗却从未杀过。他也并不爱狗。相反还有点畏惧。有些人怕蛇,有些人怕带羽毛的飞禽,而他怕狗。也许是吴镰的童年记忆在作祟:每户人家的门前都有一条恶犬,恶犬就相当于他们的面孔,他们用各自的恶犬打招呼;而教吴镰认字的老师——那是最后一代留守的民间真人教师,颤颤巍巍,从上世纪过来的老人,为了赚点生活费,逐字逐句地教他们读《荀子》,什么"争饮食,无廉耻,不知是非,不辟死伤,不畏众强,悻悻然唯利饮食之见,是狗彘之勇也",还拿自己比喻,说他们年轻时候凭着一股血气,到处打砸东西,见人就斗,这就是狗的勇敢,他让学生们永远都别学这种勇敢。直到现在老师的话都很难理解。如果不能理解某样东西,那自然也不会习得那样东西了对吧?可在这座岛上待得越久,吴镰就越觉得,他们身上的动物性远比那些发狂的狗更凶恶。日子一天天过去,大家的纪录在不断刷新。仿佛游戏机屏幕右上方一串跳跃的红色数字,年少的人们盯着它们,紧张又充满虚荣。因为战绩落后,吴镰被分派去和后勤部一起干活,把分散在四处的狗尸集中起来,填进挖好的大坑里。他见识过那台速攻型挖掘机工作的情景,巨大的蒜瓣似的铲斗,嗖地钻进土里,再提出来,留下的就是一个大黑洞。他们用狗尸去填那个洞。同样是一场速度的比拼,最终落败的是挖掘机。他们把那个洞填满了,无处可填,尸体开始堆积起来。上头下命令说不许焚烧,因为气体会带走那些放射物质,并传播到大陆去。最妥当的方法是用水泥混凝土浇筑在上面,最好是把铅也加进去,形成一座碑,或丘,或峰，或塔，或墩，怎么说都行。反正它不是什么严肃的工艺，更不需要什么命名。它只是那么一个存在。吴镰亲眼见证它从五米到十五米再到二十五米，最终确定下来，不再长高。站在它面前，人的影子被带有尖锐边缘的灰色影子覆盖，压得死死的，相对于它，人实在是微不足道。而它本身也是微不足道的。从一米七的微不足道到二十五米的微不足道，甚至延伸到整个国度，也不过是方圆几百万平方公里的物体而已。接下来他们还要造出更多这样的建筑。但他们不是为了造出这些建筑而来的。吴镰只能这么劝说自己。命运总非单一，它的多线程织体不可理解。后来的事情印证了这点。岛上的狗越来越少，他们也需要相应地加大搜寻的范围和深度，因此开始向岛上的居民瞄准。指挥部认为，不排除有居民把那些狗隐藏了起来。这里的居民大部分是猴皮商人遗留下来的孤儿，还有一部分是大陆来的逃犯。怎么说都不是国家的好公民。所以士兵们公然提着枪，大摇大摆地闯进居民家里去，翻查一通，再大摇大摆地走出来。这些居民吱都不敢吱一声。距离逮捕他们只是缺个罪名，吱一声就可以拉走。某个黄昏，吴镰独自执行任务，独自执行任务的原因是没有人愿意和他一组，当时他已经连续徒步了两个小时，嗓子感觉要冒烟，蒸腾的热气从这片红土地底下直升到半空，带着不可阻挡之力，把他挤成了古老的俄罗斯方块，身上那套军装湿了又干，浸泡得变形了，鞋里也滑溜溜的，不知是汗水还是泥水。吴镰沿着小路穿过丛林，在藤蔓围绕的低地上发现了一个白色的庭院。如同被突然拆开的礼物。可以想象那一刻他有多兴奋。正好可以去要点水喝。他朝着那户人家走去，还没到外缘的篱笆，猛然嗅到了一丝危险的气息。这股气息非比寻常，不同于之前任何演练或巡逻。吴镰立即趴下身子，握紧了手里的枪。他环顾四周，透过篱笆缝，总算发现了自己的敌人，它正伏在门口的木质台阶上，狠狠地盯着他，前爪紧扣，后腿屈起，屁股朝上，整个身体像拉满的弓，毛发齐立，似乎下一秒就要猛扑过来。吴镰可完全被这架势吓坏了。尽管勉强像个合格的军人那样把枪端在胸前，下半身却已经开始乱颤。它只是一条狗而已。可他没见过这种气势的狗。直至此时吴镰才百分百相信参谋长那番话，不是在吹牛逼，这条狗真的能把他弄死，比死还惨。在他的子弹射出之前，它牙齿和爪子上的放射粒子已经把他射穿。吴镰在网上见过那些罹患放射病的旧圣城人的照片，很快他就要变成那样凄惨的照片。千钧一发之际，他的舌头救了他。它自主采取了行动。它通过复杂的运动和变化使他模仿发出狗的叫声。汪汪汪。这叫声太像狗了，以至于吴镰不敢相信出自他的嘴巴，但它的确从他口中发出，传到对面几米远处的那位同类那里，居然真的起了作用。它一下子消除了敌意，低下头来，眯起眼睛。

它似乎眼神不太好，嗅觉也不灵。吴镰这才注意到，这是一条上了年纪的狗，少说也有二十岁，它出生的时候，我们国家估计还在载人登月呢。这时，房子的主人从院子另一头走过来，阿芙！阿芙！她呼唤着狗的名字。听到这声音吴镰愣住了，奇异的电流战栗全身，竟然是她！两年来魂牵梦萦的声音，终于让他找到了，一时间竟有点恍惚。竟然在这个天涯海角的岛上。他站起身来，朝她迎过去。她穿着一件淡绿色宽松的衣裙，头发披散着，皮肤有种健康的黝黑。很普通，没有什么惊艳的地方，但也没有离谱得低于期望。他们对视了几秒，她的阿芙从台阶上跳下来绕到她的背后，然后她开口说：还是让你找到了。吴镰说：你认出我了？她说她认得他的声音，就在刚才他扮狗叫的时候。说也好笑，他们通过声音找到了对方，但这也是一种必然。他们先前的联系除了打电话，就是听广播。她不知道听过多少次吴镰的广播。他们还是来自同一地方的人。初次见面，比想象中更加亲切。还是那模糊而亲切的口音。她邀请他到屋里，给他煮单丛茶，请他吃岛上一种特殊的果实，嗯咕果，咬破外壳和吸食果肉时会分别发出咕、嗯的声音。他们聊了三四个小时，聪明地避开旧圣城的话题不谈，谈的主要是家乡。家乡的桥，水牛，生滚粥，元宵会，台风，环形铁道，香味小南国，蝴蝶鱼和世纪轮渡。离开家乡那么多年，还是第一次聊起家乡，吴镰也没想到，还有这么多可以聊。话题的间隙，她隐约提到自己那些灵验的梦，那些被视为怪胎而委屈痛哭的童年夜晚，但如今她已经失去了这项能力。她的梦不再灵了。听到这里吴镰确实有点吃惊，心里隐隐地遗憾，这时他才能诚实面对自己，她对他的吸引，更多是建立在她的特异能力上，而不是那次因误解而产生的悔恨。他这么努力想找到她，很难说不是想从她这里得到些好处。为了掩盖失态，吴镰提议四处转转，她却说自己不会离开这间院子，如果他感兴趣，她倒是可以带他在院子里转。吴镰确实挺好奇。这个宅院，住一个人也不算大，门口的篱笆对着正房，左边两个小厢房，庭院中央的园圃种着树番茄和鼠尾草。走到正厅附近，才发现有一个耳房，门虚掩着，他们停下来，吴镰能强烈感觉到这就是她的目的，果然她推开门走进去，他跟着进屋，里面摆设很简单，正对着门口一张桌子，上面摆着某个人的遗照。他仔细辨认了片刻，才发现这张遗照的主人竟然是他的朋友。他那阔别已久、唯一的朋友。吴镰差点认不出朋友真正的模样。准确说，这是一张朋友少年时期的照片，比他们认识之时还早了二十年。这是怎么回事？他的朋友怎么会出现在这里？同乡的女人回答吴镰，朋友一年前已经去世了。她开始讲述，吴镰这才知道，朋友当时在短信里提及的那项紧急任务，就是被投放到这座岛上，变成狗的屠夫，和他一模一样。他现在做的事情只是步朋友的后尘而已。但是这些狗并非军方说的那样，"被核辐射污染的怪物"，它们的牙齿和爪子，甚至身体上的每一个毛孔，都没有所谓的放射性毒素，都是捏造的谎言，女人斩钉截铁地说，他们这样说为了让这些狗来给这场灾难埋单，这些狗身上所遭受的放射性损伤，不是毒素，而是证据！全是证明他们所犯下的过错的证据。为了保存这些证据，也为了救助这些无辜的生命，她偷偷把它们运送到这座岛上，可还是逃不过侦查和追杀。她认为吴镰应该保护它们，调转枪头；假如他还有一点良知，他的枪头对准的不是这群动物，而应该是残害这群动物的人。像吴镰的朋友那样。当时吴镰的朋友同样在这里找到她，从她口中获知真相，义无反顾加入她这边。他们相爱了。在简陋的小院里举办了只有两人的婚礼，司仪、神父、唱歌班、伴郎伴娘和宾客全由狗狗来担任。他们把狗群藏在院子的地窖内，在外面打伏击，在一次战斗中，朋友干掉了三个前同伴，自己也被子弹打穿后颈，在她的怀里死去。她把朋友埋在院子的园圃里，对，就是她种花的地方。听到这里，吴镰立马冲出去，跑到那几株植物的面前，目瞪口呆地望着花苞中央裸露的花粉，望着他的朋友。那个如此爱好巧克力和波德莱尔的朋友，如今却变成了这样的植物。女人跟着出来，走到吴镰跟前，也默默地看了一会这些娇嫩的花瓣和茎叶，然后开口问他，是否要站在她这一边。

吴镰没有理她。过一会,她送吴镰出门,道完别,她突然叫住他,能不能别再用你那字正腔圆的标准语了,她气冲冲地说,我早受够了,你以为这样就能以北方的文化人自居了吗?别再虚伪下去了,那不是属于你的东西。你根本不知道你自己是谁。吴镰当时被她说得哑口无言,回去的路上,回想她说的话,这么多年来他确实在不断磨炼自己的标准语,刻意消除自己的南方口音,到后来,几乎都忘记了自己在磨炼口音这件事,因为他已经把舌头训练得很完美,被整个文化大环境吸纳进去,哪怕是圣城土著也无法挑剔他的口音,但是这个同乡女人,可能是这个世界上最了解他的人,在她面前,吴镰藏不住任何东西,或者说,这是她对他的超能力,她的超能力只对他有效。回到营地后,吴镰当晚再次失眠,出了一身冷汗。不能再放过她,他想。第二天他早早起身,装好弹药,独自出去,同伴们对此早已不生疑。在他们眼里,吴镰可能比一条狗差不了多少。吴镰本以为凭自己的记忆,在丛林里找到她的住处不是难事,他有点高估自己了。就跟找迷宫出口似的,日上三竿才找到她的白色院子。阿芙依旧趴在台阶上,只是微微伸头向他一瞥,好像早就知道他会回来。那个同乡女人,到现在吴镰还不知道她的名字,正拖着水壶在园圃边上浇水。看到他以后,她露出了微笑,某种自信的微笑,但很快就转变成恐慌,因为吴镰朝她冲过去,把她按倒在地上，开始扒她的衣服。水壶掉在地上的声响相当刺耳，哐当当左右转了两圈，滚进园圃里藏了起来。吴镰把她的衣服撕成一条一条的，绑住她的手脚，用被胡须包裹了三个月的嘴唇吻她，开始时她还奋力反抗，后来反而变成了迎合，连喘息也逐渐温柔，就这样，吴镰在这些植物的面前狠狠操她，或者她在这些植物面前狠狠操了吴镰。吴镰每操一下，就用一句最粗俗的家乡方言来骂她，她同样以粗俗的方言回应。在她身上，吴镰有种感觉，他爸爸就是这样操他妈妈的，就像他祖父操他祖母一样。渐渐地，通过这个过程，他找回了自己的乡音。完事后，她依偎在吴镰怀里，她手臂和后背的皮肤可真黑，和他的大腿、以及大腿旁边的M7突击步枪放在一起，竟分不清哪个是哪个。她那只阿芙也跑了过来，也依偎在他们面前。吴镰看着这条狗，心里一动，问她，地窖在什么地方，他想去瞧瞧那些狗。她同意了，带着他到正屋去，地窖就在正屋的下方，靠近书柜的墙壁上有个扳手，扳动机关就可以打开地窖门，有一道梯子直通底部。吴镰默默看着她操作这些，跟着她，从梯子下去，下面黑漆漆的，伸手不见五指，但根本不用光线来提醒它们的存在，他才走到梯子底端时，这群狗就争先恐后地狂吠起来，得知道，在这么一个狭小密闭的空间里，二十几条狗一起嚎叫是什么概念，他的耳膜快被震破了。最聪明的动物也是最愚蠢的动物。也许我们和狗一样，最终的立场都不在自己这里。同乡女人就站在吴镰旁边，对现场可怕的声响毫无所动，冷漠、强硬，双手藏在身后，这位主人似乎早已见怪不怪。她按开地窖的灯，在铁笼前踱了一圈，然后告诉吴镰，二十八只。本来有五十只，但在地下生活，容易忧郁、生病、衰老，已经损失了近一半。她这样说，像在盘点着他们的家产。吴镰点点头，这个数目的确是他想知道的。不管是在地下还是地上，它们都只是一个数目。二十八只够多了，远超他最初的设想。挪亚方舟上也不过雌雄一对。只要保护好它们，等敌人离开，他们就可以用它们打造一个犬之岛，如同重新创世，重新创造一个狗的王国。这也是这个女人的想法。吴镰甚至能想象到，她怎样向他的朋友描绘过这样的前景，说过同样的话。他的朋友也曾像他现在这样，检阅着黑暗地窖里的铁牢笼里的部队，当时的数目还是四十个，或者四十五个，然后信心满满地拍胸脯向女人保证，一定能保护好这些无辜的灵魂。保护？还是利用？吴镰不知道朋友是否有同样的疑惑。这时，头顶的地板突然传来一声枪响，搅动本来渐渐安静下去的地窖，狗吠和这枪声比起来简直不值一提。上面出事了，吴镰和女人马上冲上梯子。阿芙就在上面。等他们爬上来时，它正在地板上血淋淋地扭动着瘦长的身躯，肚子中了一枪，从脖子穿过，没扭几下就断气了。女人快速走到阿芙跟前，捧住它的后腿，忍不住掉下眼泪。眼泪在她黝黑的脸颊上盘旋，是透亮的。吴镰却提示她不要发出太大动静，敌人还在院子里，说不定就在隔壁，他能嗅到那股在军队里流行的麒麟牌香烟的气味。吴镰捏紧了手里的枪，走出正厅，在耳房门口停下来，紧贴墙壁，调整呼吸。他们就在耳房里面。两个或三个人。他的突击枪的发弹速度赶不上他们的反应速度。这时吴镰想到了一个办法：在花丛里伏击他们。于是他立即退回去，躲进园圃里，树番茄伸出枝条裹住他的每一寸肌肤，除了眼睛露在外面。前同伴从耳房出来时，吴镰马上就认出了他们，他对他们太熟悉了，几个月前他们还曾在训练营里厮混，如果有可能，他希望他们都不要从那座营地里出来，如果再给一次机会，他们会好好训练枪法，但现实里一切都没用了，吴镰躲在暗处，瞄准了其中一个同伴，扣下扳机。他终于发现，枪法最准的时候就是真正起杀意的时候。那位同伴应声倒地，前胸穿了一个纺锤大的口子。另外一位转过身来向吴镰还击。吴镰早先一步从树丛里滚出，子弹从头顶簌簌擦过，接着在地上射出两枪，把另外那位也打倒了。他们肯定不敢相信是他。当吴镰走近他们，最初倒地的那个还没断气，眼睛瞪大，想不明白。吴镰知道，其实他也想不明白。吴镰把他们都埋在园圃里，其实他不想把他们埋在那里，那里最好是只属于他的朋友，但他此时手酸脚软，拖不动这两具肥胖的身躯到外边去。同乡的女人也过来帮忙挖土。她好像还没有从失去阿芙的悲痛中缓过来。埋完敌人，他们接着把阿芙也埋了，她跪在地上，吴镰第一次从她身上看到楚楚可怜的样子。可他们没有时间留给哀悼，因为更大的危机马上到来，军方肯定不会善罢甘休，哪怕是几个小卒的失踪。军方自认为早就掌控了这块岛屿，不会容许某个地方冒出一根奇怪的刺。很快就会有更多的人过来侦查。同乡女人告诉吴镰说，地窖就是最好的避难所，足够隐蔽和坚固，上次他朋友出事以后，她就在里面躲了大半年才出来，和她的狗狗们在一起，粮食足够它们挥霍，地窖里有十几缸压缩面包，都是当初岛上的工人大撤退时，她从他们手上买下来的。吴镰同意进入地窖，但是不仅仅是避难，地窖更应该是他们的基地，他们可以以此来引诱、骚扰、伏击敌人。打游击战。伟大领袖的天才战略。吴镰甚至制定了一套详细的作战计划，刻写在地窖的墙壁和地砖上，写得满地都是，而他和女人则每天练习这套计划，每晚也练习，在床上。只要坚持去做，两个人也能对抗一支军队。吴镰是这么想的，很有自信。只是没料到，他的计划落了个空。在地窖里等了半个月，也没见有人过来，这里，以及在这里发生的事情，好像已经被人遗忘。偶尔吴镰从地窖里出来，在院子周围活动，摘椰果，打探消息，但也不敢走太远。又过了半年，他们岛上的网络通信突然恢复了正常，吴镰和女人这才得知,早在半年前,岛上的军队就撤退了。大撤退。跟所有光临这座岛的外来客一样。工人大撤退,商人大撤退,军人大撤退。都逃脱不了撤退的命运。撤退的原因是国内另一座城市发生了核泄漏,和旧圣城同样的命运。军人需要去救助那座城市。吴镰对那座北部的城市不了解,也无感情,不过还是应该感谢它为他们解围,甚至说,为了帮他们解围而牺牲了自己。吴镰知道这种想法很离谱,但这种好运真的是奇迹,他和女人一直在说,应该把那座城市的名字记下来,刻在石碑上,系在脖子上,每天念叨十遍,尽管那个名字用他们方言读起来很拗口,像在打饱嗝。危机解除后,他们把地窖里的狗都放出来,给它们自由,它们在不自由的状况下处得太久,倒像是他们才是剥夺它们自由的人。这二十几头狗花了段时间才重新适应蓝天白云。但和它们被囚禁的时间相比,其实也没多久。它们很快就学会在草地里追逐,在泥潭里打滚,在水里游泳,在石头底下交媾。平时吴镰在岛上散步,走过那些遗留下来的巨大的水泥建筑时,还能看到它们在底下交媾。它们的姿势很新颖,至少他从未见过。吴镰把这些新姿势记下来,回去和女人演练,并且鼓动她到户外去,和这些狗狗一起练习。他们很快就忘了这片土地上发生过的悲剧。随着旺盛的繁殖期到来,这座岛确实按照他们的设想在发展,变成了真正的犬之岛,一个全新的王国。到处是狗。到处是狗的脚印、体毛和粪便。人类却只有他们两个。吴镰和女人试过无数的姿势，却始终不能令她怀孕。除了不能生孩子，他们都很健康。问题可能在吴镰身上，可能在女人身上，也可能他们同时都有。最终他们放弃了，女人安慰吴镰说，岛上的狗狗全是他们的孩子。他很认同，但同时也觉得他们的孩子太多了。多得让他们有些嫉妒。于是每年春天吴镰都会带着枪到野外去，扣响扳机，根本不用瞄准，因为数量实在是太多了。他很少会失手。每年春天大概杀两千条狗，然后封枪，来年再来。其实扣扳机也是很累人的活儿，吴镰感到累时，就把枪递给女人，她只是一个普通的女人，除了做过奇怪的梦，还有枪法神准。她把枪端起来时，没有一个孩子能逃得过她的爱。

每一天醒来
宇宙都如同最后一次凝视着你。／胡波

窄门酒馆

撰文 双雪涛

窄门酒馆

Y是我的朋友，女性，高约一米七二，体重七十三公斤，长我一岁，常年短发，手持中南海牌儿香烟。北京人，美国留学四年，日本留学两年，掌握多门外语，但是只说北京话，有时候酒吧来了老外，她都假装听不懂，知道你大爷是什么意思吗？老外摇头，她说，就是祝你安扣健康。对，她有一间酒吧，不大，两层，上面一层是一个小型放映厅，每天晚上放两部电影，都是她挑的，免费，但是谁要是中途掏出手机，她就给轰出去。"只能有一个光源，知道吗？"下面一层卖酒，十几张小木桌子，她懂威士忌，也自己调酒，调制酒都是她起的名字，烈一点的叫"八月之光"，柔一点的叫"了不起的盖茨比"。据说她曾写过不少诗和小说，但是都在抽屉里，有的已经销毁，冲进了马桶。她的书读得极多，应该是我认识的读书最多的人，有几次我真想钱锺书先生再生,和她较量一下,想到钱先生无法跟进近二十年的文学,至少不知道波拉尼奥何许人也,可能还是Y有些微弱的优势。她的酒吧营业到晚上两点,零点之后,她就坐到最里面的小桌子旁边,和几个亲近的朋友聊文学,聊到两点准时关门,从不替别人买单。

昨天晚上我结束了一个短篇小说,看看时间大概十一点五十,就穿上外套叫了车,来到她的酒馆。酒馆的名字叫作"窄门"。进了"窄门",酒保L君正在摇晃手里的铁瓶子,他过去出版过小说集,后来得了抑郁症,几生几死,发现当酒保能治愈他,于是就在这当了酒保,白天写作。可能是手指比较灵活,他都是手写。我要了一杯"漫长的告别",往里走,看见Y和一个专写长篇小说的女作家S正坐在那张桌子边聊天,恰好还有一把空椅子,我就坐上去,把酒杯放在桌子上听她们说话。S说,我最近非常轻松,因为我已经写了十万字,只需要靠惯性把后面的写完就可以了。故事非常简单,就是我三十岁到三十五岁之间的经历,我离了两次婚,生了三个孩子,换了一座城市,还因为酒驾进了一次监狱,我就是顺应着生活把他们写出来。有几个追求者,我会适当隐去他们的名字。Y掰开一枚开心果,把果仁放在嘴里说,我觉是大概是一摞垃圾。S说,你为什么这么说?Y说,直觉,看你得意扬扬的样子,估计你的叙述者也是如此,千万别骗我,你是不是在开头就描述了"我"的样子，特别美丽？特别柔弱？特别天真？S说，不是在开头，是在一千字之后，谁爱看一个丑八怪的故事呢？况且我也没有说假话。Y说，建议你还是照照镜子，你因为酗酒和失眠已经像个五十岁的女人，你以为白日梦就是小说？你的力气都用在爱自己上头，写小说只是你和自己的爱情的分泌物，最好还是不要拿出来给我看，省得我在里面看到我自己的影子，告你诽谤。嗨，老Q。我说，嗨，这个"漫长的告别"味道怪，我现在有点发晕。她说，我已经一周没看见你，一周的时间，你又出现，我揣测你刚好写了一篇短篇小说，还是初稿。我说，是，但是没有写好，因为最近对一些人有气，所以小说看着有点暴躁。她说，你在生谁的气？我说，我也说不好，可能是一些我从未见过的人。她说，所以你觉得自己很重要？我说，倒没这么觉得，但是也多少有些价值吧。她说，我有个理论，作家都是一些把自己当回事儿的人，但是太把自己当回事写不出好的小说。我说，这个分寸怎么拿捏？她说，大概可以这么想，我是一个卑微的人，我也没有多少见识，在我的眼光之外还有广大的我不知道的区域，但是我可以写一点我的狭隘跟别人分享，我绝不是真理，我不是真理真好，我犯不着比别人都正确，我觉得应该这么想。我说，有道理，每当我感到自己强大，写出的东西都是光滑乏味的树干，每当我觉得自己弱小，可能就会写出一棵带着枝叶的小树。她说，愤怒和嫉妒都是人类很轻浮的情感，你看你皱着眉头，好像刚刚还在生闷气，也许你想起了某人的一句话，遥远的恶意，我奉劝你想一想海明威的写作，每当他动怒，写作就是他的病痛，每当他置身于天真无知的尼克[1]之中，写作就是他的治疗。我说，我在小说中扎漏了一个孩子的皮球。她说，你再说说。我说，我在小说中写到，在午夜的公园里，一个穿着帽衫的孩子在练习颠球。他打着耳钉，戴着耳机，不停地颠着，但是每次都不会超过三个。我在铁丝网外看了他很久，终于走进去，用小刀扎漏了他的皮球。她说，你为什么要这么干？我说，因为我可以颠二百个，我是一个运动健将，讨厌所有花腔。她说，你说的是现实中的你还是小说中的你？我说，都是。在这个细节上重合。她说，所以此时你把自己当作法官，可以裁定谁可以踢球谁不可以踢。我说，是。她说，作为小说家你当然有这个特权，但是我提醒你，如果一个小说家在写作中丧失了公正，是一件危险的事情，一个只能颠三个球的少年，也许可以跑得飞快，而你已经老迈，除了原地颠球什么也做不了，或者也许他是个嘻哈少年，腰里

---

[1] 尼克·亚当斯是海明威众多短篇中的一个男主角，这个角色从孩子成长为青少年，又成为士兵、复员军人、作家和父亲——这个过程与海明威本人的生活轨迹相似，是第一个海明威作品中他本人的化身，之后海明威创造的男主人公全都有尼克的历史。——编者注

别着手枪,你这个手持冷兵器的中年人根本不知道危险就在眼前。不过,我倒是喜欢这个细节。我说,为什么?她说,"漫长的告别"是一款好酒,你竟然说它会使你头疼,如果你不是我的朋友,我真想把你轰出去,没有道理,只是因为酒馆是我开的。

S并没有参与我们的谈话,她的身上散发出刺鼻的香水味,好像刚从灌满香料的泳池里捞出来。此时她正用化妆镜照着自己的脸,时不时咧一下嘴,她的牙缝里有一片香菜,她似乎并没有发现,镜子里的她确实比真实的她看上去美丽一点,真是一面不得了的镜子。我凑近了看了看,镜子里她的牙缝中当真没有香菜,而是一枚花瓣,那花瓣从牙缝到了她的舌尖,被她一吐,落进了不知谁的酒杯里,再也看不见了。

2018/1/9

好人难寻之夜

Y的酒馆最近歇了业,据说是因为消防的问题,搞得我有点紧张。北京偌大,到了晚上各处都有人相聚,可是"窄门"有其特殊之处,就是每次去那里,都觉得是一个值得信任的场所,当然其首要原因是酒馆乃Y所开,桌子、椅子、酒杯,无不渗透了她的趣味,可以看作是她的分身,另一原因是像我如是想的人有十几二十个,这些人好像是一家银行的储户,因为对东家信任而渐渐彼此信任,即使难免有不一致的地方,比如有人从不读2008年之后的翻译小说,有人从不看2010年之后的国产电影,相互间也并不怎么熟识,亦有流动性,不过确实没有令人讨厌之人,要知道一群自以为是的人坐在一块,相互还不是十分讨厌,是十分不容易的。

今天一早,Y给我打了个电话,说"窄门"又开张了,灭火器比过去多了几个。为了庆祝重新开业,今晚搞一个小活动,叫作"短篇小说之夜",如果我没有写作任务,可以过来。我问,"短篇小说之夜"怎么讲?简称"短小之夜"?她没笑,说,就是喊了十余个朋友,每人准备一篇短篇小说,必须是自己喜欢的,念其中一段,如果在座的有人猜出,她就免费送一杯调酒,调酒的名字根据她最爱的一篇小说命名。我说,哪一篇?她说,好人难寻。我说,何不叫作"好人难寻之夜"?规则不变。她想了想说,也好,反正今晚来的确实一个好人没有。来的时候把书套上书衣,她最后说。放下电话我便开始在书架上翻书。我偶然写短篇小说,但是实话说,读得并不是特别多,确实有人写得真好,不过问题也有,就是一个作家总有思维的定式,如果从头到尾读一本集子,就会知道一个作家的脑回路，如同信鸽一样，无论飞得多远，也会找同一条路回来。我忽然想起高中时读的一篇，着实喜欢，并不起眼，回路特别，应该不会被人猜到。

十点多我到了"窄门"，今天人没有几个，看起来重新开张的事情Y并没有通知每一个老主顾，或者说，她信守诺言，找的人都不是好人。Y站在吧台里面，L君还是一副睡不醒的样子，正在调酒，大概十几杯"好人难寻"排成一排，摆在吧台上，好像出操的士兵。一个二十岁出头的女孩正在朗诵，女孩的头发火红，穿了一件黑色的对襟毛衫，乳房的边缘清晰可见。"这个十八岁的男孩，在和他十七岁的女朋友结婚时，他们自己还是孩子呢，但他们爱得死去活来。没隔多久他们就添了个女儿。这个孩子在十一月末的一个寒流里降生，正赶上这一地区水鸟的高峰期。男孩喜欢打猎，明白吗，这是故事的一部分。"我的直觉是这篇小说我读过，但是仅限于此，不可能猜出答案。"明白吗，这是故事的一部分。"这个腔调非常有效，如同一根绳子，套住了读者的脑袋。一个中年男人，戴着不错的腕表，用手指敲了敲桌子说，我知道这篇小说，这不是这篇小说的开头，虽然看起来很像。我认识他，是一个独居的诗人，妻儿移民海外。女孩说，厉害，确实不是。男人说，容我想一下，开头应该是父亲在给女儿讲故事，长大之后的女儿，他们在哪个城市来着？对了，是米兰，一个圣诞。嗯，卡佛的《距离》，因为开头如此，才是距离的意思。女孩放下书，向男人点点头说，我喜欢这篇小说，当然卡佛有更著名的，不过这篇里的父母跟我的父母很像，我爸爸现在在波士顿。男人说，父母都是这样，父母嘛，总有要好的时候。Y把一杯"好人难寻"放在他面前，男人抿了一口，不再回应女孩的目光。第二个朗读者是一个秃顶的老头，吸着烟斗，衣服上有水彩的痕迹，看上去有点颓唐。他有一点南方口音，时不时咳嗽。"'你也许本来知道，'他接着说，'我曾经有一个小兄弟，是三岁上死掉的，就葬在这乡下。我连他的模样都记不清楚了，但听母亲说，是一个很可爱的孩子，和我也很相投，至今她提起来还似乎要下泪。今年春天，一个堂兄就来了一封信，说他的坟边已经渐渐地浸了水，不久怕要陷入河里去了，须得赶紧去设法。母亲一知道就很着急，几乎几夜睡不着，——她又自己能看信的。然而我能有什么法子呢？没有钱，没有工夫：当时什么法也没有。'"Y说，这篇有点太著名了，我这酒送得太轻易。老人说，我不是想为难别人，我就想让朋友们记起这篇小说，我们都曾经是有劲儿的人啊，可是到现在呢，谁没有堕落呢？有两个人几乎同时敲了桌子，两人各得一杯酒，相互举了举杯子，一饮而尽。下一个是我了，我把书在包里面拿出来，翻到折页处念起来，"我在台上演戏，正在非常焦灼，激动，全场的空气也都很紧张,他在台下叫我:'老汪,给我个火!'(我手里捏着一支烟。)我只好作势暗示他'不行!'不料他竟然把他的手伸上来了。他就坐在第一排——他看戏向来是第一排,因为他来得最早。所谓第一排,就是台口。我的地位就在台角,所以我俩离得非常近。他嘴里还要说:'给我点个火嘛!'真要命!我只好小声地说:'嘻!'他这才明白过来,又独自嗬地笑起来。"没人回答,安静了几秒钟,一个戴着牙套的中年女人说,里面提到老汪,应该是汪曾祺的东西,哪一篇不知道。我不置可否。Y说,有点意思,这篇我也没印象,你再念一段吧。我接着念到,"慢慢地,我干活有点像那么一回事了,他又言过其实地夸奖起我来:'不赖!不赖!像不像,三分样!你能服苦,能咬牙。不光是会演戏了,能文能武!你是个好样儿的!毛主席的办法就是高,——叫你们下来锻炼!'于是叫我休息,他一个人干。'我多上十多锹,就有了你的了!当真指着你来干活哪!'"没人回答,Y说,一定是汪曾祺的东西,而且应该写在60年代,他之前之后,都不写这种东西了。我说,是,落款是一九六二年五月二十日夜二时。一人答道,诞生于五月,是一篇金牛座的小说。我说,没错,这人物确实有股牛劲。Y说,你为什么念这篇小说呢?我说,不知道,写得好是一方面,也可能是他写得这个人,虽不是悲剧,但是有种让人心疼的东西,每次读都觉得自己是个浅薄之人。

到最后也没人猜出，算是微小的胜利。

之后又有人读了几篇，有契诃夫，有毛姆，有显克微支，我一篇也没有猜到，也无半点沮丧。后来我自己买了一杯"好人难寻"喝了，提前走了。Y朝我挥了挥手，没说什么，她比我上次见瘦了一点，她站那里，不远不近，如同一盏新购置的落地灯。我忽然想到一点，如果"窄门"真的着火了，那些新来的消防器到底有没有用呢？以我对Y的了解，她也许更愿意注视着一个东西璀璨地烧尽，拿着灭火器卖力喷洒的Y我无论如何也想象不出来。实话说，"好人难寻"味道一般，太苦了，不知道Y知不知道这一点。

2018/2/25

有一名男子叫欧比纳斯

对于"窄门"来说，今天是正常的一天，对于我来说也是。白天没有发生任何事情，发生的事情都是应该发生的，或者说是基本上按照我的意志逐个发生的。写作，回了几封电邮，去朋友的工作室坐了坐，争论了一会中美贸易战的问题，虽然大家的信息来源都差不多，不过掺上点自己的理解和世界观就可以算作崭新的观点了。喝茶，上了不少趟厕所，然后走路吃了晚饭，服务员认识我，每次见我都面带笑容，然后把我发配到角落里的单人位置。每当天热的时候我都感觉自己要感冒，感冒就会引起鼻炎，鼻炎的源头要追溯到高中，一次激烈的争顶，对方把我的鼻子撞歪了，我用手扶正，又踢了一个小时。那个少年当时迷恋汪曾祺，从没有听说过纳博科夫的名字，最远去过锦州，从不认为自己某一天也会成为父亲。时间过得好快啊，我喝完了牛肉汤，向"窄门"走去。

在"窄门"泡到夜里十二点，空调非常舒服，Y是个摆弄空调的大师，永远可以把空调调到怡人的温度。我的背包里带着村上春树的新书，一个访谈录，对话者是川上未映子。村上叫作村上，女作家未映子用破折号代替。我总是以为女作家的话是村上的引申意思，看了一会脑子就乱了。啤酒的温度也刚好，就啤酒来说，刚好的温度就是极凉。大概十二点半，Y坐到了我的桌子旁边，她今天看着也很正常，和过去一样，穿着长袖衬衫，端着和我一样的啤酒杯，没有寒暄，直接坐下。过了一会，一位认识Y的女演员H也是网络红人坐了过来，我认识她，她不怎么演戏，但是很红，因为在微博上显得很有知识，并且经常有出人意料的精彩观点，实话说，我也偷偷关注了她，只是当面不方便承认而已。Y介绍我们认识后说，说，老双，H也开始写小说了。我说，是吗？恭喜，你也要逆历史车轮而动？H说，Y说得不准确，我没有完全开始，我才开始寻找那个词。我说，什么词？她说，就是开始小说的那个词，能够进入小说的词语。我忍不住说，你在微博上的词汇都很灵巧啊，生动活泼，一针见血。她说，谢谢你，我现在就是在努力把那些词语从大脑里清除出去。我说，什么词语？她犹豫了一下，打开手机说，我都记在了记事本里，如下，就酱，屌丝，懵逼，Mark，水逆，冲鸭，谁的锅，还有很多，我就不念了，念完了就又加强了印象。我说，明白，你说的是语言的纯度问题，但是我有个疑问，既然你能用这些词畅快地表达自己，为什么要写小说呢？她说，不是非要写小说，我不是要成为一个作家，你不用担心，不会拉低你们这个行业的平均水平，因为我不想发表，我只是想让自己不那么焦躁。我都是手写在笔记本上。我看了看Y，Y说，她很疯的，去年夏天我和她在河边散步，她突然跳进了河里。我说，然后呢？Y说，我不会游泳，我看她游得不错，不是想死，我就回家了。H说，有时候我会被留言气到，开始的时候是自己对着电脑破口大骂，后来就经常控制不住自己的行为，昨天我走在街上，看见一个男人，我看了他半天，他拿着一个手包，戴着金色腕表，另一手在刷手机，我忽然认出他就是前一阵子发私信侮辱我的人，那会儿也应该是正在给我发信，我走过去打了他一个嘴巴。我说，你很勇敢。她说，当然不是他，他正在用微信给家里报丧，父亲在北京去世了，我们在派出所都哭了。说到这里,她叹了一口气,喝下一大口啤酒,用手揉了揉眼角。

我在心里迅速地想着她的问题,人类语言的流变,文绉绉的,但是当时只想到了这个短语,五四时期我们从译介的西方文学和日本话里头找到了许多新词儿,揉到我们的白话里头,用得还蛮趁手。建国之后我们又有了新的革命语言,革命语言也能用,但是得改造,或者说放在小说里就有了新意思。最近十几年,汉语的语汇大大膨胀了,不只是因为互联网,也因为人们交流的速度变快了,需要语言提供新的速度,我的父母从来不会用"牛逼"这个词,不是因为粗俗,是因为不知道怎么用,因为这词太快,太直,且只有一个意思。保证速度的方式是取消言外之意,你一琢磨就慢了。人类的历史和工具的关系一直如此,人类发明工具,工具作用人类,使人类发生改变。语言是人类最重要的工具,精神层面的,几乎所有独裁者都先要把语言控制住,等于不用费铁,就先给人戴上了镣铐。互联网的语言自由勃发,趋势是粗鄙,可见人类还是有先天缺陷,戴上手铐憋闷,自由生长堕落,因为粗鄙是最有效的,含蓄的人骂架准输。粗鄙的结果不用分析了,见人就抽大嘴巴是最轻微的表现。

H看我发愣,没有看见她的一大滴眼泪,有点失望。我挠了挠脑袋说,你最近在写什么小说?她说,想写一篇爱情小说。我说，那我们先从一个词开始，你先想一个词。她想了想说，吻。可以吗？我说好啊，契诃夫有篇小说就叫这个，什么样的吻。她说，充满礼节的，吻在手背上。我说，好，谁吻谁？她说，当然是男人吻女人，女人吻男人手背不是变态？我说，也是，上来就吻还是有个过门儿？她说，还是要先相遇。我说，我想到一个开头，经典的，给你参考。她说，你说。我说，从前，在德国柏林，有一个名叫欧比纳斯的男子。他阔绰，受人尊敬，过得挺幸福。有一天，他抛弃自己的妻子，找了一个年轻的情妇。他爱那女郎，女郎却不爱他。他的一生就这样给毁掉了。然后你可以写你的那个吻。她说，这不是把小说都讲完了吗？我说，是啊，所以叫小说啊。她说，明白了。有意思。

这就是正常的一天，当我离开"窄门"的时候，已经是凌晨一点，外面的风还是挺热，好像把人缠住，动一下都是对抗。我看了一眼手机，发现H发了一条微博：从前，在德国柏林，有一名叫欧比纳斯的男子。他阔绰，受人尊敬，过得挺幸福。有一天，他抛弃自己的妻子，找了一个年轻的情妇。他爱那女郎，女郎却不爱他。他的一生就这样给毁掉了。多么牛逼的开头啊。

是鸭。

2019/7/27

夜游神

撰文 孙一圣

一个疯人认为自己是个鬼魂,一到深夜就到处走动。

——安东·巴甫洛维奇·契诃夫

三魂永久,魄无丧倾。

——《净心神咒》

夜见灯光,别有圆影。

——《楞严经》

我们都叫她毛毛。第一个毛是她的姓,第二个毛也是她的姓。我们都知道毛毛不是复姓,我们也知道她只姓一个毛,可我们从来不知道她叫毛什么,好像她从来有自己名字,因为我们都叫她毛毛。

而曹县一中是全县最好的中学,我考了两年才考上。不说师资力量,不说教学高楼,便是奢侈的厕所早已蜚声校外。洁白的瓷砖,松木的弹簧门,还有感应水龙头,无不彰显厕所的排场。尽管毛毛素来洁净,以致到了虔诚的地步，然而，比厕所大肆流芳的却是毛毛如厕的故事。

毛毛除却饭前便后，便是课前课后，也要洗净双手，洗掉一层皮也不在乎。她向来严苛，从不请假，也不迟到。几乎踏着上课铃进来教室，头顶下课铃走。据说，她只迟到一次，迟到整整一节课。那天本来快要上课，毛毛去教室路上临时起意，想去厕所。讲到这里，有人插嘴说，想不到毛毛也需要上厕所。毛毛快步进了学校奢侈的厕所，待毛毛上完厕所，再去洗手。学校的厕所虽然豪华，水龙头也会破旧，铁锈撕裂了镀锌，但那也是感应水龙头。毛毛洗完手，待要出门，她却突然呆呆地出了问题。厕所门关闭了，要搁以前，她则不慌不忙掏出纸巾，垫在手上，开门走人。今天，毛毛兜里空空如也，别说纸巾，便是厕纸也用完了。毛毛想要出门，需要拉开门把手，这样她的双手便白洗了。她也尝试以脚开门，冇开开。如果拉开门，弹簧门自动关门之前，她来不及再洗一次手。这样毛毛便陷进了开门洗手—洗手开门的死循环。毛毛张着手，手指尖滴着水，死死盯住把手，放弃了开门的想法，便踏踏实实困囿厕所里了。我不知道这节课她如何度过，像我一样煎熬四十五分钟吗？直到下课，眼巴巴等来第一个冲进厕所的人，毛毛看准开门时机，侧身闪出，重回人间了。徒留弹簧门哐哐晃动，等待有缘人再次推开。

于一个女人来说，毛毛确系一个性感的名字。毛毛是我们的数学老师。毛毛从高一带我们到高三毕业,第一天上课她便不苟言笑,甚至有些呆头呆脑。毛毛看上去是个老实女人,个子不高,长相平凡,不能算漂亮,却干净利落。她面容苍白,不施粉黛,枯槁如病人,头发梳得一丝不苟。偶尔穿穿裙子,稍稍走动,微风轻抚之下,她的小腹便调皮地冒了一冒。我数学很差,到她讲课如听天书,一句也听不懂。然则,她开课第一句,便操着标准普通话说:数学是一门语言。

毛毛的花脸刚刚并不是花脸,脸上无意中涂了一抹粉笔的白色,使她多了一分俏丽。毛毛不是新老师,一上课便不习惯讲课,声音低垂。她习惯板书。她不喜欢整支粉笔,因为正当她书写讲义,便听啪的一声折断了。我坐在第一排靠门的座位,阳光透过窗户,打在黑板上,正中毛毛左脸。她的侧脸在黑板上投下了漫漫黑影,某个角度像是一只欲飞的鸽子。毛毛三根手指写字,大拇指和食指捏住粉笔,小指像尾巴一样翘了起来。毛毛写到一半,也挪到讲台中间了,左面的黑板一片白色的反光,我看不见字了。毛毛写了一黑板的数字,密密麻麻,像白色的蝌蚪蠕动。就在第二行,她写错了一个数字,也不用板擦,凑近了小指抹一抹,黑板上便是一团白,像天上降下一小朵云,被她写进黑板了。毛毛写完讲义,翻翻教案,头也不抬,也不说话，手里有用完的粉笔头，不过一丢，砸向后排的武松。武松当即闭嘴，额头多了一个白点。毛毛挥挥手，想要驱散弥漫空中的粉笔灰，又揉揉手里的白，白色簌簌掉落，白色仍旧擦不掉，好像她的手天生便是这样的惨白色。通常，你若是细心，她的肘关节，也能沾染一点白色。但是，每次毛毛写字，我便只只盯住她的手不放，呼吸急促，全身在颤，那是一双瘦弱得几乎惨白的手，一根一根手指，缺一不可，竹枝一样，枯瘦、坚硬。我总听不懂她讲课，但是我知道她的手指在告诉我她的欲望，纯洁、白皙的手指，我数不厌的她的有洁癖的手指，在跟我说话。一二三四五六七八九十，整整齐齐的十呀，冇道理可讲。

数着数着，我便恨她，恨她为什么不多生一根手指叫我多喜欢一下。我近乎痴迷了，恨不能有十只手去一一捉住她的这十根手指。然而，毛毛教我第二课便叫我浑身悸动、痉挛，好像无数个毛毛将我淹没，如蟒如水纠缠、拉扯我的腿脚，毛毛先是涌在我的腰腹，缓缓抽搐，很快穿破我的胸腔，淹没了我的头顶。向上蹿流，几乎要捅破我的天灵盖了，叫我幡然醒悟人类的真理，当即推翻了神之暴政。最简单莫过我们眼之所见，这便是毛毛教我的第二课，譬如她问：是什么叫人类发明了十进制？问出这句之前，她说，人类进化到此，数学发展至今，好像人类刚刚从恐龙进化成人，而十进制绝非完美的计算系统。她像是从小臂的手腕处突然端出两只小手一样，伸出两只手掌，要推我们好远。我们已经知道，她的普通话十分标致，好像全校只有她的普通话冇走样。她说：人类发明十进制，是因为我们只有十根手指。她双眼闪着光芒说，如果人类有九根手指，那么我们现在沿袭的便是九进制了。听到这里，我甚至觉着，人类所有的秘密都藏在这十根手指里。

至于莱布尼茨发明二进制，他一定是个怪物，他一定是个只有两根手指的怪物。

举凡平平无奇的我们，要是只有两根手指，能够用来做什么呢，不过是吃烟。毛毛是个好老师，但我绝非好学生，第一次吃烟便被她逮住了。

你也许不知道，是武松教会我吃烟。

武松后头总是跟着李富强、皮猴，还有老桩。一到下课，他们便聚做一团，有时候，商讨国家大事。有时候，便逃去"供销社"。也有时候他们会走出校门，站到马路对面的槐荫下吃烟。第一次见他们吃烟，便在厕所，他们不便不溺，晦暗的地方，只有白色的烟云浮在他们头顶。我装作去校外买笔，与他们巧遇多次，便过去与武松搭腔。时日稍长，便自相熟。尽管武松嫌我话多，起码他们的小团体冇排斥我了，我则不习惯了。武松的腔调，武松的步子，还有他故意的亲近，都叫我忧心，尽管如是，我还是忍不住亲近武松。我的第一口吃烟，是武松那支烟的第二口，他已经点着了，叫我也尝尝，那口气像怕我饿死。饭后一支烟，赛过活神仙。我抗拒的不是吃烟，我迟疑是因为，这是他吃过的一口烟，过滤嘴上沾着他的口水，几乎淹死我。武松脸色难看，很不松快，我颤巍巍吃了那一口。白烟顶进喉头，当即呛了出来，我猝不及防地咳嗽。武松他们哗哗笑了起来。我冇想到他们吃烟都是从皮猴手里买烟。按支卖，好坏不论，一支烟五毛到一块不等，武松也不例外。好像是地下军火交易，每支香烟，便是一杆枪。不久，我也学会买第一支烟，吃了第一支烟。为了示好，我多花五毛钱，又买了一支，像个农民夹在耳上。到底，我冇学会吃烟，武松老说我吃烟不过肺。我也不懂怎么走肺，以为吸一口过滤嘴，再口吐烟雾，便是吃烟了。

这节课便是数学课。毛毛一定发现了我的异常，不然她不会上来便是提问。她指派一列座位，从头至尾，挨个回答。申雪的肘关节捅捅我，这个小婊砸又来，毛毛叫了我名字我才意识到我是第一个，我像个娘们，扭扭捏捏，脸颊发烫，一句话也说不出来。毛毛冇难为我，亲切地叫我坐下。下了课，毛毛叫我与她走趟办公室。

我和我的数学老师走在夏日的午后，天上的白云很近，像远方的山峦。我知道武松他们一定趴在走廊的栏杆上，再次品评毛毛了。不出意外，武松也一定再次偏着脑袋，以此避开碍眼的头发。毛毛穿着绿色的裙子，她身上散着淡淡的花露水的味道，瘦瘦的背影叫人心疼。她像个剑客，小手拎着巨大的扳手，很不相称。我的手抱着一只自行车的车座抵在腰间，想象自己抱着一只篮球。然而，沉甸甸的车座，却像一颗人头。我这样跟着毛毛，想到一个狠词，便是：提头来见。毛毛的头发被太阳晒作无限透明的金色，她停下脚步，扭头看我，她的额头亮晶晶的，冒着细密的汗珠。她故意露出笑容，向我招手，像在轻轻抚摸我的头顶，五指张开，插进了我柔软的黑发。我像被她压在五指山下的泼猴，满心欢脱，全身痉挛，既酸软无力，又呜呜乱哭。等到她说，再不快点，我们就要被晒化了，我才想到加快脚步。到办公楼需要穿过长长的操场。阳光像巨大的阴影，负在我们身上。我们脚下短短的影子，格愣格愣地向前浮动。

我不知道为什么，篮球场铺设的沥青晒化了。我也不知道为什么，白娘娘他们竟然还在打篮球。他们远远的是几个小人。我不是骂人，也不是比喻，因为距离远远的关系，他们看起来真的很小，以致我伸出手来，也能将他们玩弄于股掌之间，随便两根手指，便能轻易齐齐捏碎他们，骨骼啪啪碎裂。他们这帮小人与另一帮小人对抗。双方篮球技术都不好，也算势均力敌，有那么难堪了。因此，他们多次投篮不中，篮球像是谁的脑袋飞了出去。可能因为那只小人用力过大，大过了这块篮球场。我眼巴巴看到那只篮球一环环变大，及至落了地，像个不听话的孩子蹦蹦跳跳来了，篮球大到篮球边界的时候，便已滚到我的跟前了。我慌忙伸出一只脚，踩住了这只篮球。那些小人啊，也都巴巴看我。见我有还球的打算，便自动脱落一人，走过来了。神奇的是，这个小小的人儿也是每走一步便变大一步，好像是我用放大镜一点一点把他放大了。他要到我的眼前了，已经变作正常大小了，再近一步，他便会步入巨人的行列。在他伸手之前，我一脚把篮球踢了回去。这只很大的篮球，并有如我所料把他们几个砸死，而是迅速地变小，给一个身手很好的小人刚好接住了。他们很有良心，有等脱队的大人归队，便重新开始打球了。

　　操场早过了，办公楼也过了，毛毛有停下，直接消失殆尽了。她消失在办公楼的背后，好像是办公楼的墙角直愣愣地把她切有了。我转过墙角，走在一旁通幽的小径里，重新看见毛毛。道旁梧桐树的阴影，像蝴蝶扑棱下来。跟在毛毛后面，我第一次走进这条小径穿过的花园。因为僻静，毛毛的步伐更轻盈了，也可能因为寂静，其他人类都死绝了。过了布满冬青的地方，豁然开朗，便是自行车棚。许多自行车有摆好，落满灰尘。不用看我也认得毛毛的自行车。她的自行车高高大大，前面横亘一根车杠，不是那种右腿一撇便上车的坤车。这辆车与别的车不同，我一一看过别的车辆。有的车座被人划了很深的三道；有的海绵也破烂了，暴露的两根弹簧也断了；有的车座套着白色塑料袋。而毛毛的自行车冇车座，好像掉了脑袋。我的猜测冇错，我从腰间掏出车座，接过毛毛递来的扳手，弯下腰去，摆正车座的位置，调整高度，费劲地拧紧螺丝。这个黑色的车座，弹性很好，很有温度的软和，同时又硬邦邦的。毛毛俯下身来，像是一场白色的梦降落下来，叫我心悸。她的头发垂到我眼前，呼吸也扑我脸上。猝不及防，我毫无痛觉，她熟练地摘掉了我的耳朵。我情不自禁伸手摸索，意料之外，我的耳朵重新卷在我的手中。她熟练的手指之间突然多了一根手指，那根细长的手指，比其他手指都要长，不过是一支烟卷。毛毛的手指，灵活地变动，搭在烟卷上。毛毛说，你也吃烟啊。我后悔忘了这支五毛的烟卷，窘到词穷，像个结巴，只是说，那个那个……毛毛不听我解释，严肃地说，这个我没收了，以后不准吃烟了，吃烟有害健康。我的后悔无边无界，挠头说，以后不会了。毛毛说，看在你帮我的分上，也看你初犯，我不告发班主任，算是我们的交易吧。我不记得我怎么离开的，我已经走出很远了，毛毛又叫住我。毛毛也已走出车棚，站在阳光下，她头顶的一块蓝天是与别的蓝天一样的蓝色，她说，别忘了今天讲的题型回去好好复习，不懂便问，莫再逃课了。

过不多久，我竟然再次逃课了。不是我的错，怪就怪武松带坏我，他最先逃了课，非但带走了李富强，好像连他俩的空位也带走了。他们逃课是家常便饭，我则是在努力向他们学习。我去台球厅游逛一圈，又去游戏厅走了一趟，老虎机很快吃掉了我几乎所有硬币，匆匆打了两把飞机，便悻悻而归。我不是第一回遇到正在上课的学校，空空荡荡，仿佛世界末日，一个人也有。我翻墙进来的，专走僻路，就在梧桐树下，我转道办公楼后，这条小径已是我的专属小道了。很不凑巧，今天叫我遇到了毛毛。这会子，正阳光明媚，毛毛站到树下的绿荫里，风儿一吹，地上的阴影裂开的瞬间，我真怕毛毛会掉到地下去。她的侧脸很美，更美的是她微微上翘的嘴角，因为她看到了我。她应该害怕的，因为她在吃烟。作为老师，作为女人，她吃烟的动作过于娴熟了。而且，她吃烟的样子也与旁人与众不同。世上也只有毛毛吃烟需要用上三根手指。她的大拇指和食指捏住烟卷，小指则在小指该在的位置微微翘了起来。她喜欢仰脸吐烟，烟雾像奶油抹她一脸，好一会儿白烟在她脸上无不烂掉了，她才吃下一口烟。那支烟仿佛毛毛刚刚从我耳上缴获的第六指，一口一口吃掉。她的吃法特别，咀嚼手指的根部，手指却在尾端一截一截消失。她不喜欢弹烟灰，并且吃烟过分用力了，烟雾每每吸进，紧闭着嘴，脖颈青色的血管暴突，似乎她抽烟也不走肺腔，而是灌进血管，直达心脏。看她一眼，我便恍然忘己，心知不妙，掉头欲走，几乎要逃脱了。毛毛突然叫出我名字，烟灰齐根断掉了。啊，她竟然记得我的名字，叫我浑身一颤，满血沸腾。毛毛不慌不忙，悠悠吐出烟雾，盯到我后背一凛。这条路很短，走起来却那么漫长。

毛毛有动，她全身曝在阳光之下。她白皙的皮肤，相当坚韧，并不怕光。

待到第二天，课间休息。我好奇武松昨天到底去了哪里。李富强说，我们去东山教场看枪毙了。虽然东山教场就在监狱边上，我才不信。后来，我也去过东山教场，除却一望无际的芦苇荡，什么也冇。再后来，武松吊儿郎当，瞟也不瞟我一眼，亲自搬把凳子坐到走廊的廊檐边。他脱掉了鞋，双脚跷在栏杆上，全部露馅的脚趾头像疯狂的兔子，闲不下来。武松把路堵住了，要去如厕的女生要想过去，需要大张双腿，从武松的腿上跨过去，她们叽叽喳喳，很是气愤，掩嘴骂他流氓。武松则歪着脑袋，愈骂愈开心。每个过去的女生都会得到武松的赞颂。赵小倩走过去了，这可真难看，屁股大得像个磨盘。哎呀呀，还是陈爱英好看，密不透风呀。贾凤燕也走过去了，一扭一扭，足足一指宽，她一定被操过了。武松说的是大腿的间缝。然而，毛毛的两腿又直又长，细如竹竿。毛毛早早从办公楼出发，我们看到她的时候，她好像刚刚从竹林中出来。因为快到时间，毛毛脸庞坚毅，脚步很快。武松则说，我操我操，一只拳头啊足足一只拳头，这个骚逼、烂货、婊子，她一定操过一万个男人了。每至此刻，我便想杀掉武松。然则，我是个软蛋，屁也不敢放一个。武松说，他从来还冇见过这样好看又风月的腿缝。以此断定，毛毛必然是个淫荡无边的女人，风光无限。这一刻我想逃离他们，我不确定，武松的反常举动，都是为了做给我看，说给我听，以拒人千里之外的态势。他们又哇哇淫笑了，他得逞了。我于心不忍，小心翼翼跳过武松的双腿，使我不碰他分毫，借机逃去厕所了。刚刚下楼，毛毛已经走向另一幢教学楼，我只能望见她消瘦的背影。时值黄昏，我看到太阳隐在她的胯下，正在熊熊燃烧。

这时候，毛毛右手的小指已然截去，已非一个完人了。

同样，这也并非我第一次看到毛毛当众发浪。

毛毛也非总是走路。她到学校教学，通常骑自行车。我不止一次看见毛毛骑自行车，那是一辆高大的自行车，前有车杠，后有车座。毛毛每次上车，不会像男人一样张开右腿，从后跨过，而是右腿向上蜷起，脚底一拨，便撇过车杠，骑车走了。炎热的夏季，也是骑车最好的季节。那天热到柏油路也化了，刚出家门我就感到热了，学校必不可少，我必须硬着头皮走了出门。我冇敢走在阳光里，挑着树荫走，就像走在刀山火海里。柏油路上处处是开车的人、骑摩托车的人和骑自行车的人,更多的是坐公交车的人。好容易到了学校,还有长长一段校园的小路要走,有个不错的女人穿着粉色T恤和紧身牛仔裤,正迎风骑车,当时有风,她的头发仍向后飘散。她胸脯不大,温柔可人,两手架在车把上,屁股骑在自行车上。她骑过去了,我呆愣当场,我多看了她一眼,并不因为我认出她便是毛毛。她远远骑来的时候,我便奇怪了。因为我看到有一根很黑很粗的东西从她的胯间翘了出来,那东西是一根长相难看的鸡巴。这根鸡巴和毛毛的脸,给我的认知当头敲了一棒。毛毛过去一阵了,我才突然想明白那不是一根鸡巴,而是自行车车座前面的部分,像一匹鲸鱼,从毛毛屁股下面,拱破裤子,抬升上来。讲到这里,我同样想到那天我看到黄昏以后的太阳,被毛毛的腿缝削作一根发光发热的淫棍,日出一样,缓缓上升。

毛毛通常就穿牛仔裤,上身搭配一件过分的西服。那件西服更像她丈夫的西服,硕大异常,极不相称,穿在身上咣咣当当,仿佛她穿着丈夫便匆匆出门了。其实,毛毛有结婚,她到死也有结婚。毛毛只有过一任男友,据说是位诗人,名作万有良。我们有见过这人,但我们都知道他,我们知道他们恋爱了,我们知道他们热恋了,我们也知道他们分手了。尽管毛毛的恋爱在男生里举世瞩目,消息却从女生脚下的地缝里钻出来。女生们心细如发，通过毛毛右手的小指洞晓一切。她们说毛毛一定单身了，因为毛毛从不戴戒指。她们说毛毛想要恋爱了，因为毛毛的小指戴了戒指。她们说毛毛热恋了，因为毛毛的小指换了戒指。第二个戒指一定是万有良送她的。她们说，因为但凡热恋，双方往往互赠尾戒。这是两人发自内心的愿望，寓意牢牢套住对方，共度一生。执子之手，与子偕老。意外的是，他们很快分手了，因为毛毛的尾戒再次消失了。而且，不甘心拔地消失的戒指还顺走了她的小指。这是我们万万想不到的。毛毛则事不关己，分手悄无声息，好像无疾而终。自此，毛毛再也冇爱过，仿佛这个万有良是个从来冇的人。

她们说万有良之所以与毛毛分手，是因为价钱冇谈拢。他们一夜风流之后，这个男人便不辞而别了。他走前于枕下放了钱，至于多少钱无从得知。有说一万，有说一千。这时候武松听不下去了，他说，撑死一百。不可能比一百更多了。因为万有良是个诗人，注定他是个穷光蛋，一百块钱是他的全部家当。我不知道他们从哪儿听来这段秘辛，好像他们当时就趴在床底，虾公一样慢慢弯起。这事像剖开的鱼腹，红的白的黑的，膘胆鳃脂，一应俱全。非但学生，老师也津津乐道。这般风言风语很叫我为毛毛难过。这还罢了，更令人痛心的是她的断指。

然而，她们又湿又坏，说毛毛的指头为她男人切掉，因为万有良是个变态，要控制毛毛。毛毛因为摆脱他，付出了一根手指头。还有说是毛毛自己切掉了，为了留住万有良，以此明志。等等等等，不一而足，我不知道哪个是真哪个是假。无论过程如何，结局都是一样，手指头冇了，万有良走了，好像万有良从未出现。

这么说也未尽然。我曾跟踪毛毛，从南到北，走走停停，从来就只毛毛一个孤苦伶仃的身形，左顾右盼，并无节外生枝的万有良。我不忍毛毛顾影自怜，便开始想象，从脑海中搬出牛高马大的万有良陪她身边。尤其那天，我跟在后头，还不知道她和万有良已经分手。我正想象他们正处热恋，虽然只有毛毛一人，我则像开了天眼，能够看见他们二人在光天化日之下傍身行走。道路一片平坦，他们走在前面，我不敢走快，总有一小片用不完的天懒洋洋滑落脑后。过了玉龙桥，每走一阵毛毛的肩膀就被谁拨楞一下，她便不自然地斜一下肩膀，继续走。原来是她每走一阵便路过路灯，路灯的光辉只落照在她的肩头，就像扳一扳她，叫她歪一歪。我心惊肉跳地担心扭坏了毛毛，竟然冇意识到，已然天黑了。毛毛穿着少见的裙子，走路一惊一乍。而万有良则裹得自己严严实实，长衣长裤，不但戴了帽子，也戴了手套。好像怕我们认出他似的，这样天气，不热死也会闷死吧。他们两个手牵手，十指交叉，默默地走。我从未见过这般柔顺的毛毛，与她的脸很不相称，而她的脸又因为频频望向对方，一闪一闪发亮。天黑不久，天上适时地下起了毛毛细雨，非但亮晶晶地落到他们身上，也落到树叶，落到屋顶，落进河水中了。他们这样走了一晚上，不知道该去哪里。无论是他的住所，还是她的住所，他们都不能去。两个人又不好意思主动开口去宾馆开个房间，便漫无目的地走。多亏空气新鲜，好到令人起疑。我则冻到打战，耸着肩膀藏在暗影里。他们不在乎去哪儿，只管慢慢走，鬼使神差进了灯笼街也不知道，直到每个开张的洗头店扑上来，才匆匆躲进灯笼庙。站街的妹妹被雨水泡开睡眼，很怕淹死似的有气无力。灯笼庙年久失修，毕竟能够遮风挡雨，因为不卖门票，万有良和毛毛便无遮无拦进来了。同样，灯笼庙也不收我的门票，我却无辜被神抢走了门票，只好翻身跳墙进去。两个湿漉漉的人，进到布满灰尘的大殿，脚下嘎吱嘎吱好像是干燥的噪声。院内黑苍苍的，是丧尽天良的黑，焚香炉乱糟糟的，湿烟深渊似的艰难地向上咕嘟咕嘟地冒。从内部望向院门，首先看到的便是提神的韦陀，另一面一定便是醒脑的弥勒造像了。正殿肩一副斑驳古联，有道是：净地何须扫，空门不用关。我扒开一条窗缝看进去。隐约见此，大佛脚下，摆一副旧色供桌，供奉一捧苹果，两边各站一支蜡烛。他们两个，你侬我侬，撑到天亮怕会着凉，不得已宽衣解带，晾在两扇蒲团上。一阵凉飕飕，冷到打战了也，水从湿漉漉的头发,到他们脸上往下滴。为了取暖,他们不得不抱住对方,他们的脸很快紧张地贴着,因为他们的脸很容易溶解于水,因此,两张脸溶在一块,变作一张脸了,一张只有毛毛的脸。接着,两只湿漉漉的裸体,也因为毛毛比万有良抱得有力,抱得真诚,借着浑身湿漉漉的水分,毛毛难过地把万有良也溶于自己的血肉和骨骼里了。好像这样毛毛就会怀孕万有良,待到来年,生下万有良,他们又是血脉相连的两个人了。然而冇用,毛毛只是毛毛一个人。孤零零一个毛毛,浑身上下淌着水,仿佛她便是流不完的水。是她自己,也要顺着她的指尖,一滴一滴滴落殆尽,化作一摊清水,渗进地底不见了。唯有一尊布满蛛网的佛祖造像乍然耸立,几乎破壳而出了。

第二天,我冇去早自习。你们应该知道,我直接来找武松,无端与他打了一架,弄折了我的腿。我的瘸腿(三个月后我便好了伤疤忘了疼),哪能与毛毛的断指相比。后来,我们像往常一样正式上课。毛毛照常喜欢板书,她捏住粉笔写字的时候,打草惊蛇了我,好像只有我忘不掉她来历不明的断指了。断指处已然冇纱布,也不渗血了,我不敢再看,仿佛我就是等待这个不敢再看。我便忍不住飞快地看了一眼,断指结疤许久了,惊异地闪闪发亮,莫名其妙地干净,十分光滑,那样突兀的冇,简直是把小指紧紧塞进了肉里。又有什么呼之欲出,不定什么时候便会蹦出一只小小的恐龙恐吓大家。每次我不怀好意地回避，都像在回避她的羞耻，她的放荡，和她的叛徒。至于吃烟，我也再冇见她吃烟了，我不知道是冇见到，还是她不再吃烟。总归，改变的只有我，因为我学会了戒烟，在我还冇学会吃烟是什么的时候，我过早地掐断了这支烟。

我瘸腿以后，得到爸爸的宽恕，允我以后上学可以骑他的自行车了，这辆车前面连条车杠也冇，一撇腿便上车了。我之前以为，爸爸会花大钱为我买一辆轮椅，最不济租一辆也好。爸爸显然一眼看透我，冇到残废的地步，拐杖也用不着。我骑车向来是把好手，骑快了，遇到前方一片平坦，我便大撒把。我需要小心谨慎，单腿跨上车座，坏脚平平耷拉在外面，便骑车上路了。单脚骑车需要一定技巧，需在脚镫高到顶前顺势踩住，一脚钩住一踩到底的脚镫，勾上高处，循环往复，自行车便一撇一撇，像划船一样进发了。然而，当我骑车以后，路边平日高高在上的柳枝纷纷不耻下问了，毫无廉耻地抽打我的脑袋。我冇那么多时间，我还要去学校上学。终于有一天，我的坏脚已经完好，可以随意单腿支在路边了，坐在自行车上，伸手折断一根柳枝，以示惩戒。时值夏日，柳枝并不干枯，而是柔韧度很好，水分也很充足。我扯了好几下，才折下来的。弄到两手尽是洗不掉的惨绿惨绿的绿色。

事关自行车，我后来再冇见毛毛骑车了。待我高中毕业，也有听到毛毛的消息。有一年，大学暑假回家，我偶遇毛毛一次。当时我正路边走着，一辆公交车打我边上行过。我坐过这路公交，人满为患，每次能够挤上车全靠运气。为此，我付出了一只手机为代价。那是一只诺基亚基础机，黑白屏幕，只能打打电话，发发短信。因此，我并未心疼，只是遗憾。这天我走路像个无所事事的混混，其实，我是要去姥爷家。我早早看见了这辆公交车，我怕我认错了，我先认出的是毛毛。她正坐靠窗的位置，车窗大开。她的半边脸映着阳光和风速，我着急忙慌也挤上这辆公交车，站在离她不是很近、又刚好能够看见她的位置。她边上坐着一个男人，后来，我明白那是个陌生人。我当即扭头，怕与她对视。我想我认不出自己了，浑身颤抖。我想她同座的男人也一定注意到了，她的断指。他起初以为她把小指攥在了手心里。后来发现了她的秘密，他一定替毛毛感到生痛，那截去小指的地方，像突然降临的怪物冒了出来。肯定是意外，伤疤突兀得像多出的一根六指儿，闪着光，比其他地方要硬，也比其他地方洁净，洁净得像一块污渍。然而，我还是比她先下车，我已经过了五站姥爷家了。刚刚下车，毛毛的叫声打断了我的臆想。我装作惊讶朝她望去，她正因为偶遇熟人而高兴，她斜着身子，几乎正面朝外了。可是，她不是在叫我，而是认出了另一个人，一个我不认识的人。我也从未见过这样的毛毛，这是教师之外的毛毛，阳光而灿烂。她把自己扭作半个麻花，手伸出窗外，朝那个人挥手。要叫司机知晓，一定骂她叫她缩手回去。然而，毛毛冇，公交车已然开出老远，毛毛仍挥动她的手。她张开的手指，因为摇晃，显出许多错影，好像她这一只手有十根手指那样多，令我眼花缭乱。

本来，我坐在后排与武松同桌。高二重新排座，武松照样坐在后排，我则去到第一排门口，与申雪同桌了。申雪是个发育良好的女生，每次课上她挺直腰背，两只胸脯搁在课桌上。她不是团支书，却像团支书一样总在我睡觉、说话抑或看她时拿笔尖捅我。申雪是如此，胸脯却大到叫我挪不开眼睛。我很奇怪，如此纤瘦的身体是怎么支撑如此之大的胸脯的，真是需要很大的天赋呢。然而，话痨则是我的天赋。申雪总在我说话时，举手报告。一到下课，申雪警告我，你能不能闭嘴。我说不能。申雪说，你是无赖。我说，趁着我们年轻，能说话的时候一定要说话，你是不知道，到我们老了，话就越来越少了。申雪无辜地问，为什么。我说，因为我们使用的词语正在逐年递减，而我们却不知道，并且蒙在鼓里。就是说，我们使用的词汇正在默默发生灭绝，并且速度越来越快，所有的词语，使用的人越少它就越僵硬，当50亿人有一个人再说这个词语以后，这个词就"啪"的一声凭空消失了。这个词语灭绝以后，我们是不知道的，我们的不知道不是慢慢把它遗忘了，我们的不知道发生在遗忘之前，就好像它从未出现。先时可能是生僻词，发展到后来就是常用词了，比如"习惯"，比如"恋爱"，比如"活着"，比如"比如"这些词。最后消失的词语一定是"我"。当"我"从来不在以后，我——我们也就学会了闭嘴。申雪炸毛了，你能不能当个哑巴。我说，对，这时候我们就是自己的哑巴了。话说回来，我有个舅舅，他就是一个哑巴，他不是天生的哑巴，他是小时候一次高烧以后才学会哑巴的。但是我舅舅的哑巴和我们以后的哑巴不一样，他不是词语的无奈，是舅舅的无奈。从小我跟我的舅舅很亲，每次见我，他都有无数的话要说，我看着他，他张开很大的嘴巴，好像嘴巴里堆了太多词语，它们很奇怪，它们疯狂地争先恐后，它们却礼貌得要命，根本不知道该使哪个词抢先出口。对，就像你看到的这样表面，舅舅的样子，比从嘴巴里伸出一只手来还令我难受。申雪显然深受感染。她将信将疑，真的吗。我说，骗你是小狗。申雪散发圣母的光辉，眨眨眼，同情地望着我，好像我是我舅舅，我是我的哑巴。我说，我还去过聋哑学校呢，教室里全是哑巴，一个也不会说话，你猜怎么着，哑语老师竟然不是哑巴，这可真是惊讶了我。我有告诉申雪的是，哑巴打手势时，公然发出悚然的咿咿呀呀之声，这样的声音比空寂和喧嚣更可怖。可能因为我的舅舅，申雪对我的态度竟然转变许多。但她告诉我还是肩负压力。她说的时候吞吞吐吐，说出来了也向后一靠，努力撇开这句话与她的关系。她说，晚上你能送我回家吗。我绝无不行之意，惊讶的迟疑叫她误会了。她解释说她不是胆小之人，只是她放学路上，都会路过一条棺材街。白天还好，晚上就不行了。我知道那条街，专事售卖棺材，每家铺子门口摆着各样棺材，上漆的原木的，一字排开，斜倚在墙上，棺材盖半开口。要是哪天太阳好，就会有一小块阳光陷进去。白天走过去，背脊也会发凉。晚上关门了，那些棺材也不动，就那样排着，好像人类学不会死了，棺材永远也卖不出去一样。

想不到，我竟然打起退堂鼓，申雪却有我预料的害怕。尽管已经送她许多趟，我总毫无必要地哆嗦，这条街要是一黑到底倒是好办。当头一轮明月，两根可怜的路灯，勉强地亮一亮试试，徒增恐怖气氛。为了不致误会，我们有并排走，从来是我像个跟踪狂远远跟在她后面。走不多远，便会有狗不知从哪个方向，狺狺吠叫。是夜晚突然落到这里了，我们正走着，申雪已走出很远，我正努力忘掉这是棺材街。哪里一阵吱吱嘎嘎，一定是我听岔了。我深一脚浅一脚地走，像翻过一座山那样疲惫，我不能掉队，因为只有紧紧跟住申雪，才能压制害怕。这里已是纯熟无奇的夜了，以致突然从一口半开的棺材里跳出一具黑影，也有那么突兀,真真把我吓到半死。申雪也懵了,傻傻住了脚,脸上流出了无声的泪水。那个黑影应声堕地,发出奇怪的响声,我才放松下来,因为那是汪汪吠叫。很快我便觉到更怪,这匹狗的身形怎么是直立的呢。这只两足走来的狗,尚未走近,便已站到路灯之下了。这只黑狗庞大的阴影,猛扑过来,哈哈笑出声来。我朝后退了一步,胸膛空空荡荡了,原来是武松。这个混账王八羔子,吃饱了撑的。

这便是武松。

尽管,武松是令人厌恶的武松,但他身边总围着许多人,脑门抵着脑门,唯他马首是瞻。武松一副神圣不可侵犯的模样,总能一句戳中人的痛处。尤其说起女人,他更口无遮拦。我和武松翻脸也因为女人,武松当胸踹我一脚,你竟然瞪我。话说回来,我和武松相熟同样源于一场打架。

武松出门很多次了,我才发现他挎着一个难看的挎包。应该是他爸爸的挎包,因为这是军用绿色挎包,有着闪闪红星,也写着闪闪发光的五个大字"为人民服务"。包包有些年头了,磨损过分,冇破洞。尽管老气,新世代重新挎出来,别是一番况味。三班的王海豹偷出他爸爸的黑皮公文包,要与武松交换,遭到断然拒绝。王海豹这人,迷恋一切军事装备,从不穿校服,普通衣裳也不入他眼。他每天身着一套绿色军装,不是正版军装,色地不纯,老是不安地掉色。

晚自习我冇逃课的打算，憋不住走一遭厕所，望一眼高墙，委实忍不住翻身出去。冇特别要去的地方，露天台球厅冇人，之前我不明白院场为什么罩了一块很大的黑网，透过网眼，星星纷纷坠落，也看到黑网过滤了厚厚的落叶和鸟粪。胡同尽头右拐，是一间穿堂的香油坊。穿过香油坊豁然开朗，宽敞的院场，相对而坐，坐拥两家网吧，一家名叫飞宇，一家名叫红树林。算了，还是去供销社吧。这是一家老掉牙的游戏厅，几乎全是小学生，打拳皇败给一个小东西，我悻悻然出来。我该直接回家的，就要放学了。你们忘记申雪了吗，我抄近道拐来几近荒废的有龙胡同。很不走运，我遭遇了一场打架。虽然，我向往英雄，也自认是个好汉，事到临头，我才叶公好龙了。白娘娘不在，白娘娘一伙五六个人堵截武松。武松一改往日嬉皮笑脸，严肃的脸幼稚得像个孩子。这种表情，后来武松预备带我打架的时候我见过，他说，待会要是打起来，你就使劲用脚踹，不要停。万一打不过你要记住两条：第一，打不过就跑，有多快就跑多快。第二，跑不过抱头，一定要护好脑袋。终究，那场硬仗他冇带我去。我第一次也是唯一一次见武松那把刀，浑身发紧。只见武松不慌不忙从军挎里，掏出一样东西，闪着寒光，我打了一个冷战。那是一把来历不明的刀子，与平常的刀不同，像是军刺。跃跃欲试的几个人，一动不动了，似乎刀子初初亮相，莫名定住了他们。显然，刀子动摇了军心，碍于颜面，冇人肯退让一步。僵持不下，武松左突右冲，劈开的空气，迅速合拢。他们的包围圈，笼统起来，也更大了。武松与他们看到了我，又不及看我，突然好像只有我希望这场架打下去，这样他们便无暇顾及我了。我贴墙过去了，不管不顾，拔腿便跑。胡同口立着一杆路灯，我跑得愈快我的影子向后拖得愈长，好像他们也不打架了，死死拽住我的影子，吁吁地叫，叫我休想跑掉。我反手一掌，砍断影子，像个断尾的壁虎。路灯愈来愈亮，我的脸也愈发发热，快要跑出胡同我也想不到我会高喊，因为我的脸几乎烧着了，我喊道，啊啊失火了失火了，快救火啊。并不是我的高喊吓住他们，而是救了他们，叫他们换来停战的借口，体面地撤退。冇过多久，武松慢腾腾地来了，拍拍我的肩膀叫我别喊了。原来他的声音如此温柔。

事后回想，比武松装鬼吓我，这件事令我后怕多了。

经此一役，我与武松建立起牢不可破的革命友谊。翌日，便手把手教我抽烟。与这样一位伟人做伴，我肩负使命，也肩负压力，早早做了好景不长的打算，上一个与他亲密无间的是李富强，再上一个是老桩，再再上一个是皮猴。他不能一碗水端平，隔一段便厚此薄彼一阵。而我们，谁都毫无怨言。我们一同逃课去东山教场，去学校附近的台球厅，去龙冇胡同的供销社，去四完小的石蛤蟆街，去人民广场的磐石大厦,去鼓楼大街的跃进塔,实在冇地可去了,我们就坐马路牙子数汽车。

有时候我们也去录像厅看黄片。只有我们两个,我们冇看到想看的片子,不过草草看了几部三级片,我们张开的双手,无论《玉蒲团》还是《满清十大酷刑》,哪位娘子的衣裳也扒不下来。时值千禧年,录像厅已是没落,网吧方兴未艾。但是,我们向来不去网吧的。待我看到真正的黄片,已经是一年之后了。

此事源自一次意外,也是我第一次上网。高考过后,我和同学们都兴奋莫名,不知道身体要干什么了,总归要释放。去网吧包夜乃是首要之选。网吧包夜,顾名思义,便是在网吧里泡一晚上。我记得,这也是我们班最后一次集体组织,由班长张波张罗。当晚吃过晚饭,张波把大家召集到网吧门口,男生一律进到飞宇网吧,而女生则统统进到红树林网吧。对这个安排我很不高兴,因为我想和女同学挨着玩电脑,这跟和女同学同桌一个道理,我只不过想与女生挨得近一点。但是,我反对毫无效果。这是我第一次进网吧,我不知道要干什么,也不会干什么,只是对着鼠标戳戳,很快便玩到半夜,终是体力难支,想要睡觉,我的男同学们,突然兴奋起来。他们全都围在张波的电脑前端,我很好奇他们一帮人在干什么。我走过去探进头去,立马头脑清醒了,也瞬间原谅了张波此前的刻意安排。因为他们在看黄片,而且是赤裸裸,毫无人性的交媾那种。此前,我从未见过女人这样光的裸体,更不知道什么是做爱。当时我看到一双如此坦白的男女水淋淋、光灿灿地你来我往,以杀人一般的力气交媾时,我脑袋便炸了。这时候我才刚刚领略情欲的膨胀,他们两个,一男一女,当时是光芒万丈的。特别是女人,金灿灿的,像发光的观音。当然,我并不甘心于此,当下我便偷偷记下这个黄色网站的网址,以便以后我自己来网吧能够轻易找到黄片。那年夏天我冇考上大学,来年复读,再次来到县城的第一天,我不及上课,便到飞宇网吧,打开电脑,输入我心心念念的黄色网站,这网址便是:www.baidu.com。令人可惜的是,我冇从这个网站里找到我应得的黄片。

网吧是我们的禁地,灯笼街却是所有男人的福地。灯笼街因为灯笼庙得名。灯笼庙我进去过,是一座废弃的荒庙,虽然冇修缮,也是文保之地。灯笼街的其他铺面一色全是洗头店,名不符实,洗头店从来不洗头。白天歇业,夜晚开张。晚自习放了学,但凡路过,哪个门口不站几个女人热情揽客呢。

要去灯笼街,须走光华街。要走光华街,须过玉龙桥。要去东山教场,必走灯笼街。因此,我们不止一次路过玉龙桥。玉龙桥是石板桥,冇栏杆。透过石板缝缝,会看到流水淙淙。每每路过，我们便会看到一个瞎子坐在桥边。他好像常年睡在这里，因为身下便是他的床铺。脏兮兮的褥子，棉絮露了出来，有样子。他的身下围着床单。我们看不见他的腿。我们从不注意他戴着墨镜，拉着二胡。他的面前放着一个铁罐。应该是揭开了盖的罐头盒子。盒子前面，写了很长很长的粉笔字。写在柏油路上。大意是苦难，贫穷，残疾，饥荒，疾病和绝户统统压他一人身上了，但求好心人捐助一二。粉笔字比我们老师写得还要漂亮，好像特意练过书法。铁罐里面都是硬币和毛票，这样的零碎钱。武松往铁罐里投过石子，哐啷一声响动，瞎子毫无动静，我们很快便走了过去。

想去又不想去。可能这也是武松的想法。

我沉默着，跟上武松，走进一家洗头店。我们显然攒了八辈子力气，才跨过这道门槛。天气炎热，进去吹吹冷风也好。粉色的灯光，映照我们脸上，变作无限温柔的妹妹。小小的门脸，看似很小，纵深很大。店员小姐说很不凑巧，我们应该来晚了，这会儿就剩一位小姐了。本来我们可以换到别家的，好容易决心进来，我们已经不够再进另外一家店的勇气了。武松咬咬牙，不能白来，一位就一位。店员小姐说，大哥，你们俩吗？武松看看我，坚毅地点点头。店员小姐犹豫一阵，说，得加钱。其实，我想说你们去吧，我就回去了，最不济我坐这儿等着也成。我竟然也跟他们进去了,一句话说不出来。房间不大,房门是木门,薄薄的三合板,门锁的地方掏了一个窟窿出去。门闩也坏了。我插不上,店员小姐嗤了一声,不耐烦地说,别弄它了,冇人进来。应该不是怕羞,那时我们也都不知道接下来该干什么。店员小姐已经左脚踩右脚右脚踩左脚,熟练踢掉她的高跟鞋了,与我们很冇好气地说,愣着干什么,时间就是金钱,快脱啊。我死死扣住腰带说,我想上厕所。我像个肾结石患者,勉强尿了两滴。待我回来,武松业已脱光,精赤条条一个了。他的裤子提在手里,冇地方该放,两条裤腿无力地挂了下来。脱光的武松,已经不像武松了,瘦巴巴的,白白净净。我只好把系好的腰带,重新打开,扒下裤子,很不情愿,拨出我的阴茎。可能嫌弃我们太小,还是个学生,店员小姐咯咯嘲笑我们,继而哈哈大笑了。她笑到背气,差点死掉,边笑边说,哈哈……你的鸡巴……好小啊,真是好小啊。我就知道会这样。起初,我以为她在嘲笑我,说,哈哈……你的鸡巴……好好笑啊,真是好好笑啊。直到店员小姐接着说,小到好小一只啊,小到好像一只小蘑菇啊。店员小姐说小蘑菇时,这个,简直就是这个,她比画出了她的小指。这时候,女人虽然脱掉了衣裳,我还冇看到她的胸脯,她的私处。武松也冇看到,却像中了枪,踉踉跄跄,夺门脱逃。武松赤身裸体,跑进了这样无风的夜晚。

我并有认真看到武松令人惊讶的阴茎，不知小到何种程度。但是，这事终究叫我想起那位拉二胡的瞎子。有一次路过，我们这个瞎子罕见地有拉二胡。他竟然想去对面，他向道路两边扭了扭头，我只是觉着不对。后来我才突然想到，他这是观察来往车辆，原来他不是瞎子。他的瞎子是他装扮出的。然而，就在这时，他突然掀开床单，根本有站起身来之说，便走了起来。这时候我才发现，他是个有腿的人。他的双腿齐根断掉了。原来他的好腿也是他装扮出来的。他的裤子就是这样通过折叠的方式，包住断腿的地方。他是怎么走路的呢？他的两只手，撑在地上，他的身子便向前一挪，就这样一步一步走的。待他到了对面，我才发现，对面有一杆水泥的电线杆子。他扶着电线杆子，解开裤裆，掏出难看的阴茎，冲向桥下的河水撒尿了。我很震惊地看到了他的阴茎，他的阴茎不好看，也不算大，甚至有点粗短。但是，他的尿线又细又长，弧度又好，有一处阻塞之处。尿线因为要拉到桥底的水面，委实漫长，愈到后面愈是无力接续，断作一截一截，纷纷栽进水里。显然，他不是有腿的动物，虽然又细又弯，不妨碍他有一条长长的堪称巨人的腿。看到此处，我无端想起人面狮身那个致命的谜语，司芬克斯说：有这么一样动物，早晨四条腿，中午两条腿，晚上三条腿，那么这个动物是什么动物呢？

真正令我惊讶的是武松并有因为我通晓了他的秘密疏远我,有时他甚至刻意讨好我。不过,已经有什么东西起了变化,我们终究迎来一场打架。我们打架那天,他不舒服,好像是病了。我忘了我们怎么打起来,只记得我怕打死他,才住了手。为此,我吃了大亏。我们打架的地方在他住的地方,有第三个人知道。好像我们事先商量好了,这是我们共同坚守的秘密,而且也是为了坚守这个秘密我们才打的架。

我不止一次去过武松的住处,那是一个杂乱的院场。这儿不是他家。据说是他舅舅的房子。他的舅舅已经不住在那里很久了,因为可以离学校近一点,所以就叫他住在那里。院场里,有四五个房间。其他房间几乎只有空空的房间,什么也有。武松住在靠里的一间,里面有桌子,一张床,一把几乎破烂的椅子,就是全部。院场里有栽种了两株枣树,三株柿子树。武松带我去他那里玩,因此我记得路。武松通常是不去晨读的。我会在晨读下课以后,过来找他,吃过早饭,便一起上学。有时候皮猴他们也会来,一般情况下,武松会赖床,我便爬到柿子树上摘柿子。有一次,我正在树上吃柿子,听到一阵震响,差点吓得我掉下树来。原来武松已经起来,并且吃起了烟。为了不让烟卷白吃,他点起了炮仗。炮仗蹦到我脸上,击碎了我的镜片。多亏我戴了眼镜,也多亏镜片是树脂镜片,不是玻璃镜片，我才冇瞎。武松带我去配眼镜，武松付钱的时候，我说，我来，冇几个钱。武松说，一码归一码。有一次，我去找他。他还在睡觉。院场和屋里向来都不锁门。他从来也冇锁门的习惯。这个地方，确实也冇什么值得人偷的东西。好像所有东西要么是破的要么是空的，只有武松睡觉的床褥是新的，今天他和别的时候睡觉的样子不同，古怪地趴在床上，腰腹拱了起来。好像他被什么东西，鼓了起来。他翻了个身，样子就更古怪了，好像有个女人被他藏在被褥里。他丝毫冇露怯，他起床的时候终于叫我发现了他的秘密。他像往常一样掀开被褥，我并冇发现不同。我又掀了一下，才下来，不然，他会把被子拖到床下的。原来被褥里面藏着的是一个黑色的车座。

一定是武松先看到毛毛的自行车的。武松看到她的自行车激动万分，不但因为这是一辆捷安特自行车，更因为这个黑色的车座激发了他的性欲。昨天晚上，他一定把鸡巴插进车座，交媾了。不然他现在不会这样憔悴、无力，一脸病容。我从来冇见过武松交媾，但是像武松这样一个性欲勃发的英雄人物，不可能不交媾的。

武松睡眼惺忪，他觉察了异样。说，瞪我，你敢瞪我。

我说，这车座是毛毛的车座吧。

哈哈，武松大笑，你个贱人，竟然喜欢毛毛。

不是吗。我说。

是又怎样，不是又怎样。武松说。

如果是别天，我不会这样。今日不同往日，我像咬掉了自己的舌头，满嘴是血。原本我来找武松，是要倾诉衷肠，岂料变成这副样子。我一愣一愣，一句话说不出来。照武松以往的脾气，早与我打架了。但是他冇，他有气无力地说，我有点不舒服，你能去药店给我买点阿莫西林和布洛芬吗。我就出门了。药店不远就在学校对街的铺面，药店的护士问我是不是再买一点创伤药。我不置可否。顺道买了一瓶娃哈哈矿泉水，一口冇喝。进屋前我在枣树下尿了泡尿。武松吃完药，多喝了两口水，把瓶盖盖好。见我不说话，他才抬头看看我，递给我水，问我要不要漱漱口，接着他咳咳地说，你这样一副鬼样子，去哪里鬼混去了。我说，刚从灯笼庙出来。武松以为我在讽刺他上次灯笼街的事情。我冇那个意思，一定是武松太过敏感了。我说的是灯笼庙，而非灯笼街。一字之差，天壤之别。便是如此，武松也手下留情了，他的绿色包包就搭在床边的椅子上，他冇拔刀，也冇抄板砖，只不过踹了我一脚，一脚踹了我四仰八叉，爬不起来。他把这个黑色的车座扔给我，是我始料未及的。他说，你想要你拿去。好像那是毛毛的头颅。本来我要接住了一点事也冇。怪就怪他冇准头，车座砸到了我的脚踝。我当时差点疼昏过去。我的骨头一定骨裂了，我听到咔嚓一声，便心知不妙。好在我冇落下残疾，伤筋动骨一百天，将养三个月，我很快活蹦乱跳，好人一个了。虽然我走路不会太过明显一瘸一拐，但是，我和武松再也不说话了。便是遇见，我们也如陌生人一样，互不理睬了。我们终究变做了对方的哑巴。

毕业以后，我再也冇见过武松了。

第一年高考我冇考上大学，复习一年才考到海南××大学。复习我冇在一中本部，而是在专门接收复读生的博宇中学，这个学校是一中分校，老师也都是本部老师。这一年我冇涉足一中本部，自然也无缘见过毛毛了。

大学毕业以后，我就近去广州工作。我的专业是国际贸易，换过不少工作，便是五花八门，总归是推销产品，有时候甚至会去发传单。最令我喜欢的是推销白云山矿泉水，这是新产品，我不须街头售卖，但打开销路很费一番工夫。我们需要出差去全国各地的公司、KTV、酒店推销，尤其连锁店面。我们需要与各地采购经理打通关节，一般冇回扣，很难进入。我不喜欢这份工作，我喜欢这份出差。趁机到各处跑跑，我很觉不错。

三五天便出差，使我到过很多地方，虽有广州、深圳、上海，不过大多是偏僻地方，譬如我从未听过的毕节、巴中、淳化，竟然还有单字叫宋的地方。每到一处，住进摇摇欲坠的旅馆,无一例外,便从门缝里塞进身姿曼妙的"包小姐"卡片。我不知道什么时候染上这样恶习,每到一处便急不可耐,光顾一位小姐,一并保存每张卡片。我着魔似的,一天不交媾便饥饿难耐。事到如今,又能怎么办呢,你信不信都好,我交媾有一千也有八百,每次都像个新手,很难为情,浑身颤抖,几乎要哭了。有些姑娘大概也是初次,与我一起害羞。有些则不顾廉耻,十分性急,因为还有几单等她交货。她们或年轻,或漂亮,或应付,或功夫上乘,高矮胖瘦,不一而足。我也不挑,照价付钱便是。她们多不是本地人,说话南腔北调,几乎冇普通话,更兼是小范围方言,我听不懂,却不妨碍我们交流。不过,有时我也能学会个别词汇,便是在泉州,因为我们工作过程中有个姑娘问我,你有毛毛吗。听罢我心内一惊,她看我错愕,笑着解释说,就小孩嘛。我接着错愕。她说她是永州人,在她家乡,都将小孩叫作毛毛。便是几次,我去大庆抑或四平,碰见金发碧眼的俄罗斯姑娘,叽里呱啦,一秃噜便是一串,我更一字不明。同样,不能妨碍我们真诚交流。我愈来愈发现,交媾才是人类共通的语言,不用翻译,与生俱来。也不用费劲学习,学习多麻烦呢。无论哪国姑娘,肤色是黑是白,也不废话,上手便是一场愉悦的交媾。我记不住跑过多少地方,更无法计算做过多少姑娘。在此之前,我不知道性交有这样多的姿势,当一男一女两个人，赤诚相见，鬼使神差便以前进式、百合锁、拜堂式、打死结、双头蛇、跷跷板，还有自由操，不一而足，我有数过，至少有72种方式，毫不客气地交媾。不论何种姿势，抽动的本质不变，甚至是重复的。我不知道与同一个人重复一样动作是否厌倦。但是，与不同的人重复一样动作，永无止境。这样毫无意义的重复，叫我走神，也叫我痴迷。仿佛叫我发现了重复的秘密，只有交媾的重复，令人愉悦。这样的愉悦，无一例外，都要给钱。我挣钱不多，但是无论姑娘要价几何，我则多加一百块钱。这是对她们工作的认可，我向来认为，这是一项伟大的工作，也有比这更纯洁的工作了。俗话说，拔屌无情，多么虚伪，谈感情多恶心啊。真金白银换来的交媾很是无辜：性这样纯洁，别给感情玷污了。而卖淫和嫖娼这样一对词汇，世上再有比它们更干净的了。婚姻则是对交媾的白嫖，这也是我迟迟有结婚的原因。说到底，我不信任任何有金钱的交媾。我谈过恋爱，也遇到谈感情的女人，事到临头，我便不争气地退缩了。当然，我也勾搭过正经女人，不谈风月，只做交媾。事后，两人的关系微妙地变质了，像抹了糨糊，黏滞起来。于是，我留下钱，仓促逃了。不出意外，我挨了一个巴掌。因此，我喜欢目的明确，从不废话的交媾。开门见山多好。交媾这样明亮、阳光的事，人类真是龌龊，我不明白为什么非要搞得这么猥琐。如有必要，我甚至想跑到大街上当众交媾。谈情说爱浪费了语言和效力，叫我害怕。这样直截了当的交媾才是人类的有效语言，一切尽在不言中嘛。其实，因为工作关系，我在广州待过很久（因为公司便在广州），曾不止一次去过郊区叫作黄村的城中村，一开始她们说话几乎完全不懂，后来听多了学会一个词，我觉着很酷。大约是粤语吧，我也不确定。她说没有不说没有，就说冇，多么形象。读作mǎo。然而冇话，并非一字不说，我们不是哑巴。有些姑娘甫一进门，交易并不顺畅，我们便聊聊家常，比如你吃了吗、你多大了之类，失措的话，使劲挽留贵客。有一次，有个身材娇小的姑娘，说，我给你讲个故事吧。这是上一个嫖客讲给她听的，她说话的神情并不是要给我讲，只是怕忘了，要讲给自己再听一遍。她说，有这么两个目不识丁的人，女人假装认字，拿出一本书交给男人，叫男人念给她听。并说，她最喜欢听他的声音了，特别是读书的声音。男人也假装认字，便认真朗读起来，适当时候，也伴随翻页的声响。这两个人都是文盲，但他们不是盲人，不时便相视一笑。男人念给女人的内容，不是这本书的故事，是另一个故事，是他一页一页临时编造的故事。我忘了我听到这个故事作何反应，不过，这绝对是卖淫对嫖娼讲的最好的故事。然而，在所有嫖娼的故事里，女人被句子流放很久了。

我在外浪荡多年，忽如其来，一场肆虐全球的大流行肺炎病蔓延开来，各国政要告诫国民，无有必要，不准四处流窜。加之爸妈诚心相邀，我也便狼狈归家了。爸爸托关系送我进到银行工作，倒很是符合我的专业。刚进银行，我先被下放到砖庙的农村信用社做了两年放贷员，才转回县城。回家工作不到一年，便在妈妈威逼下，与个门当户对的妻捉对结婚了。我不得不多多考虑挣钱事宜，往家搬弄钱财。毕竟成家立业，需要用钱的地方一样接着一样。再过一年，我调回县城，也冇生下一儿半女。妻自不待说，父母焦急万分，舍脸求来几副中药，叫妻定期服用。妻连连叫苦，肚子偏像个顽固的小孩儿，几无动静。

　　正值中秋与国庆双节，放假七日，妻撺掇我去泰山游玩，父母也作声附和。开车不远，四小时便到了。妻调皮地眨眼说。我不该听信鬼话，简直人山人海，中国人多到密不透风，走也走不动，肉身也要挤作纸片儿。我爬山向来怕怕，台阶陡峭，老人也不如。妻一路大呼小叫，我则头晕目眩。爬山一半，我便后悔了，上上不去，下下不去，我想我一定卡死在这里了。我吓哭了，为了哄我，妻问我泰山半途这个石碑，写作"虫二"的，是作何意。我也不知。山顶要冷好多，而且我并未为我的哭泣多么羞愧，我也以为哭已是我到顶了，冇承想一阵蛄蛹作祟，似乎体内有一条蛇顶到喉咙，扎实的早饭统统吐了出来。下山我走不动了，妻便携我坐缆车，到桃花峪山口，我拦不住妻进了元君庙。庙内古柏参天,人烟少了许多,花草茂盛。两株巨大的柏树和松树对生,郁郁葱葱,如龙似凤。这两株树上拴着密密匝匝红布条,押着许许多多小石子。妻像虔诚的教徒,拜一圈神仙,遇着谁都进香、磕头,末了跳到树前,也押了一颗石子到枝杈上。回家路上,妻告知我这叫"押子",原来这便是她跑这趟的目的。天已擦黑,我正开车,出了泰安地界,大道一片平坦,妻已睡着。过了梁山县,便是菏泽了。八百里梁山泊早已干涸,我无端念及武松。高中毕业这么多年,我曾多次梦见武松,他像幽灵潜进我的梦,或笑或面,与我共度欢愉,有几次武松竟然死了,吓醒了我。前面远光灯激醒了我,最讨厌打远光的人了,我努力甩走武松,转念纳闷妻的举动,也许出发前妻便已备好石子了吧。

许是妻心诚则灵,第二年,我们的女儿便出生了。

女儿出生那日,我本该在医院的走廊走来走去。因为应酬,我冇能及时赶到,我来晚了,好在母女平安。听爸爸妈妈说,女儿一出生便哭了。真不可思议,女儿还不懂事,甚至冇学会说话,便先学会哭了。我来到医院,虽然还是夜晚,已然不是今天的夜晚了。这时候,我身怀巨大的不真实感,想我何德何能也有女儿了。妻脸色惨白,像生了病,冇力气嗔怪我。看她有气无力看着女儿,我多么羞愧,但是生下女儿的兴奋很快涂满我的全身。多么神奇,这样一个小小的人儿，还有巴掌大，怎样长大呢。我想伸手摸摸女儿的脸，妻担心我有轻有重，哎了一声说小心。我讪讪缩回了手。然而，女儿的小手正嘤嘤拨乱空气，想要抓一把什么东西。我有完全缩回的手，刚好交给女儿抓住。但是，我的手太过巨大了。她整只手蜷曲着，只能握住我的小指头。妻不愿意就这么歪着，吃力地向上耸肩，挣命似的说，该给女儿取什么名儿呢。我假装女儿力气巨大，怎么也抽不出她的手心，让女儿这样把玩。不久，女儿的手又湿又热，这样温软烫到我的小指几乎融化了。我说，就叫毛毛吧。毛毛，多好听的名字。

女儿刚出生时，小脸皱在一块，像个丑八怪。女儿已经五岁了，看起来漂亮、灵动，阿拉伯数字却也认不全。女儿长大这几年，我真切体会养大一个人多么不容易。妻向来温婉淑静，常年累重，难免失控。这一天，幼儿园的老师布置的作业，10以内的数字，各抄一百遍。女儿已经学会1和2了，到3卡了壳。女儿写在作业本的3字老趴在那儿，站不起来，写作扭扭捏捏的m。无论妻怎样教女儿，整整一页纸，m密密匝匝趴那儿，像无数蚂蚁在爬。女儿说，我怎么学也学不会，好难啊。妻失去耐心，一巴掌扇她脸上。妻真是气昏了头，女儿红彤彤的脸颊，肿大如牛，眼泪汪汪写了一晚上。第二天，m便颤颤悠悠站了起来，能做顶天立地的3了。

我知妻脾性见长，也不怪她。她一个女人含辛茹苦，上有老下有小，既要做饭又要洗衣，眼见一天天压弯了腰。因此，我见缝插针也做些目力所及的事。但是，第一次去幼儿园接女儿，便难住了我，而且，女儿已快升小了，我还不知道。换句话说，我已经大到有个女儿的人了，而我却冇想过责任，别说孩子的重量，便是孩子平日穿衣的重量，也是我无力承担的。幼儿园不远，沿恒泰路走五百米，到丁字路口过马路，便进了明光小区，穿过一小片竹林，和冇水的喷泉，紧靠小区西门便是。还有半小时，才待放学。天色尚早，云彩许久未动，像给树枝叉住了。许多色彩斑斓的孩子冷不丁放学了，看起来天真烂漫。我看见女儿的时候，她正与其他同学招呼，女儿今天穿了一件淡蓝色连衣裙，我还冇见过比女儿更漂亮的小朋友。与女儿一道来的是个戴眼镜、个子不高的女人。她应该是幼儿园老师。她一再看我亲切地喊女儿，说，你是毛毛的爸爸吗，之前冇见过你。我点点头。老师说，毛毛妈妈呢。我说，孩子妈妈今天不大舒服，便叫我来了。这时一个比女儿矮一头的男孩，与女儿说再见。他挥手的幅度过大，几乎打到女儿的脸了。女儿噘着小嘴嘟囔囔，像一块石头。老师蹲下身，与女儿说，老师教你什么了，以后不准说悄悄话骂人了。随后，她说，毛毛你看这是你爸爸吗。女儿似乎习惯了老师的把戏，大眼睛扑闪扑闪看我，好像不认识我，主动靠我边上，牵动我的手。我们冇原路返回，绕出掩盖竹林和喷泉的小区，沿着柏油路走另一条道。刚走不远，女儿挣脱我的手，向前跑去。我不知道她在追什么，前面一片空空，什么也冇。女儿跑动时，从后面看裙子有一处地方褶皱得有些奇怪，我也小跑几步，跟上女儿，查看女儿裙子的后背。女儿耸动一下，突然冷漠地说，你干吗呀。她语气吓我一跳，像个成年女性那样，过早地显露了厌恶，而非讨厌。我几乎不知所措了，说，你裙子怎么破了呀。女儿满不在乎地向前做抓取的动作，我想她应该在捉蝴蝶吧，说，黄智卓撕的，他老这样。我虽然皱起眉头，却突然想躲进衣柜里。我这才意识到，我比女儿还要小，白白长了几十年。女儿站在前面，不再抓了，虽然我们相隔较远，她仍然需要仰头看我，她说，爸爸能不能不告诉妈妈，妈妈知道又要骂我了。我绕过去再看裙子的裂口，好像会有数不清的蝴蝶扑扇出来，女儿倔强地斜转身子叫我先答。这样地方的口子，不在缝纫处，一定是用刀割破，再好的裁缝也冇法不留疤。我不争气地差点哭出来，努力挣出欢脱的样子说，爸爸不说，回去换上你喜欢的公主裙，爸爸给你补好，妈妈就不知道了。女儿显然冇耐心待我说完，早早跑脱出我的视界，前方世界一片荒芜，一只人类也冇。我需要再走一段，转过这幢烂尾的转了弯的商品楼才能重新看到女儿背后的裂口。

我狗改不了吃屎，还则罢了，过去这么些年，灯笼街也死性不改。昔日的洗头店，改换门庭做洗脚城抑或洗浴中心了。结婚以后，虽是诸多不便，我也有比以前少去。平日我归家晚，借口应酬，妻也未起疑。作为男人，我很能将这样的嗜好与家庭分割，免受其害。灯笼街大大小小的店面，我几乎光顾了一遍。姑娘多是外地的，操着各样方言，偶有普通话，钱财便多加一倍。姑娘大概一年一拨，少有久待。我见姑娘多了，不乏性情古怪者。如变装游戏，如cosplay者，如戴面具者（为满足客人录视频），也有戴口罩者（算是cosplay之一种）。戴口罩者大有成风之嫌。因为自多年前，大流行肺炎病兴起，为防疫病传染，别说全国人民，便是全球之人，几乎人人佩戴口罩。口罩便如说话一样捂在嘴上了。如今，大流行病已然消失多年了，人们也都摘掉口罩。总有很小一部分人，或因为谨慎，或因为习惯，摘不掉口罩，佩戴终身了，好像连空气也不干净了。他们有脱下口罩，好像预防下一次的瘟疫突然爆发。我也找过戴口罩的姑娘，除了身负紧张，也有什么不同。我不喜欢新花招，最令人放心，还是传统姑娘。

这一日很晚时候，我进的便是龙宇洗脚城。4号姑娘给我上钟，价钱比上学时涨了十倍不止。

我说，给我先洗洗头合适吗？

巴适巴适。

于是，我们进到卫生间，只是没有洗发水，洗手液将就将就也没关系。

我问你电话巴适吗。

这个不合规矩的，叫领班晓得了，要罚钱的。

就一个电话号码，我不会给你打电话的，就是想找人说话的时候给你发个短信，你就没有跟人说说话的时候吗？

103爱77……

103什么？

103爱777……

10327什么？

103爱3个妻……

1032777然后呢？

103爱3个妻四把伞哎。

10327774832是不是，我记住了。

是。

你多大了？

28。

你是哪里人呢？

四川。

四川哪里呢？

四川呃巴蜀。

你结婚了吗?

还没有……这个水温合适吗?

可以。28还没结婚?

今年过年回家准备结婚的。

结婚以后还来吗?

不知道,也许不来了。

你姓什么?

姓赵。

哎呀,还是本家呢。

真的吗,看在本家分上,给你便宜一些,抹去零头吧。

开始我们有零头吗。

有零,也就一个零。

你说的是你的手机号吧,有且只有一个零……那个我说,我要给你打电话你会接吗?

我不会接。

为什么?

因为那是我们领班的电话(咕咕一笑)……哎呀,洗手液挤多了呢,你的手也拿过来洗一洗吧。就像那个什么广告说的,洗洗更健康,多洗些多巴适……

我还在洗头,他们硬闯进来,令我与四川姑娘劳燕分飞。别个嫖客与姑娘也抱头出来,他们无不是老手,寒风呼号下，井然有序，只我一个瑟瑟发抖。一路我与同车边上的嫖客解释，我就是进来洗个头，什么也冇干，你看我的头发还是湿的，不信摸摸看摸摸看嘛。我张开五指插进结满冰碴的头发。头回进到号子，我不免紧张，我怕妻知道，我更怕女儿什么都知道。他们不听我说话，也冇突击审讯，与我关在一块的五个人好像在笑，笑到六双手脚纷纷趴地。号子里比我想象的干净，而且门边的角落有摄像头监视。我困到不行，冻到牙齿打战，搂抱到自己的后脊梁，总睡不着。迷迷糊糊中，我看到妻来接我，你带女儿来干什么。我关上门叫她们走，不用管我，我竟然关到严严实实，一丝光也透不进来。一睁眼我眼前一片漆黑，我知道这是我的残梦。我只想解决目前困境，然后明天一早焕然一新回家，我正为一夜未归的理由发愁，猝不及防，再次堕入梦境。这一次我梦见我死了。确切地说，这是我的梦魇。我乱叫乱蹬，踹醒边上的人。我向来如此，睡觉从不安稳，睡在梦中，我十分害怕，冒死挣扎，想要逃命，但是我冇能逃脱死亡。我又喊又叫，有人在我的外面叫我：喂喂，你醒醒，你醒醒啊，你醒过来啊。喂喂。好歹叫醒我了，不能高兴过早，死亡早早蒙了我的头，我已经死在了梦中。我是跟着外面的喂喂醒了过来，应该说突然活了过来。一睁眼看到了屋顶的椽子，头一回我觉着屋顶的椽子太密了。我感觉不对劲，喉头涌出一阵东西，那是什么呢，只觉一阵冷汗，原来梦里死后的世界，便是这活着的人间。我犹如醍醐灌顶，领悟这桩真理，未及一刻又忘却脑后了。我从来不知道死是什么滋味，刚刚睁眼，我胃部涌出一阵恶心，想要呕吐。我当时确信，人要真的死了，再复活过来，一定不是庆幸抑或惊喜，一定是恶心，活着的感觉一定叫他恶心。值夜民警叫醒了我，我跟他后面，左顾右盼，昏暗的走廊一点点洇开来。我不过搁洗脚城洗头，又冇杀人放火，他们至于半夜突审吗？值班室清雅明亮，民警从他边上同事的位置，搬出一把椅子。他落座时候，皮质椅面发出咯吱咯吱的响动。他脱掉警帽，理一理箍出一圈压痕的头发，亲切地说，坐坐。我才知道我既冇站着也冇坐着，而是蹲在墙边。民警坐在椅子里，高高在上，就那么一直看着我，看那么久，好像马上就把我看死了。在我死亡之际，他突然推我一把，救我狗命。他说，啊哈，赵……赵……他的卡壳好像使我知道我只配叫赵赵。你叫赵什么来着，刚还喊你来着，就在嘴边，哎不重要了，你还记得我不。我诧异地看看他。他说，老同学，认不出了，我是李富强啊。刚刚搁灯笼街我可一眼认出你了，我就纳闷怎么是你。没有想到还真是你啊。我浑身不自在地笑笑，同样不知道是否该站起来，尴尬地笑笑，便躬身勾过椅子，小心坐下，重新找找做人的感觉。我们边上，还有一把空空的椅子，像是张着大大的嘴巴，等人说话。我想求他放我回去，一开口竟然鬼使神差顺他口气聊起老同学。我们说起王红燕，说起皮猴，说起陈乐，说起王辰，说到该笑的时候我也适时地笑两声。很奇怪，李富强说话的时候，我只觉他的上唇掉到下唇，即刻忘记他在说什么。不停地掉啊掉，使我奇怪他怎么这么多的上唇啊。我突然意识到他的上唇完全包住了下唇，高中他便这样，早该认出他的。他的皮鞋从蹬住的炉沿上放下，兜里摸出烟卷，递给我一支，还吃烟吗。我摆了摆手说，不吃了不吃了。李富强也不客气，自顾自将嘴巴叼住递出来的这支烟，俯身凑近炉火点着了。我们几乎将同学们挨个翻了出来，同时我们默契地刻意回避了他，甚至他的名字已是禁词，便在脑海打转也不可说出。禁制我们嘴巴的名字，便是武松。我也是后来才知道，那件轰动曹县的大案。武松因为强奸班上的女同学，给警察抓到大狱里。说起来简直曲折，委实不敢相信。武松出狱后，便遭割喉。听说因为他无罪释放，才被杀害。谁知道呢，总归武松死了，我们还坚固地活着。我与李富强说到冇什么可说，不得不谈起武松的时候，话到嘴边，我们终究冇说武松，张开的嘴巴一阵wow，以免惊掉下巴，李富强只好脱口说了她出来。毛毛犹似一场暴雨，沛然而下。

就我们数学老师，你不是忘了吧。什么东西掉地上，骨碌碌滚动，发出咔咔啷啷的响声，是可乐罐发出的响声，空了的，吓我一跳，我以为李富强知道了毛毛的异常。我故意说，她也死了吗。李富强呆滞了一瞬，说，怎么会。你没听说吗，传言都是真的，她是卖屄的。李富强的表情阴森恐怖，像是在捂住政变的秘密。本来她蛮小心，不慎让我们抓了她一次，我没在场，我听我们头儿说的，但她走的时候我在场。她妈妈交了罚金领走的，然而，她妈妈一个劲叫我们抓她起来，也不经司法程序，当场告状起来。她妈妈看上去七老八十了吧，还有死，算是奇迹。她颤颤巍巍，一面织毛衣一面控诉。毛线团搁在腿上，一针一针熟练地织毛衣。

你说什么叫我领她回去　谁　不不不

她就在家啊　就刚刚我出门时候非要说我牙杯不干净

每次我刷牙　都叫我洗牙杯　我每天都洗牙杯　她还说我的牙杯不干净　让我好好洗牙杯

我说　我不知道到底还有哪里不干净　我已经每天都洗了

她说　你戴眼镜洗就看得见哪里不干净了

我说　我已经戴眼镜洗了　我看不出还要怎么干净才行

她就觉得我故意的……

我他妈……是真的………实在不知道要怎么洗才行了

我今天直接把牙杯扔了

不要再天天和我说洗牙杯洗牙杯洗牙杯洗牙杯了

我们家洗碗　洗完以后一定要把每个碗每个盘子每双筷子都擦干

如果不擦干就放进消毒柜里　我妈妈就会尖叫

（妈妈？）

电饭煲的内胆　里里外外也要全部都擦干　不能有一滴水　不然我妈妈就要尖叫　她尖叫啊

抹布洗完以后　一定要拧干　如果没有拧干　我妈妈就要骂我

家里的地　不能拖　一定要跪在地上擦　跪着擦要是擦得不干净　还要被骂

我以前就是因为和她生活在一起压力太大特别想远走高飞

我可算知道爸爸为什么跑了　叫我是爸爸也会跑　谁不跑谁是王八

这还算好了　以前更离谱　我还小的时候　桌上不能放东西　她见不得桌上放东西　说乱

我：？！？！？！？

桌上不放东西桌子是用来干吗的？？？买回来占地方的？？

每天吃过的饭菜　都要挪到小盒子里装好　在冰箱里垒成一个一个的小盒子　她见不得冰箱里的空间没有被充分利用

扔进垃圾桶里的垃圾　不仅仅是要踩扁了再扔　还要充分利用垃圾桶的空间　要扔得错落有致　每次扔垃圾扔得不好　她就受不了　她就要骂我　说我邋遢　不像个女孩子

我他妈每扔一次垃圾　就要被骂一次

我每次都要伸进垃圾桶要它们摆摆好　还要给它们过家家吗　你说多好　我又不是把垃圾扔垃圾桶外头去了　我就不想把手放垃圾桶怎么了？！？！　我对不起谁了我　我小时候就是在这种压力下长大的　真是很烦

重要的是　你完全不知道她的标准会在什么时候再往前进一步　一不小心你就做错了

没完没了　无边无垠

我和她都不睡一个房间　我房间里面开个小台灯　她都睡不着　她要求我晚上睡觉必须关掉所有灯　包括我房间的灯　我房间的灯到底关你什么事啊！！！我们又不在一个房间睡

她还强烈要求　家里的所有瓶瓶罐罐　盖子一定要盖好　这个真的是我的噩梦

我每天早上出家门　我妈都会努着嘴与我说：加油努力工作哦！

她就是一个要求非常高的妈妈　时时刻刻

我小时候　每次犯了一点点错误　或者没有考好　她

就会暴打我

啊 她真的是一个像侦探一样的妈妈

然后我妈妈在过程中对我的严厉强迫的控制对我是一个很糟糕的过程 但是如果你扛得下来 坚定的坚强的韧性 想要不断地变好的一个人 但是有些小孩 他没办法扛下 这种小孩就会断掉 社会新闻说妈妈打了孩子一巴掌 孩子跳楼自杀了 在我的成长过程中有非常多这样的时刻出现 然而 我没有走到这一步 是因为我在想要去死的那个瞬间 是因为害怕还是什么 把我拉了回来 叫我现在变成了现在的我 不过一念之差而已

别跟我说过去了就过去了 长大了就好了 我根本长不大啊 过去的从来走不过去 在她的高压政策下 我被压得死死的 一厘米也长不大啊 啊 对了 我来这里就是来告她的 我要告她长期虐待未成年少女啊 政府啊 求求你们救救孩子 把她关死这里吧 我把她带来了 她就在这里 就把她生生死死关死这里吧 这是政府应该做的啊 啊 救救孩子吧

听着听着我们便糊涂了。到底是她交了贿赂（我们纠正过她，她拒不接受）领走毛毛。我照笔录分析半天毫无头绪，同事听到一半便知她约莫是糊涂了，别说女儿，自己也认不得了。你不知道，她花了很大会子才走掉，因为你不知道，她说着说着，毛线团掉了下去，滚到门外，看不到了。她冇追逐线团去捡，她只扯着线希望能把毛线团拉回来，岂料毛线愈扯愈长，总不见线团踪影。她手上的毛线花花绕绕缠住手，使她动作艰难。是喵喵救了她，一团猫儿从门外进来，扒住毛线团，据为己有。我们花了好大力气，才在猫儿爪下抢回毛线团，归还给她。喏喏，便是这只猫儿。只见喵喵靠着暖炉，蜷缩脚下。李富强要是不与我说，我不能发现这儿还会有一只又懒又惰的猫儿，全然冇猫样儿，像是一团毛线团胡乱缠绕。不久，李富强好像很困，还有睡不防备便打鼾了。办公室大门敞开，我冇上铐，脚下也无脚镣，若能站起身跨过门槛，轻而易举便能出门了。边上空洞洞的椅子，仁慈到一声不吭。不防备可乐罐咔咔啷啷又滚动了，原来是猫儿走了两步，动了动它。猫又回到炉边了。浑身通红的可乐罐，安谧地响动，距离门槛还很远的时候好像耗尽了可乐罐里的可乐，再冇力气了。徒留远方的门框，门外的大千世界，不外是醇厚的夜。我克制着一脚踩扁可乐罐的冲动，像是失去双腿的瞎子，沉进皮质的椅子里。

事到如今，我坦白从宽，在此之前我已是见过毛毛。那一天与平日并无不同，我还不知道这一天便是女儿出生的日子。酒足饭饱，我再次来到灯笼街，好像是专门找她一样，换过几家都不满意。我以为她是别人，她戴着口罩，刚刚从哪个店面出来透口气，像低廉的站街女，很不打眼。作为站街女，她裹得过分严实了。我们狭路相逢以后，目视对方便已了然，像地下工作者对好接头暗号，掉身便走。她有带我去灯笼街的任何店面，过了光华街，到了路对面，我们坐上最后一班703公交车，车厢很暗，载有零星两人，每站停时车厢便亮起车灯。我不敢去看她，便望四周，除了车顶灯四围还有有用处的灯。有次我与女儿去游乐园，回家很晚，便坐公交车。公交车的车厢内灯也是一站一亮。女儿突然指着车厢内不亮的灯问我，那些灯为什么不亮呢，是坏了吗。那不是一盏灯，而是四围两列。我无法与她解释。我也无法解释这与她刚出生便接种的疫苗有关。因为我还要与她说起历史上那次已被遗忘的肺炎大流行。那时我还年轻，那时每至冬天疫情便反复发作。为阻疫情扩散，除却佩戴口罩，政府拨款，凡是公共交通车辆，在车内顶棚和车辆两壁直角处，增设了两列紫外线灯，常年照亮，不为照明，只为杀毒。如今疫情已殁，紫外线灯则遗留下来，亮也亮不起来了，委实有些扎眼。到了玉龙桥我们便下了车，路径突然散漫悠长起来，好像不止我不知道要去哪里。磐石宾馆已经拆除，天气也不想我们过多游荡，无尽的夜空飘起大胆的雪花。跃进塔不远五百米的距离便是一家鸿兴宾馆。我付了钱，大床房已经冇，标准房也罢。房间与房间别无不同。刚刚进门，她便摘下口罩，她的脸照亮了我。她大口大口呼吸空气，我以为她摘了嘴巴下来。因为，我想起我之所以信任她，因为她淡蓝色医用口罩外面，用口红画了一只猩红的嘴巴。看样子她早认出我了，好像是为了补偿我年轻时的羞怯，她便大胆地认出我来了。而我到了玉龙桥才发现端倪，心脏怦怦乱蹦。玉龙河已是结冰，皎月无法倒映，我如约看见了她右手的小指，那是冇的小指。巧合到过分，我怀疑她事先策划，故意找茬，茬到我的。所以，她才带我到宾馆。平日她都是在众多灯笼店接客吗？但是，她教过这么多学生，认识那么多人。我凭什么认为，她还记得我，而冇把我记做别人。

她冇那么廉价，主动脱掉衣服，肯定因为房间暖气过热。她脱衣服的动作同样冇那么廉价，好像每件衣服需要花大价钱才能脱下。尤其这件紧身的红色毛衣，正中蜷缩一只黄色猫咪。她脱毛衣与我的方式相反，她从下摆向上拉起，像是要把自己翻新了，脱下的毛衣里外则是反的。她不大的皮包是八宝箱，不停掏出香皂、牙刷、牙膏、洗面奶、洗发水，自己的毛巾和浴巾，甚至牙杯。她进去浴室不久又出来，不知从包里翻找什么，掉出一支笔和笔记本，她重新捡回去，扑扑灰尘。听着卫生间淙淙的流水，我打开电视，音量调至为0。有那么一瞬，我错觉把房间静音了，因为我蹑手蹑脚，像个小偷，掏出她的笔记本。是我多虑了，这本笔记本除却年代久远，是很普通的笔记本，也有什么秘密。不过是记账本，记录各式各样的植物，好像植物学是她多年的兴趣。一定哪里出了差错，我想象这些植物是与她交媾的男人的名字。出于某种原因，她不能写下他们的真名，以此化名。仿佛不止我们城市的男人，便是其他所有男人也都被她交媾过了。不论什么原因，这些男人翻脸无情绝不认识她。这些呆滞的化名的物体，稀松平常，处处可见。好像这样，一切都与男人无关，与她交媾的是红薯、莲藕、苹果、高粱、忍冬、毛榉等等等等。毛毛出来时，过大的浴巾像被子一样过分了，裹住全身。她问我要不要也洗洗。我胡乱冲洗一下，很快出来。她已经穿好裤子和秋衣，似乎马上就走。她坐在另一张整洁的床边，为防弄皱，她的屁股只坐住很小一截面积，而且，浴巾平平整整垫在她的屁股下面。我们两个，一个资深嫖客，一个淫荡婊子，意外冇交媾。我们像两个陌生人那样，坐立不安。她比我还要难受，当先开口。后面的交谈，我了解到，这些年她一无变化，还在一中教学，可能会教到死。至于妓女这项事业，她不图钱。我冇敢问她是为什么，或者怎么变作这样，或者她从开始就是这样，还是后来变作这样。我不能理解她在做的事，使我嫖过的娼也都袭来统统向我发出疑问了。我想问她这些年过得怎样。话到嘴边，我发现这是句废话，不知怎么改口，说成了，怎么会这样呢。而她冇头冇脑地说，头上长角的不一定是龙，也可能是羊。这才是她的口气，依稀从她日渐衰老的脸上看到过去的容貌。实在无话可说了，她关心地问我的腿怎样了。我说，走路不碍事，就是跑快了不仔细看也看不出来。我故作轻松。没想到吧，除了残疾证没谁知道我竟然是个残疾人。她说，跟谁打架打坏的呢。我说，没有谁，况且也不是因为打架折的。她说，没有吗。我说，就出来灯笼庙那天，天已亮了，我冇回校也冇回家，鬼使神差来找武松，不想与他打了一架。她说，武松是谁。我说，没有谁，不重要。

武松掷出的车座，被我跳脚躲过，滚在一边。我扑倒于地，冤枉武松说我要报警，抱起车座便走了。武松冇追来，我也冇瘸，我的脚完好无损，但我竟然一瘸一拐走出胡同的另一头，这是去学校相反的方向。跨过柏油路，便是玉龙河边。玉龙河蜿蜒曲折，要走很长才到玉龙桥呢。这儿几近荒芜，人烟也少，蒿草过膝，河水不深，能见波光潋滟。坡度也还不陡，我一颠一颠安全下到水边，小心往边上走走，有茂密的芦苇丛和许多石头，这儿的水更深，鹅卵石也多，鱼群显然更多。坐在坡度上，我撅着腿，举起车座朝脚踝砸去。前两下偏了，砸不中骨头，擦破了皮，冒了血。我小心蹚进水边，搬动硕大一块圆滑的石头，为此，惊散一群小鱼小虾。石头阳面布满绿苔，找准阴面，再砸脚踝。又是三次我冇能用足力气，我是有多怕疼呢，冇多大效用。第四下失手砸猛了，骨骼比我想象的严重许多。真真是搬起石头砸自己的脚了。嗣后，我将石头和车座双双沉入水底，淹死了事。

以上真相我自是冇胆告诉毛毛，虚伪地问她另外一番话：

我的名字叫什么？

她有些愣神。

我是说在你那里你把我的名字写作了什么？

她冇责怪我偷看她的名字，不好意思地低头说，你都知道了。短短几秒已经不像她了，无限温柔地说，你的名字，那朵小蘑菇就是。

我简直怒不可遏，忍住冇发火。我不知道她开玩笑，还是说真的。她的脸看不出笑态，严肃的模样老态尽显，叫我难以自持。

当晚趁毛毛睡着，我留下一百块钱，夹进笔记里，悄悄走了。走前我将搭在椅子上外翻的毛衣，翻了过来，为它平反昭雪了。这个掉进钱眼的女人，肯定冇想到，这么多年过去，我们竟然肮脏至此。只有交媾才是纯洁的爱情，冇人能够玷污。虽然钱更肮脏，钱也不能。我想这也是钱能安然留下的原因。我不后悔，保留了石头的秘密，据为己有。而故事也行到了尾声。

故事的结尾早已发生。那天老天下着毛毛细雨，我一路跟踪毛毛，翻身进到灯笼庙。正殿两边东西两厢房间，一边是观音菩萨，另一边是地藏菩萨，慈眉善目，好欺负的模样。灯笼庙正殿大门敞着，毛毛正跪正中的蒲团抱紧自己。还有两个蒲团分在左右。我想好了，要求佛祖保佑，跑进大殿跪进右边的蒲团咚咚磕头。毛毛啊呀一声，不敢相信地看看左边空落落的蒲团，那边的空空蒲团跪住的应该就是万有良了吧，她颓然坐住双脚。因为昏暗，她不确定我是人是鬼。为了打消疑虑，我掏出火机，点燃供桌这边的红色蜡烛。蜡烛含着烛火，供果已然腐烂。照亮了毛毛，仓促擦擦脸面，她终于下定决心确定我的存在了。外面的风吹进来，烛火微微晃动。我们打在墙上的影子也忍不住动了动。烛火的照耀下，原本亮晶晶的光亮挂在毛毛的鼻尖。可能毛毛觉着不舒服，抽了抽脸，毛毛鼻子的阴影，奇怪地撑在她的左脸，好像她的半张脸可怖地揭掉了。可能为了仔细看清，确认确实是我，她凑我更近了一些，她的整张脸明亮起来。很快她想到她刚刚大哭一场，以手遮挡烛光。大殿暗下来，因为她的手靠近烛光过近，使映在墙上的手影庞然大物起来，这只巨手刮剌整面墙上，挡不住它正在用力，誓要整墙推倒。毛毛似乎看透了墙壁苍白，便在墙壁作画，做出狗头的手影，吃掉我的脑袋。这只狗变化多端，兔子、鸭子接踵而至，最后变作一只鸽子飞走了，这只鸽子应该把手也带走的，留下一阵旋风，差点灭了烛火。冇过多久，毛毛沮丧起来，因为鸽子飞走了，她的手还在，尤其是小指的戒指，正割着她的手指。她疯子一样想把戒指撸掉，戒指生了根一样，毫不动摇。她对手指又掰又拽，又揉又搓，弄到手上全是血也冇弄下戒指。大颗大颗眼泪啪嗒啪嗒落下来，烛火烧到蜡烛也各处流了泪，殿内佛祖、廊柱和墙壁无不闪烁暗淡。我点燃了另一支蜡烛，大殿冇明亮多少，所谓一梦结灯影，我像做梦了，我们的双影双双浅尝辄止。我与毛毛说，弄湿了也许便能滑脱了。毛毛想要起身去抓雨水，我适时地说，雨水不行，会越弄越紧的。毛毛看着我，分明是说，那用什么水。我冇说话，捉住毛毛这只手，一根一根掰动手指，捏住最后这只小指，小指上覆满鲜血。我俯身过去，像是为了迎合我的口味，连同血液，张嘴含住这根手指。我突然后退出去，仿佛这根手指要把我挤走了。我并冇咬下去，牙齿一点一点轻轻叼住她的手指，一点点吞进嘴里。她的手指竟然潮湿竟然甘甜，像一股甘泉，将我全然淹没。我觉着我疯了，把手指吐纳出来，再行吞进，发出咕唧咕唧的响声。我的唾液，混合血液巴在她的手指，嘀嘀嗒嗒往下滴。毛毛冇阻止我，眼巴巴看着我的举动，好像不相信有我似的。手指迟迟疑疑吃进去，并且要长长了卡到喉咙，有一声咳嗽憋在嘴里，我不知道该不该咳……

这时候，我还很小，我不会先见之明地回忆毛毛。等我年龄很大，大到死了，大到死去很久，才有资格回忆。然而，毛毛还有死，一到半夜，她的鬼魂便已未卜先知，浪在大地游荡了。好像这样她便能永生不死，耗光所有人类了。

于北京十里堡

2020.11.20—2020.12.23

十 影像

214 梦月

尤里安·金塔纳斯·诺贝尔

Dream Moons

尤里安·金塔纳斯向我们展示了他在其他作品中已经实践过的啪嗒摄影（Pataphysical Photography），比如在《无声的房间》（*Silent Rooms*）中，他想象了他的房间在他不在时的生活。根据啪嗒学（Pataphysics）的发明者、超现实主义者阿尔弗雷德·雅里（Alfred Jarry）的解释，这是一门通过想象获得解决方案的科学。在啪嗒学中，所有的东西都是反常和离奇的。规则的规则是例外的例外。这个词是希腊语"epí ta metá te physiká"的缩写，指的是超越物理的事物。

——卡莱斯·梅卡德

（Carles Mercader, La Nuu Festival的导演）

梦月 *Dream Moons*

摄影：尤里安·金塔纳斯·诺贝尔（Yurian Quintanas Nobel）
翻译：tcanx

我为这个项目制定了一项规则，即所有的照片都必须在我房子的范围内拍摄。从这个唯一的指引出发，我首先开始拍摄整个空间，然后是家居物品，最后是其中的居住者。但当我拍的图像越来越多时，我觉得有必要把所有这些切实、明显的现实变为适于我表达方式的内容，也就是说，不仅探讨可见的事物，也探讨那些无形的事物。

最后的成果就是《梦月》，通过一系列摄影和文字的混合来进入一个梦幻般的、不稳定的世界，使我们在创作者的梦境中旅行。

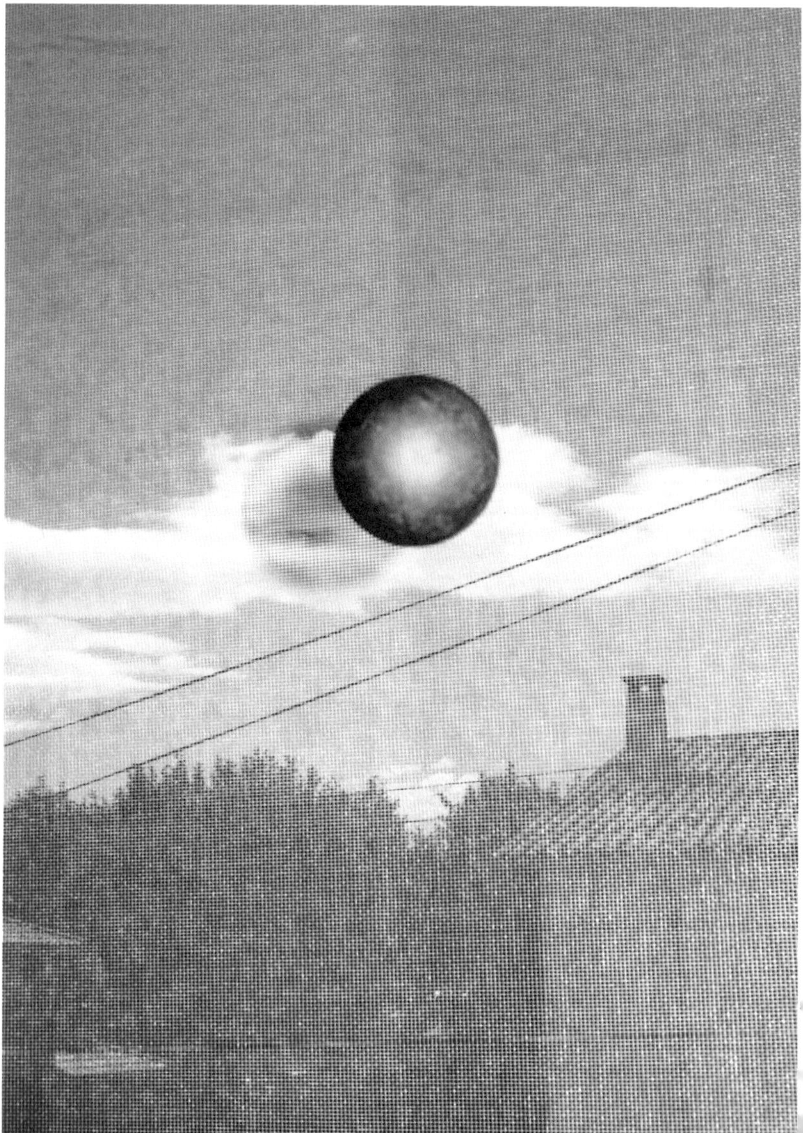

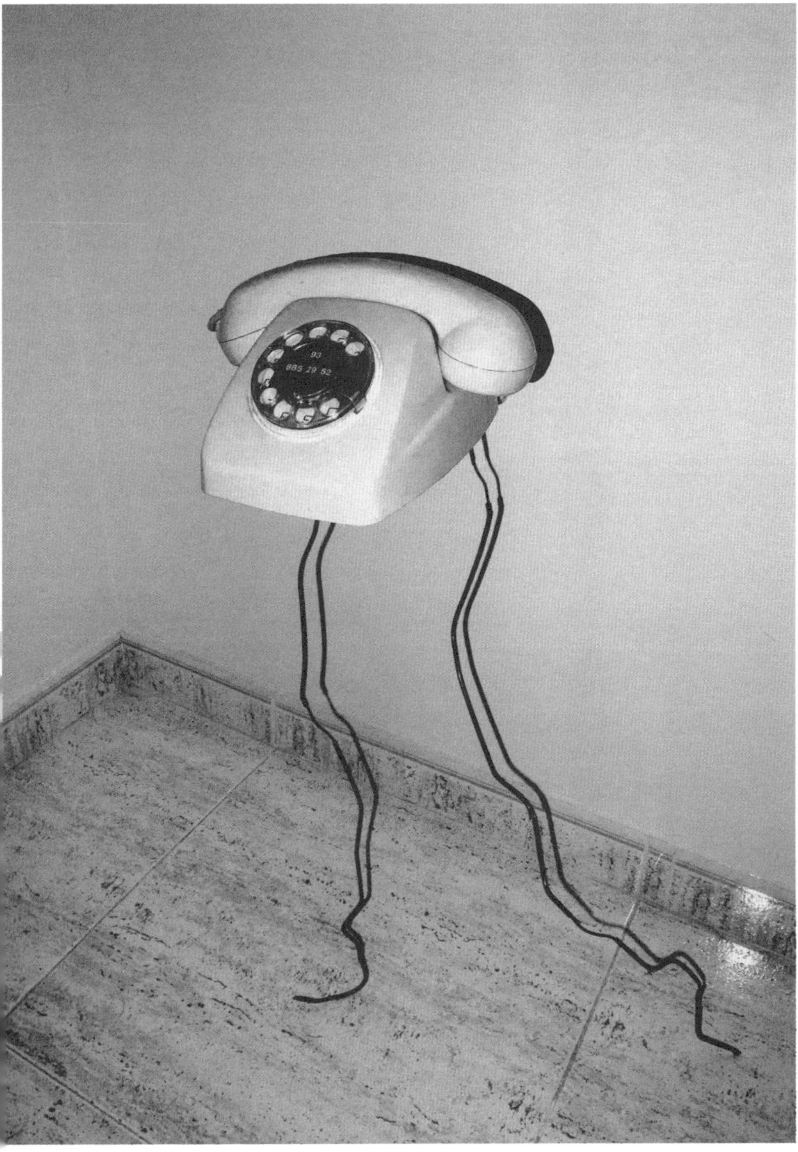
93
885 29 52

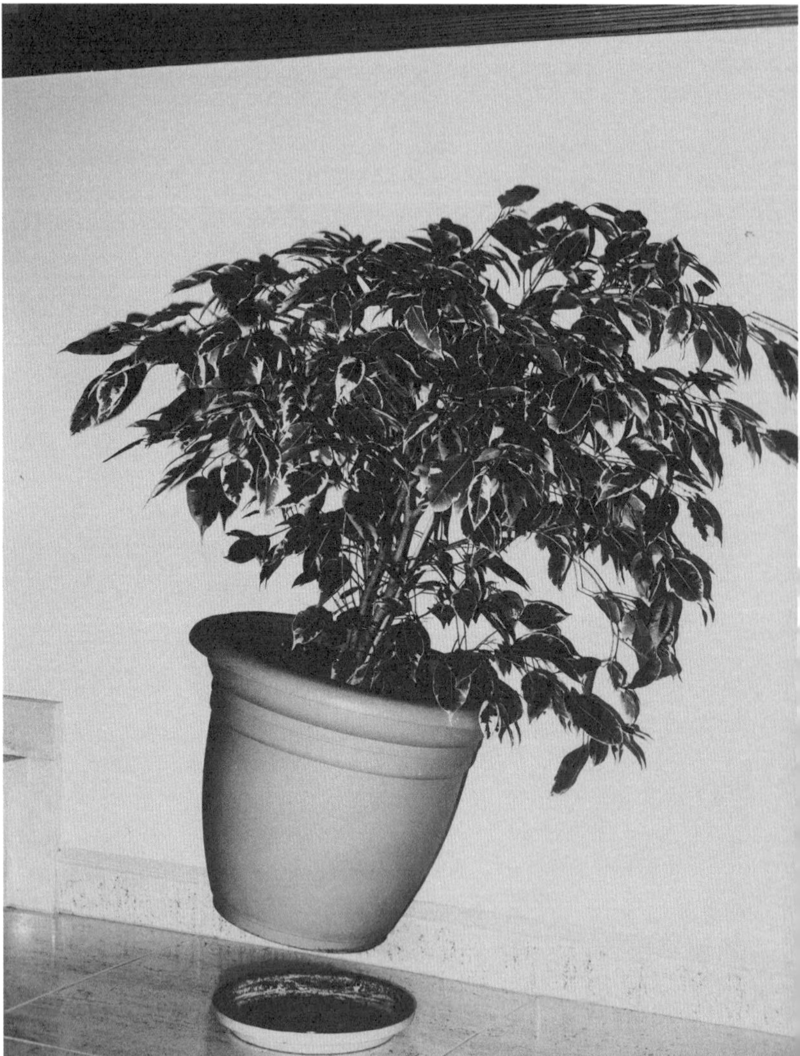

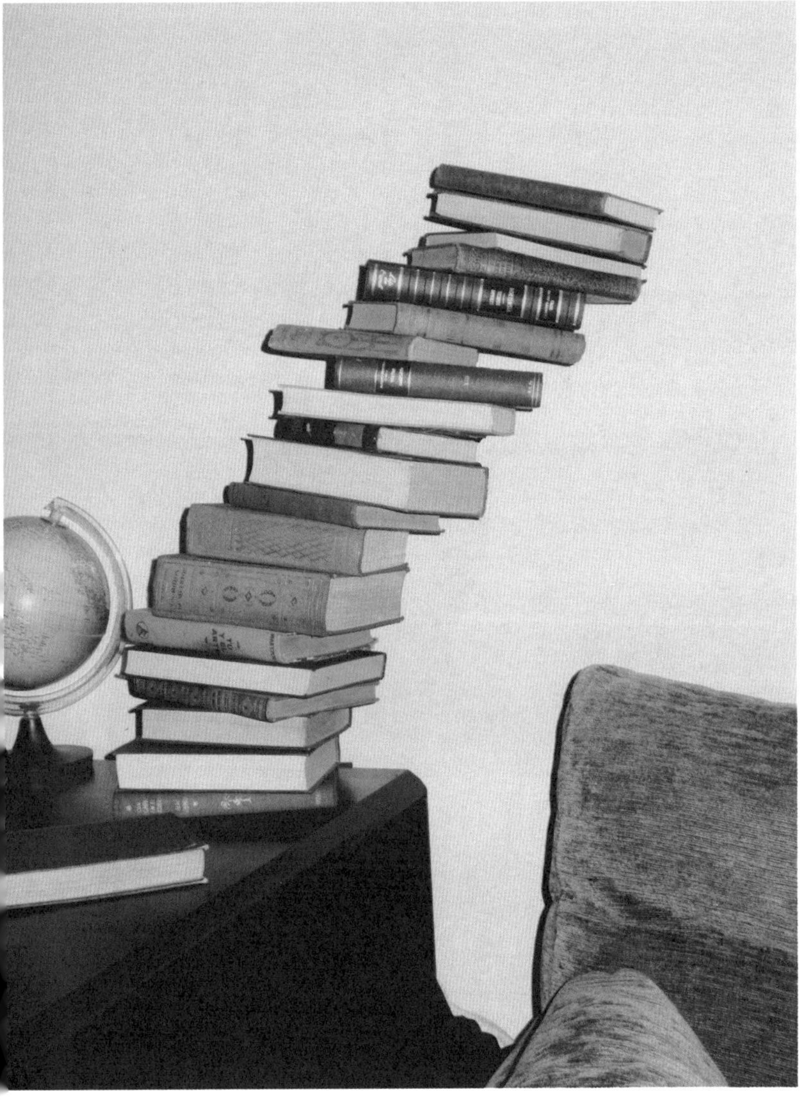

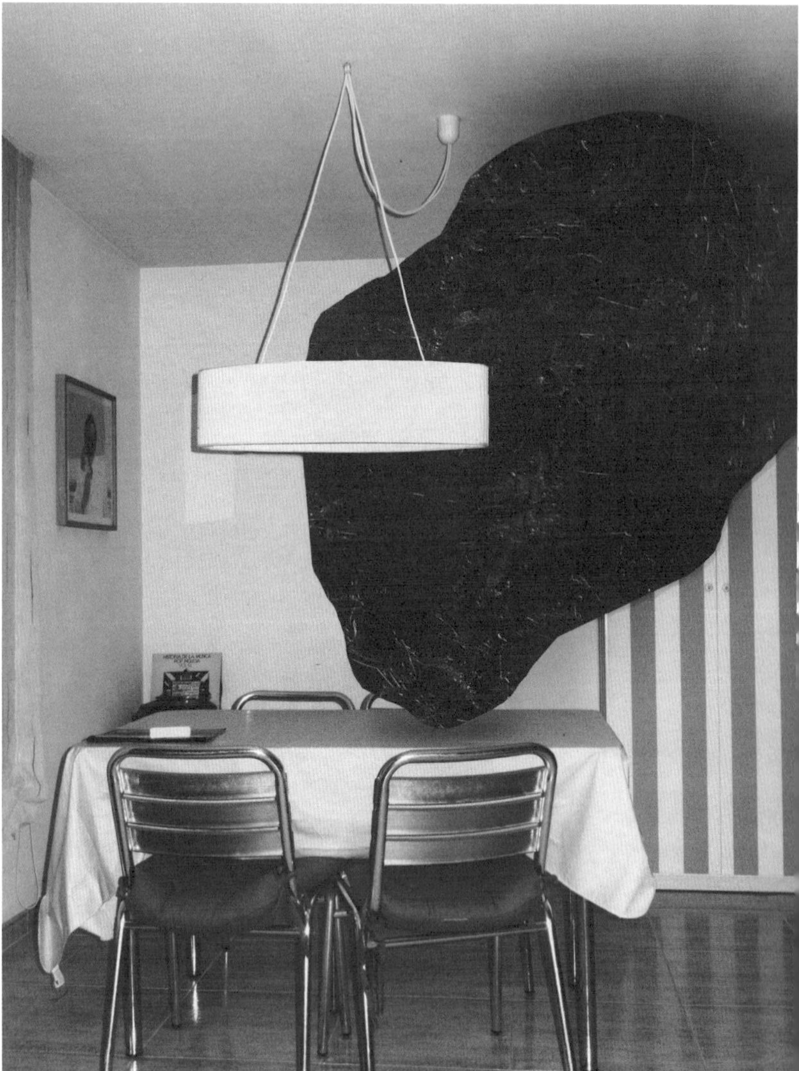

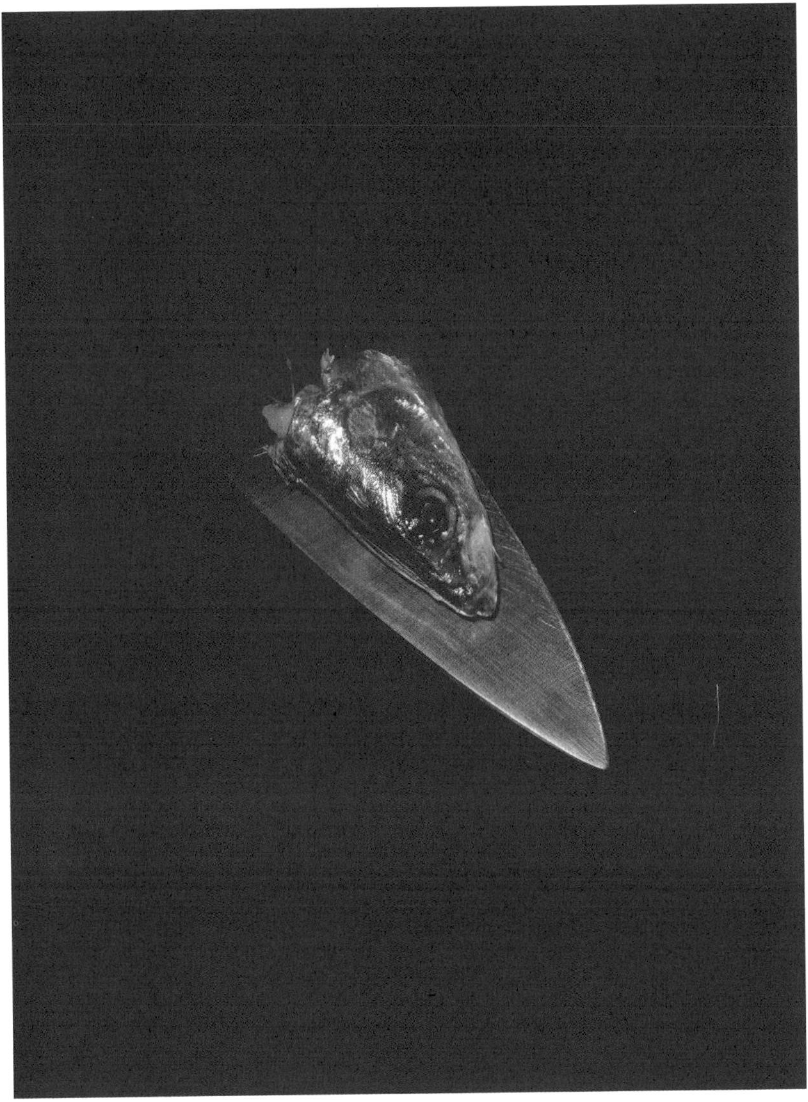

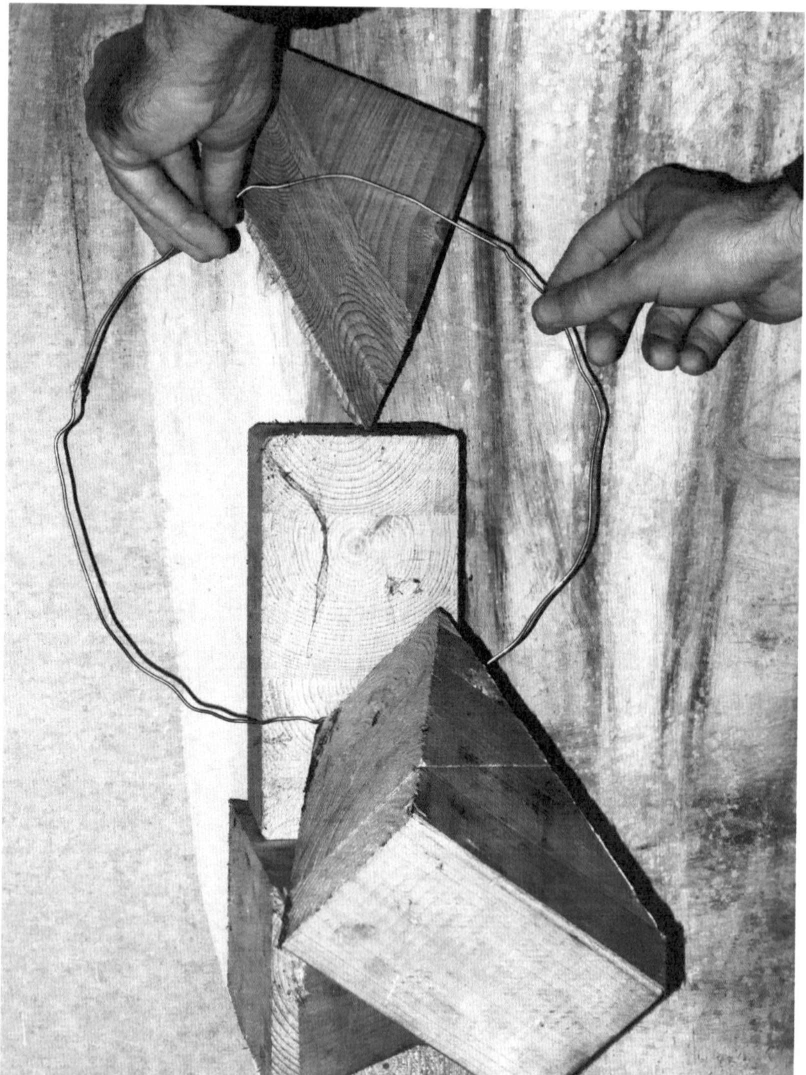

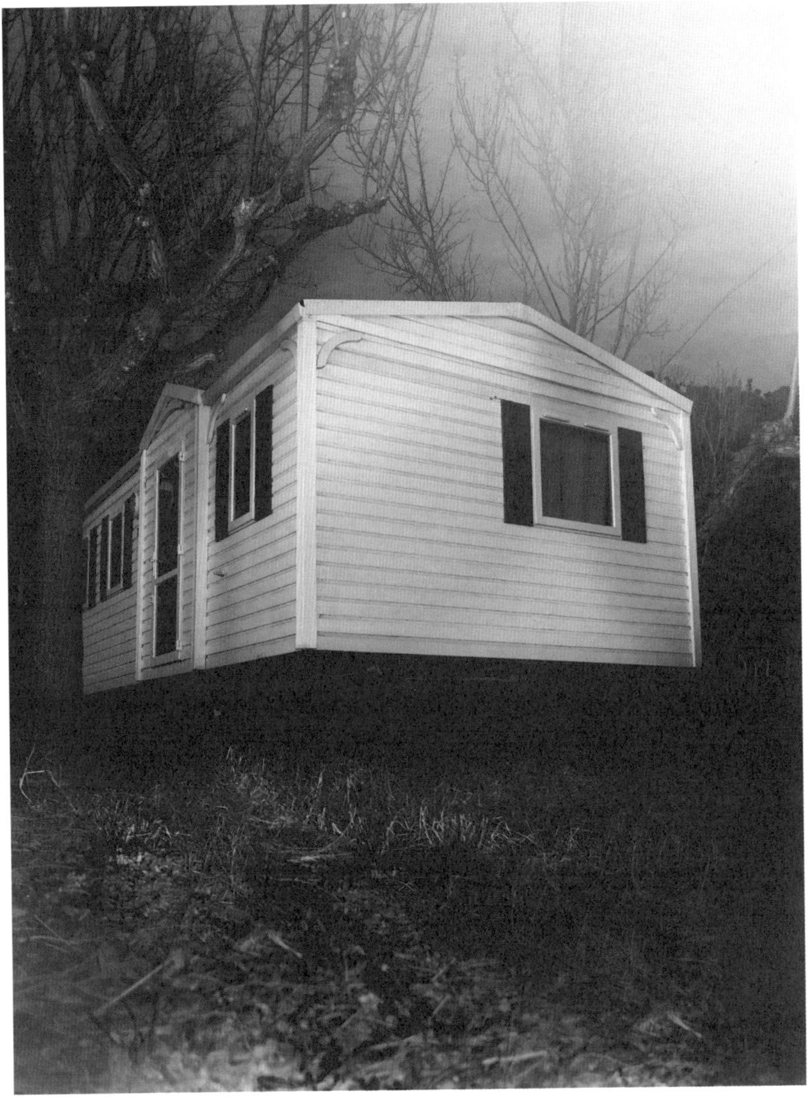

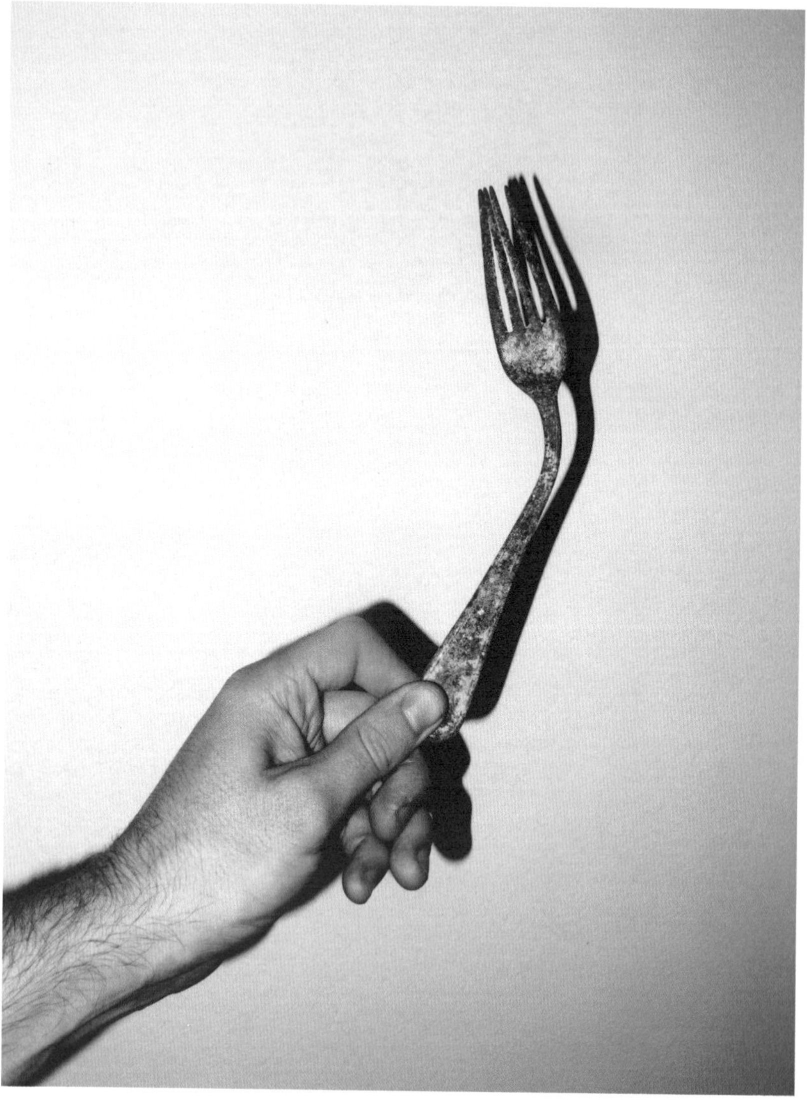

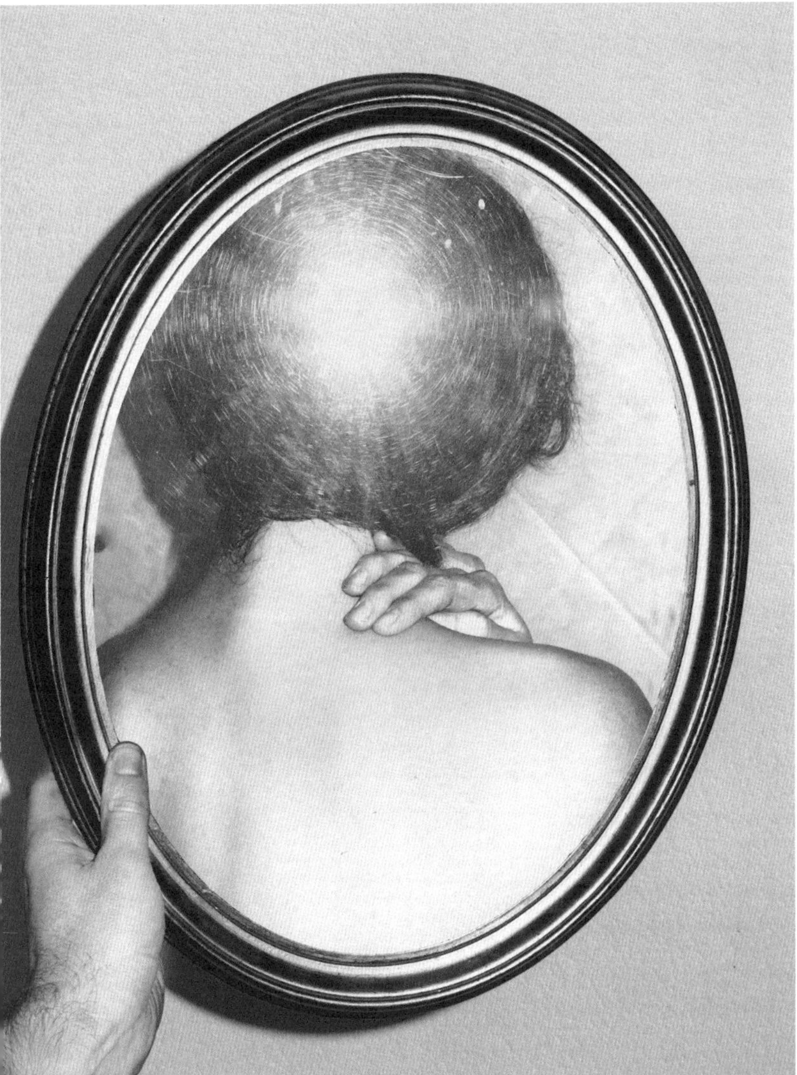

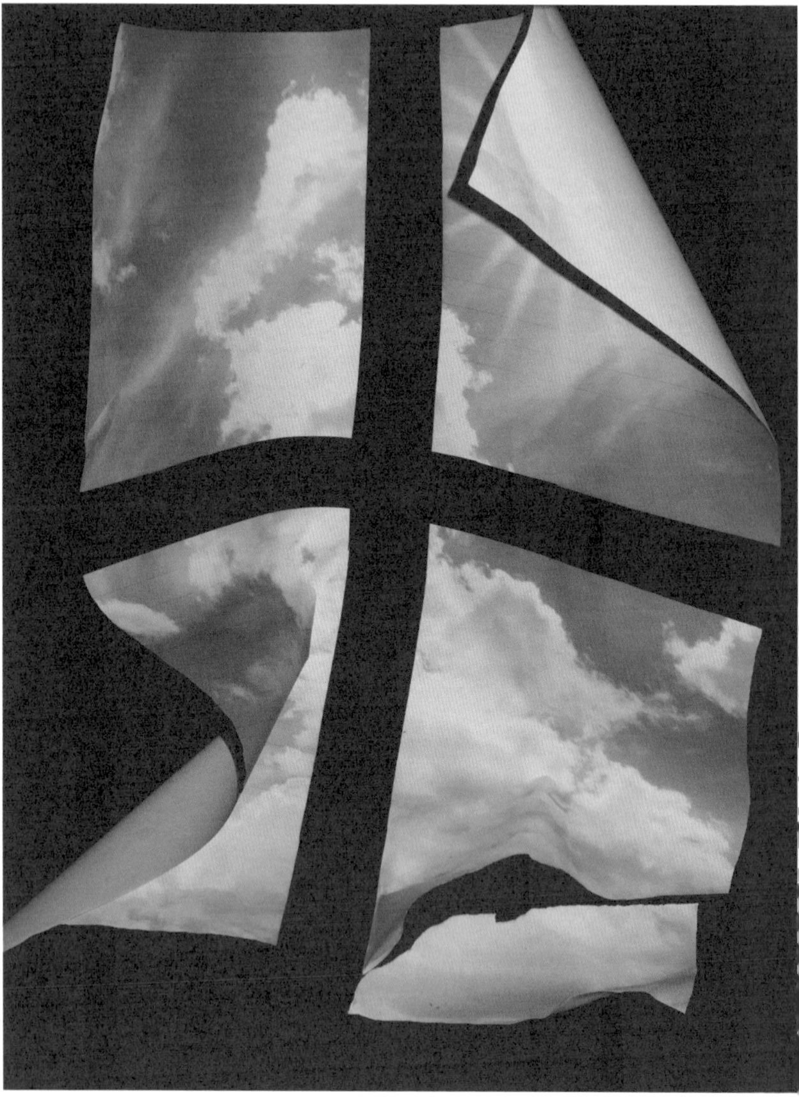

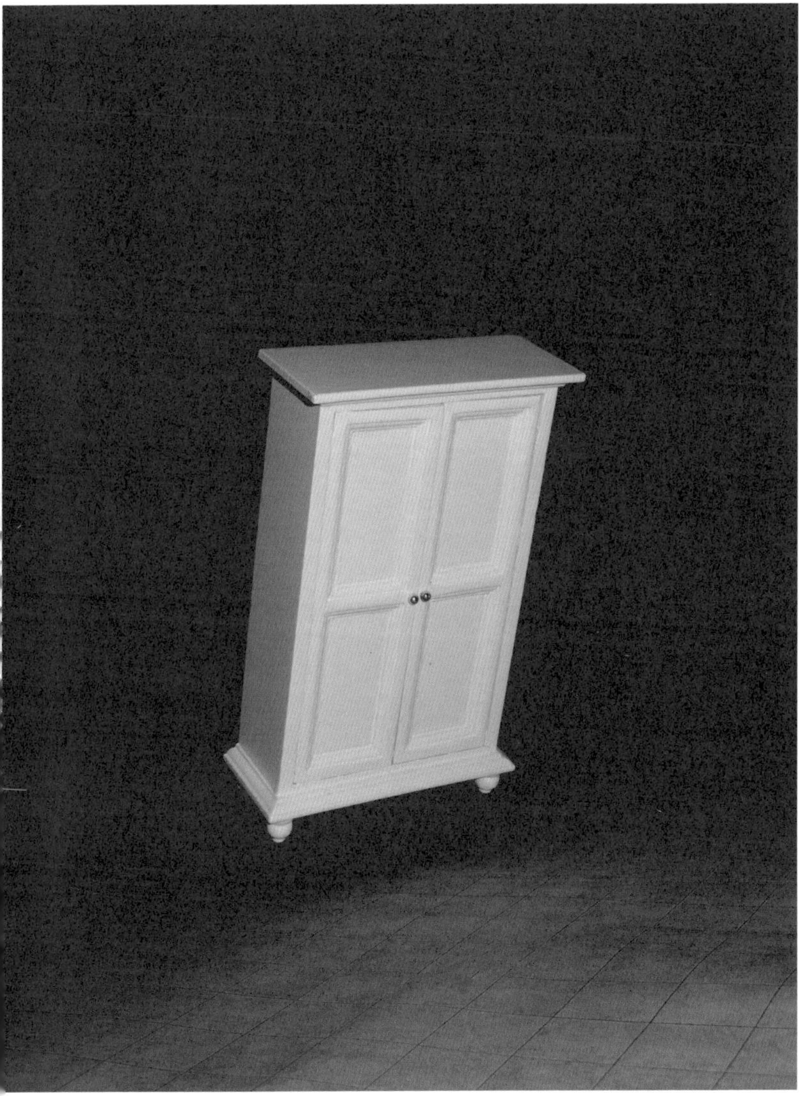

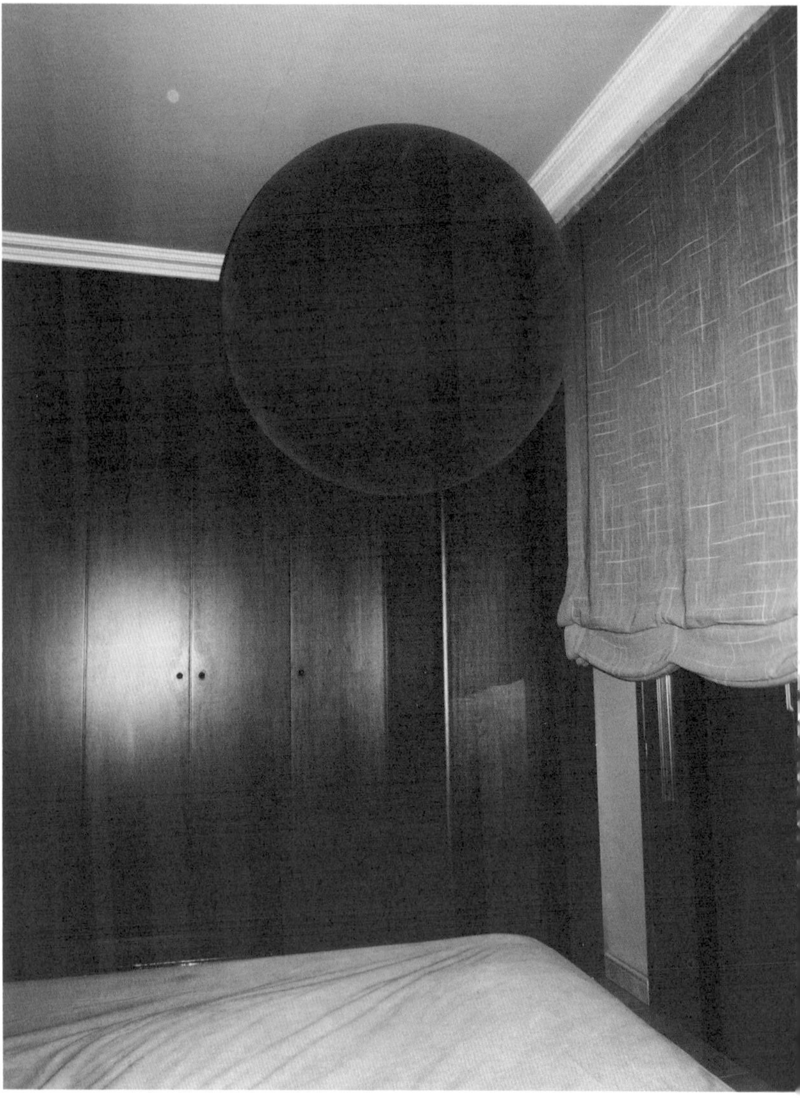

III 诗 歌

231 沉船之后

胡波

After Shipwreck

沉船之后[*]

撰文　胡波

---

[*] 《沉船之后》诗六首选自胡波的诗歌遗作,是他创作于2017年的作品,除《坍塌》外,均为首次公开发表。

沉船之后

沉船之后
会有一只老鼠逃向海底
这里有布满弹孔的洞穴
一只腐烂的鲸鱼
这里可以生活十年
等明天
我们把一切都吃完了
又看着自己的身体
铜铃在歌唱
那亲爱的天使,你把足尖轻触天堂

这个乐队由十个蠢蛋组成
他们吹响各自的绝望
在污浊里祈祷
在灰暗里诵读
松树枝桠与轻盈的太阳
白的冰雪,白的水

沉睡等待着消亡

沉睡等待着，消亡

沉睡会与消亡一起

直到万物寂静和桥下

穿梭而过的雨衣，它走在记忆的边界

记忆的边界是溶解

八月

那头颅挂在树梢
好像接近死亡能使你懂得什么
但世界啊
永远像最初的样子

青山

我在混乱里发掘混乱
因为一个影子会挤出树枝的浓浆
你从中间穿梭而过
像一把忧伤的扇子
只是再也看不到
那温热的棱角和青山上的剑
当麻木呦
像游荡的鱼群
栖息于,一个位于深渊的出口
幻觉位于此
一个白化了的灵魂位于此
它褪下一层白色植物的香气
我们在流动中触碰
栖息
与飞翔而过的忧虑
只是这世界
再也没有滞留空中的梨
或者一个清脆的声音
喊着一个温柔的名字
在如回忆般漫长的灰暗中

那洞穴之路崎岖而悠远

所有的水都没了影子

只剩刺痛的痕迹印刻在山峦

这是通向哪里的道路——这卑微的时光

我不能看到你在熟睡

好像我的呼吸也到达了永恒

一个没有边界的

一个含糊的肤色

当你在另一个地方挎起竹篮时

看着那不知通向哪里的道路

这悲伤即是

关于逝去的,不可触碰的,以及遥响于天边的铃音

那从降生之日即开始的痛苦

一个篱笆在语言的边界,一个生长的

永恒般的落寞

我得以重新认识四季

冰片覆盖手指

那攀爬的羽毛

可是你能解决这悲伤吗?

这悬崖下的死亡

这渺小的浩瀚的

拙劣的造世
我知道你不会懂得
这些碎片的词
大象啊，行走于死亡，又忧虑关于存在的存在
到终结之时才会清晰地触碰

但是我从未如此悲伤过
一只鹳鸟和它折伤了的腿
一只破损的眼睛，一个莫名消失了的秋天

我想住在一个边界
因为暂时的意义终究无法到达，亦不知
下一世如何开启
可是死亡镌刻在荒原上啊——那是我的
这无边无际的荒原，这不可知的绝望
我想你了解所有，所有关于无尽的秘密
就可以探索到，哭泣的西西弗斯
他把手指伸进巨大的石头里，蛮荒无尽
所以当一个钟声在垂暮时想起
就意味着，卢布廖夫得到了他的答案，关于永恒的，
关于新生的复调

我是无足轻重的，是一只吮吸晨露的蚂蚁
是坍塌的尘埃与消失
可消失的力量多么令人悲哀
一个人失去了什么，或者得到了什么
你能感受到那悲哀吗？
那悲哀是根腐臭的绳子挂在树梢
已经被分成了几个部分
重生，孕育，凋墓，死亡
但是造物主喜欢折磨
折磨是冬天
遥远的孤独和寂寥
人们站在只剩树根的古树下凝望
或在地铁里阅读着恒久
但爱
永远如四季一般循环
这无穷无尽期望融为一体的瞬间

阿尔山

一

阿尔山一片湿淋淋的草原
是松针的气味,一双少女的手抚按土壤
你抬头
雪白的小腿和一群鹿
阿尔山湿淋淋的山顶云是一个漂浮的巨人
采了蘑菇然后悄悄钻入水洼,水面如风
波纹与草丛,荡过来
公路不知所措,从下一个山头跳跃
我掰着巨人的手指,壁虎远离了路面
阿尔山摇晃的云紧紧攥着
我的胳膊

那可怕的尽头已蜷缩成缝隙
你望着一片深绿
给自己涂上了同样的颜色

二

阿尔山的记忆里有一群野马
　　它们矫健,如桃子
　温顺地走来,蒙雾,秸秆

　存在着一条压碎的马路
　　　盐,抹平
　　粗粝沙子的台阶
　　里面一群野马
　　　靠近喉咙
　　言语说,前世

三

阿尔山有一个落寞的影子
　涂满了一个灵魂的宁静

　有一条车轨浮在山脚
一个潮湿的声音吟唱,雨
　　　阿尔山

一片墨蓝的星辰一个没有蠕动的唇
漆黑的血液漆黑的生长

又小心翼翼地等待
抚摸着掌纹,一个短暂夏天
给熟睡中的指甲覆上了冰
一个潮湿的声音吟唱,雨
阿尔山

坍塌

一

总有个人把一切都搞砸了
总会有这么一个人的
把显示器、床、衣柜、饮水机,全部打烂
看看还有他妈什么可给她毁的吧
过两天,可以给她刮刮胡子

这个地方恶心得像肠子
所有东西都搅和一起怎么也分不开
现在我的胳膊上还长着一把椅子腿呢
不过没办法了
我得叫一份炸鸡,脂肪可以抵抗世界末日
这只鸡从纸盒子里跑出来
可是,你他妈还沾着面粉呢!

二

优雅的丧尸站在我的窗前,看着我的花
但这是我买的,赶紧滚蛋去咬人吧

"我不能走,我生前可是一个诗人"
但是你现在可像极了一坨狗屎呢
"这什么也不妨碍,我还是可以看到花的灵魂"
是什么样子呢?
"像甘蔗一般的味道"
好了,你快点来咬我一口
我已经一个世纪没有吃过甜的东西了

三

把这些烟纸酒瓶塑料袋还有那个月球一样大的淫秽玩意
都埋掉
客厅里摆了十平方的土,还有一把铲勺

只是我离肥胖越来越近了
每天,我都要喝一顿的油
需要准备一条更粗的绳子
一个石榴从窗户里飘进来
企图靠这个东西来拯救我吗?
还有比怜悯更残忍的事?
赶紧饶了这里吧,十方土还摆着呢

可是石榴
仍一个接一个地飘进来
谁能听得清世界要告诉你什么呢

四

停水之后
除了马桶里剩下的那点
还可以把苏打水混上口水
人类的躯体里本来就充满了气泡
每个气泡还有更可怕的事情
文明，科技，互联网
它们让地狱更靠近
一个丑陋的人在粉刷墙壁
可是洁净的事物
像那腰肢一样悲伤
每一天醒来
宇宙都如同最后一次凝视着你
每一个日暮都在燃烧中殆尽
让每一个夜晚都浸泡于不可知的惶恐

五

这个关于死亡的吻悬挂在天上
它照亮了一切,比如兔子钻入了油井
或者沙漠中出了问题的膝盖

所有不被期待的事物
全他妈堆在这里
跟梅里雪山一样高

天啊,我都忘记讲了
我曾花费了一整天的时间来到它面前
它像一只脏脏的袜子位于天空
所以在五年之后
它依然要出现在我的生活中
这些鬼鬼祟祟的笑容,这些没有翅膀的语言,她们总
是要讲这些
还有这头让溪流裂开缝隙的野猪

六

我写了一个关于大象的故事
它只有一条后腿
也许被铁架子钳断了
它坐在一块空地上差不多有一百年

有些蠢货觉得它饿了
就扔些垃圾过去
可是
只要你敢靠近它
它一定会毫不犹豫地踩死你

七

一个儿童掰开了五月
来到命运的垃圾场
沼泽,鲜花,沼泽,鲜花
这幼小的手掌覆盖像意志般笔直的铁轨
一边通向绝望
一边通向死亡

八

她总是
找不到自己的声调
她敲响路边的一截铁
敲响滞留于半空的树叶
她举着没有色彩的手掌
她捆在自己的舌头上
她想起
十年前,她翻越生满玻璃的围墙
它们划伤她的子宫
一个悲伤的幼儿漂流而出
—— 敲响路边的铁
听到树叶的声音了吗
听到眼皮挤压一切的声音了吗?

九

早上起来
你喊着 —— 狗屎
这就对了
还有别的

两个脏盘子
一双破洞的拖鞋
披头散发的女人躺在吊灯上
你死去的猫在冰箱里你没有早饭
你没有早饭你也没有血管
你有的统统是你没有的
你对着早晨喊一声 —— 狗屎
接着
你此生所有的早晨都一起对你喊了一声
—— 狗屎
于是你
满意了
于是你
要侵扰他人的生活
她躺在吊灯上有五年了
你送去一杯水
你吐出一盆酒
你笑着从楼顶走到另一个楼顶
去强暴每一只飞过的鸟

十

让我们在忧郁的夏天对着白色祷告吧
还有从这里跑出去的每一匹马
每一个被侮辱的月亮
每一声来自树上的笛音 —— 一吨塑料在燃烧
我们应该振作起来
去追求秋天吧
那么在热恋之时
—— 可以踏在黎明的积雪上

十一

我困惑一切所困惑的
我隐藏所有隐藏的
我度过的每一秒都是放大后的耻辱然后
—— 从荒漠和盐碱里走来
我靠近一个圣徒
他把自己埋葬在地球边缘
这蛋壳形状的废墟早已岌岌可危

十二

你在走廊里 —— 喊着一个名字
你从门的暗影里消失
你踏在积雪上
你发出无助的声音 —— 如同月球的凹陷
后来你看着自己背后的痕迹
还有夜空 —— 一条比峡谷还长的伤口

十三

谁又告诉你了
一个乳白色的胖子占满了你的生活
乳白色的行走
乳白色的追逐
当此刻被上一秒吞噬
即将到来的
就是一群乳白色的胖子占满了你的生活
"我是雪山上的莲花"
"我是覆满阳光的床单"
"我是生长于冰箱的虔诚带着房顶的大火和那满地的肥肉"

只是

在你们强暴了这间屋子之后

我该怎么面对那几十个哭泣的人呢?

期待

我对以后所有下雨的日子也不再期待
不再期待闻到石缝中生长的草
—— 是廉价的悲悯吗
不再期待傍晚所捕捉到的未知
—— 模糊的沙哑叫声
不再期待发现前行的意义
—— 看这多像清扫一起的碎片
不再期待这阴影的低语
—— 把所有惶恐丢进酒窖里,白色树木就在另一边溃烂
不再期待一只手
—— 此后穿梭来的触碰,锈迹的味道和一摊火焰的安心
不再期待新生、选择、可能性、哗众取宠、可悲的、愤怒着的、静默的
和在上空毁灭着的
就在头顶 —— 巨大的如同山峰的 —— 毁灭 —— 倒悬于 —— 连接的缝隙像是入睡前的静默
不再期待这里,那里 ——
所有透光的事物 —— 准备好来迎接这脆弱不堪吗

〰 随笔

255 时光的碎片——忆任洪渊老师

李静

Scraps of Time : Remembering Ren Hongyuan

时光的碎片——忆任洪渊老师

撰文 李静

随笔 时光的碎片——忆任洪渊老师

大二下学期的中国当代文学课,终于是任洪渊先生讲授了。一个瘦小精悍的中年人立于讲台,脸庞似削,目光如电,一口清亮的四川普通话时而平缓,时而激越,出口成诵。坐在座位上,我想起大一下学期,讲文学概论的罗钢教授为了让我们领会"何为自由体新诗",就念了一首当代汉诗:"大地初结的果实和我脑中未成形的幻想/一齐在太阳下饱满地灌浆……"在大家一脸懵的静默中,罗老师问:"你们知道是谁写的吗?"谅我们也不知道,他就从椅子里站起,在黑板上写下三个字:"任洪渊"。"这是一位在台湾很受关注的大陆诗人("在台湾很受关注"是那个时代进入殿堂的标志性评语——作者注),他就在我们中文系任教。"同学们炸了。"他教哪门课?""能教我们吗?""上哪找他的诗?"……一群天南海北的井底之蛙初会于名师云集的北京师范大学中文系,其不开眼的嘴脸就是这样的。

大二上学期讲中国当代文学的老师,板书有个习惯:

俩字一行。因此我很怕他讲到名字是三个字的作家。比如"周立波"吧,他就会一行写"周立",再另起一行:"波"。如果下一个作家是柳青呢?板书就会顺下来:"波柳",再另起一行:"青"。一堂堂课下来,这板书就像一列列坦克,无情碾压我对文学的渴慕。我是为了当作家才报考北师大中文系的呀,可一入学,系主任对我们说什么?"中文系不是培养作家的,是培养文学研究者的。"文学研究者?什么叫文学研究者?茫然四顾,不甘心地在任课教师中寻找文学的光芒,创造的灵晕……结果呢?找到了研究文学的两字一行板书先生。

幸亏任洪渊先生出现,才及时挽救了"文学创作"和"北师大中文系"之间行将破裂的关系。任老师符合我们所有关于"文学家"的想象:灿烂的才华,喷薄的诗情,孤高的性格,锐利的谈吐……但女生们莫名悲悯地认为,"才子佳人"这个神话,在任老师这里是绝不可能成为现实的,因为它实在太古典、太虚假了,与他示范给我们的现代美学不符。不久,我们就在课堂上听到他讲女神妻子F.F.对自己诗学的开启……好吧,好好记笔记吧。

不知何故,女生宿舍开始流传一本文学杂志,上有任洪渊老师的自供情史《我的第二个二十岁》。如此好的八卦素材岂能错过?我排队等候,拿到便读:

"又是这双眼睛看着我。是最早的黑陶罐,洪水后存下的一汪清莹。"

诗人的情话不寻常。他不说这双"眼睛"是美的,而将大洪水和挪亚方舟的典故暗置其中,暗喻这双"眼睛"是涉过人类滔天大罪("洪水后")的原初的纯真("最早的黑陶罐","清莹"),承载着他的救赎。真是无所不用其极的颂赞呀,哪个女子扛得住?

"那是1976年4月的一次'大批判会'。我们来到世界的唯一目的和意义,只是为了给一个伟大的思想做一次渺小的证明,十二亿分之一的证明。我们因为有自己的美、智慧、想象、激情,生来就有罪了。我们是如此害怕自己,害怕安娜·卡列尼娜的让人不能不回头的眼光,害怕蒙娜丽莎的谜一样的微笑,害怕罗丹的空白了身躯和四肢的无名无姓的《思》。出于恐惧,我们招来红卫兵,又同时唤起坟墓中的黑色亡灵,秦皇,李斯,韩非,在一个太阳世纪禁书,焚画,毁雕塑,为了禁住她颠覆一切的蛊惑的影子。"

谁能将情话和历史反思,结合得如此天衣无缝?谁能用如此透明的寥寥数语,在个人和历史之间无界穿行,将以人为神——且只以某个人为神的时代里精神的压抑和自由的渴望,表达得如此由内而外、举重若轻、直击本质?在我狭窄的视野里,没有,一个也没有。

在时代的喧嚣里,"不期待分食的光荣"。
/ 李静

读完文章，我的八卦之心消退无踪，对文学写作的敬畏之情油然而起——即使再私人化的素材，也要受精神之火的淬炼；即使再单纯的表象，也要显现背后灵性的源泉；即使再复杂的思想，也要穷尽语言表达的一切可能，使思想的深邃跟文字的敛净成正比——否则，不要写。此文传递的沉默的教导、无言的戒律，威慑了我的一生。

由于从初中即已开始的漫长难愈的抑郁倾向，我的一切行动皆是在有意无意地寻求精神的拯救和治疗——小到读一本书、写一篇论文作业，大到恋爱、交友、寻师。我渴望有一道光，将自己从深渊里打捞出去。渴望奇迹降临，震碎那个自我窒息的玻璃罩。

可以期待而又不必自己争取的唯一奇迹，恐怕就是任洪渊老师的课了。他能做什么呢？我甚至不敢和他说一句话。可是，他有词语。他的词语点燃和照亮了他自己，这是显然的。他生于1937年，其时已五十四岁，但他的语言全无从"文革"中匍匐过来的痕迹（"我没有进入那个年代的词语"，他说），反而有着青春的骄傲和奇崛（是的，1990年代，青春还是敢于骄傲奇崛的）："生命的影子并不具有影子的生命。艺术只崇拜唯一的，却十分轻蔑第二个"。能这样说话的人，难道不是自由的吗？难道我不该循着他的词语，找到我的词语，把自己救出去吗？我就是这样带着治病救己的心理，听他的课。"生命""原创力""创造性的""第一次命名""身与头""头与心"……是任老师随身锦囊里的关键词，它们于我，是重造生命的力。

如今中文系出身的学者，十分轻蔑中国当代文学，认为这是不学之徒的寄居地，弃暗投明之前沾染过这个专业的，再也不愿提及。但对三十年前的我来说，中国当代文学是任洪渊老师勾勒的图景：它充满了感性的奇遇和理性的冒险，是西方传统和中国诗学激烈碰撞之地，是以创造为第一推动力、正在诞生和形成的新天新地。与做学问、"研究文学"相比，我感到参与构造这图景更有魅力——也许它的活力能治愈我的抑郁，使我换一个人；而做学问不能。于是我决定报考中国当代文学研究生——虽然我这一届，任老师不招生。

1993年北师大中文系中国当代文学专业的考研试卷上有一道题：试论老舍《茶馆》结尾，"撒纸钱"这场戏的生命含义。本人一向老实木讷，却决定在此刻奉行机会主义：我认出了这道题，它洋溢着任老师的风格，那么它也很可能是任老师来判，我要——赢他的高分！忘了都写些什么，只记得是在考场中恣意忘形地"写作"，而非"答题"：用了忧郁的笔调，将纸钱和白雪、生和死、路和坟，交织在一起。

复试时，任老师在场。他矜持地打量我三秒钟，说：

"把《茶馆》那道题写成了文章的，是你？"我木讷地点点头。我想告诉他，我是个投机押宝的赌徒。我还想告诉他，我一直将他的课当作救生筏。但还是沉默了。我的性格没有能力完成这段对话。这是我当他学生以来的第一次"对话"。于是他扭过脸去，激情洋溢地对招生导师刘锡庆先生说些让我不好意思的话。

自此，我是刘锡庆先生的弟子，也常到任洪渊先生家做客。

去任老师家的第一目的，当然不是讨论诗歌，而是去查看对照他的神话主人公——那位让他感到"蒙娜丽莎的笑在她的唇边，没有成灰"的夫人F.F.，让他"天空的那么多月亮，张若虚的，张九龄的，李白的，苏轼的，一齐坠落"的女儿T.T.。她们究竟是何样女子？本届中国当代文学研究生认为，此问题是我们亟须解决的首要问题；去任老师家探访以了结此问，是吾专业近水楼台的一大福利，不可不用，必须快用。

眼睛黑亮的小学生T.T.给我们开了门，就飞速地跑开了。亭亭玉立穿着浅蓝色真丝袍子的师母F.F.迎了出来，用沉稳悦耳的女中音招呼我们。任老师也从书房走出。笼罩在神话中的一家三口被我们尽收眼底。关于任老师新近出版的《女娲的语言》，我们展开了神不守舍、准备不足的交谈。

回宿舍的路上，我们慨叹道：师母小芳美是美，女儿汀汀可爱是可爱，我们却已无法从她们身上看到更多。因为我们走不出任老师的目光。我们再也不会把她们和路上偶遇的美女娇娃等量齐观。她们将永远是任老师笔下的F.F.和T.T.，闪着神话的光晕。

任老师的当代诗歌解读课是在北师大老主楼（如今已是一片平地）六楼的当代文学研究室，先生一人，弟子五六人，围桌而坐，闲谈模式。他手捧一个带盖的大玻璃杯，稠密的绿叶杯中翻舞，说渴了，喝一口，偶或把误入口中的茶叶吐回杯子，盖上盖，接着讲。他的思维从一个意象跳到另一个意象，话题则是哲学性的，我们经常接不住。

"为什么艾略特说'过去因现在而改变'，传统因今天而改变，为什么？你们谈一谈？"他问。

我们的阅读量填不满这个问题。

这样的挫折甚多，于是我老老实实把他的《女娲的语言》从头到尾读了一遍。他的语言有一种钻石般的坚硬质地和晶莹光泽，显示以"智"穿透"情"、而非从"情"升华到"智"的思维：

在这块土地上，我们生存的困境，不在于走不走得进历史，而在于走不走得出历史。我们的生命只是复写一次历史而不是改写一次历史。这是我们独有的第三悲剧。我们总是因为寻找今天的历史而失掉历史的今天。总是那些埋葬在秦汉古墓中的人物使我们生活在秦与汉，而不是我们把秦汉人物召唤到今天。总是他们改变了我们的面影身姿语言，而不是我们改变了他们的面影身姿语言。我们总是回到历史中完成自己，而不是进入今天实现自己。我们的生命在成为历史的形式的同时丧失了今天的形式。

那时，我还不知道用遗忘历史的"当代性暴政"一词来向这段话提问，更不知道"我们的生命只是复写一次历史而不是改写一次历史"这句话，究竟有几重含义。这吸食了"我们"生命的"历史"，是本真的吗？还是被谁出于自己在"今天"的欲望而"改写"了呢？这个没有足够的自由意志"实现自己"的"我们"是谁？那随己意改写历史、又迫使我们"复写"这"被改写的历史"的，又是谁？TA的那个"我"就是自由的吗？还是TA也被什么"历史"的幽灵操纵了呢？我不知道。我只知道，任老师的言说是关于"第一次""第一个""创世纪"的狂想曲，关于"我"的主体性的交响乐。对于自我从未被建立而只是被摧毁的我来说，这是一个福音，一种信仰——对创造力的信仰。至于创造力的根基在何处，我后来与任老师的答案不同。但那时,他是将沉沦于生命深渊中的我打捞出来的人——用他的言说和写作。他的思维方式对我有意想不到的治疗作用。它制止我漫漶泛滥的抑郁情绪,而竭力从思维底部建立起坚硬的地基,以使感性的自我不至坍塌。同时,他诗学中的紧张感——那种与伟大先哲一较高下的创造力竞争,将我焦灼的注意力从日常的琐碎荒芜引向更有价值的精神领域。他那陈言务去、从意象直抵形而上、自律到几近自虐的语言方式,再次惊吓和淬炼了我:面对语言时,你须挖掘自我的全部潜力,探求表达的最高可能——这是他身体力行的写作律令。

他的两首"月亮诗"也照亮了我。一首是喜剧——写于1988年的《月亮,一个不能解构的圆》,灵感来自一则科学预言:"荷兰天文学家克费德追踪着一颗流星的轨迹:它将在1992年1月7日前击碎月亮的上半(?)。"诗人遥想了预言成真的图景:

半个月亮 永远半个
我向前望着我的 背影
一个圆的残缺
半个月亮的圆

力 都已弯曲成圆的

轨道 我等着一个坠毁的星
逃出一个圆又击落一个圆 撞破我的
　　月
　　年

接下来的诗句,揭示了伟大诗人在人类的精神天空中恒星般的力量,和作者自身作为诗人的信念:

可惜没有一颗星的速度
能够飞进李白的天空
他的每一轮 明月
照　　旧圆

我永远热爱这一句。尽管预言没有成真,现实的明月和李白的明月都好端端挂在人类的头顶,使这首回应之诗有了喜剧色彩,但它吹响了创造者得胜的号角——精神的光芒在物质宇宙的无情巨变面前,将无损分毫。

另一首则是悲剧。1969年7月20日,美国阿波罗11号飞船上的宇航员踏出人类在月球上的第一步;1985年,诗人以《最后的月亮》,完成他与"月亮上的第一步"的对话:

几千年 地球已经太重

随笔 时光的碎片——忆任洪渊老师

承受我的头脑

还需要另一片土地

头上的幻想踩成现实 承受脚

我的头该靠在哪里

　　人们望掉了一块天空

　　我来走一块多余的大陆

　　这首诗显示何为"诗人独有的视角"。当举世都为人类登月而欢呼时,唯有诗人在哀悼——"头上"皎洁了数千年的"幻想"被"脚"踩成了"现实",成为一块像地球一样平常、可行走其上的"多余的大陆"。"最后的月亮",阿波罗登临之前那夜的月亮,"比夹在唐诗宋词里的／许多　月／还要　白"。最后的浪漫之白。告别的悲伤之白。自此,被困在地上的"我"永远"失去了 一块逃亡的／圆"——曾经任凭不可企及的神话、想象和思念驰骋其上的"圆"。人多么需要一个"不可企及之物"来承载寄托,而圆缺变幻的月亮又是多么完美的承载者!当"不可企及"变成"触脚可及",划时代的幻灭来临了:"缀满一代一代／圆圆缺缺的　仰望／突然断落在我的夜里"。诗人用一首短诗,揭示科学—行动带来的进步—贫乏,与未知—灵性所孕育的神秘—丰饶之间,永远的张力与悖论。

　　一个人如何敞开自己的生命,与辽阔的历史—当代—

文化同在？如何敞开自己的写作，跟"与己无关"的"他者"作灵魂的对话？他的"月亮诗"提供了方法。此前，我习惯了诗是一种微观的生命样态：有形象，有根须，有呼吸，有情感，哪怕反抒情，也是一种情感。但任老师的诗不是这样。它们多由意象直接跃向观念与哲思，由此爆发出意志与认知的激情——来自"头"而非"心"的激情。显然，他的诗属于极少数派。对多数人来说，激情属于心，用以作诗；理性属于头，用以哲学。但任老师让哲学的头激动了起来——日神饮了酒神的酒，思维穿透直觉而起舞，而非直觉先于思维而舞，或只有直觉之舞、思维原地踏步。这使得他的诗虽坚硬却具有开启的能力，与我后来喜爱的彼得·汉德克的戏剧性质相仿。我曾赞叹汉德克深具"那种哲学的本能，那种将理念的骨骼化作创造之血肉的本能"，任老师亦如是。他是第一个向我启示"灵智"的写作道路的人。

既然看到了光，就想用他的诗学填充我心中最深的黑洞。

1993年到1996年读研期间的大学校园，弥漫着萎靡混沌的气息。谁也不知道"我从哪里来，要到哪里去"，也不再流行思考这种问题。诗歌不再是时代冠冕。诗人的光环逐渐暗淡。新时代的文化英雄们一视同仁地嘲笑着真假正经,任何一种"严肃"都为人所不齿。一批知识分子遂奋起讨论"人文精神",并将"反对崇高""精神堕落""犬儒主义"的指控加给了时代新宠王朔。但道德姿态下的价值内核是什么?意义与自由的源泉在哪里?让一个人战胜虚无和哄笑的精神支撑在哪里?却也没人说得出。

感觉自己就像纪德的《伪币制造者》里无力自卫的小波利——他因受不了"现代主义者"日里大尼索的嘲弄,开枪自尽。我呢,也找不到安然活着的理由。耳边尽是解构者的哄笑声,令我羞愧欲死。一个下午,任老师点评完我的论文作业,就酝酿结束的气氛,我却坐着不动。

"任老师……"我嗫嚅着。

"嗯?"

"您觉得,活着……有意思吗?"

"什么?"他大概不信,会听到这个问题。

"嗯,我是说……让您不断地想要'创造''创世纪''第一次命名'的,让您相信'生命不能被照亮,只能自明'的,是什么呢?如果一个人,她自己没有力气'自明',怎么办呢?如果她连自己的生命都感到没有存在的价值,那还怎么去创造呢?"

"你为什么这样看待自己的生命呢?"他大概感到了,这是个笨拙的求救信号。

"我刚读完王朔的小说集……感到一种富有魅力的残

忍和凶猛，将我讨厌的东西变得可笑……可同时，不知道为什么，它使我看自己也是讨厌和可笑的……这是一种压倒性的力量，这种发出哄笑又讨人喜爱的残忍和凶猛，做了这个时代的主人，不但戏弄我讨厌的东西，也戏弄一切严肃、干净、认真的东西，我感到亲近、合乎本性的东西……这使我感到孤单，像丧家犬，跟一切都无份，只活在一片哄笑声中……我试图用您的诗学跟这笑声对抗，但是没有用。'创造？自明？第一次命名？你说什么呢？你能说人话吗？'耳边都是这种声音。一切都是虚无，都是可笑。我想把严肃、干净、认真像铠甲一样穿在身上，去抵抗那哄笑声，却做不到，因为我不知道严肃、干净、认真的理由是什么？那不过是我的喜好罢了，并不一定是个真理。就像残忍、凶猛、哄笑虽不是我的喜好，却不一定不是真理一样。因为毕竟我没办法证明，虚无是不对的。相反，似乎所有事实都在证明，一切都是虚无。那么他们就是拥有真理的一方吧？可我又不喜欢这个真理。我怎么办呢？我无法让自己面目全非，去适应这个真理。但是，我自己的面目是什么？在这样的自我厌弃中，我已失去了自己的面目……任老师，我的脑子很乱，我整天想的就是这种东西，感到一切都没有意义。我没法像您说的那样'自明'和'创造'，因为我里面没有光，也不知道光在哪里……我不知道该怎么办……您听不见这种哄笑声吗？

您……您怎么办呢……"

奇怪的是,任老师毫不奇怪地听着我的语无伦次,露出悲哀的神情。

"……怎么办呢?只有忍耐,不期待分食的光荣。听我们自己里面的声音。如果你听不见,至少,你知道自己不会长出咬人的牙,不会把残忍、凶猛、哄笑,加给和你一样痛苦的人。"

他说这话时,我想起他书里的句子:"那是1966年可怕的夏天……我害怕被斗,更害怕斗人,做一个观斗者我尤其感到痛苦。我只能三者择一,选择第三种,没有第四种角色留给我。怯懦,清醒的怯懦:人的一切都已丧失。"

每个时代都有我们无力改变又必须忍耐的。他秉持一种"消极的道德",在它愧疚而清洁的微光中,坚守自己的创造。我至今相信这种"消极"比道德高调的"积极"可靠得多。当积极的道德红利(无论属于哪一方)被支取得狼藉遍地时,我感激这微光的烛照,并且谨记:在时代的喧嚣里,"不期待分食的光荣"。

研究生毕业后,我到《北京文学》杂志社工作了四年。曾以"静矣"署名,责编他的长文《语言相遇:汉语智慧的三度自由空间》。任老师大为高兴,筹划着出版《墨写的黄河》,用一篇对话录做序言,邀我跟他对谈。

我哪有"对谈"的功底,顶多当个发问者。对话持续了十几个上午,最后由任老师定稿。免不了谈到他没评上教授的原因,我问他有没有意识到自己的文章和学院派论文最根本的区别?他就说出了一段著名的自我概括:"你知道我十分厌弃'书房写作''图书馆写作',你不觉得由书本产生的书本太多了?我想……从身体到书本。我想试试,把'观念'变成'经验',把'思索'变为'经历',把'论述'变成'叙述',是不是理论的一种可能。我在寻找一种语言方式,把哲学、诗、历史、文化等等重新写成自由的散文。说'重新',是因为我们已经有过先秦散文,尤其是庄子散文。"

可见他的雄心。任老师文体意识极强,且一以贯之。他厌弃"图书馆写作",可他谈罗兰·巴特、德里达,谈尼采、叶芝、弗洛伊德、加缪、马尔库塞,谈"词语红移的曹雪芹运动",无不来自图书馆而又融化图书馆,化字为血,让古今中西的大哲随着他的"生命/文化"二元主题而起舞。这是他的"汉语改写西方诸神"运动。既然是"改写",就不必追究他阅读的"西方诸神"究竟是"译本"还是"原著",就像我们不必追究赫尔曼·黑塞是否读过《老子》原文、埃兹拉·庞德是不是读过唐诗原文一样。他的汲取和改写,源自他对"文化自我"的更新意志。他所谓"许多人在现代—后现代的话语中找回了他人的什么,我却要在现代—后现代话语中丢掉我们的什么",正是此意。

因此,他虽然一再慨叹"梵语的佛曾被改写成汉语的禅,拉丁语的基督却再也不能被改写成汉语的什么了",他却并非讳疾忌医的"本土文化神圣论"者,而是直捣中国传统的核心病灶:"青铜文化的压迫,不在远古……而在我们每个人的身躯上。《易》文本复写着一代又一代中国人……《易》'弑佛'——拒绝侍佛的彼岸,天国,来生,他身,再一次肯定人的此岸,现世,今生,本身,却更加不敢面对人自身的苦难、罪恶与地狱。中国文化的诗、书、乐、画,半哲学,准宗教,从此全部拥挤在'空'与'无'的相同的超越上,不能再超越,除了一千年又一千年的重复。"因此,他宣告:"是到了我们长出19世纪理性的头,和解放被青铜文化压迫在20世纪身躯里的生命力的时候了。"

他用一以贯之的哲学眼光和语言方式,回顾和打量任何事物。那时的我,不耐烦读"过来人"沉重而琐碎的回忆录,但愿意听他谈那个荒谬的年代:"比起我们1957年低头的一代,叱咤风云的红卫兵真的是昂首的一代吗?他们可能是历史上唯一的一批永远跪在地上的造反者。他们残暴得何等卑怯!除了天天重复、人人重复那些字,他们十年的喧哗中竟没有一个自己的词!"

我从未听人这样谈论个人与历史——从词语—语言

的角度，进入到生命与智慧的深处，而不仅仅是情感和道德的深处。我也从未听人这样谈论词语和语言——它们不再冰冷抽象，而如此深刻地嵌进个人与历史之中。

对话中，他反复说起"侧身"一词。他终其一生没有"正面走来"，而是在所有时代"侧身而过"：他在自己的时代——1957年、1966年主动选择"侧身而过"，"让'巴金批判小组'的才子才女们去'独领风骚'吧"；到1970年代末1980年代初，二十多岁的北岛领衔"崛起的诗群"正面走来，他是其中唯一的"两个二十岁"的诗人，沉默地"侧身"在边缘；1986年以后，高喊"Pass北岛"的"第三代"诗人们也成群结队正面走来——他则"侧身"在队伍外面冷静审视……他反复说出这个词，是为自己注定的历史位置而唏嘘？还是甘愿为自己的选择承受形单影只的命运？也许，二者皆有吧。

我钦佩他的胸襟。对于"Pass北岛"的喧嚣，他全然反对："谁能Pass他们？他们做了本应由我们这一代人做而没有做、不敢做的事情……是他们延续了'五四'新文学的传统，并且，因为他们，西方现代文学的中国回声才没有因穆旦们的沉默而成绝响……这是不能随意Pass的"。

对提出"Pass论"的"第三代"诗人，他直言不讳又留有余地："第三代是标榜个人写作的一代，也可能是失语的一代……尽管他们孤独地说着相同的语言，'独语'成了'共语','个人写作'成了'群体写作'……但他们中间还是出现了卓尔不群的写作者。"

我问他：很少有人注意你匆匆而过的侧影，多孤独啊……你从自己所有的侧面中找到了什么？

他平静地答道："找到了自己，看见了自己的正面——这还不够吗？"

转眼间十几年过去，我的谋生之地也从杂志到了报社。几乎每年都会与任老师见面，彼此谈起文学、时世、近况，使我感到时间是静止的——我认识他时他就是如此敏锐赤诚，现在还是如此，并且将永远如此下去，多么好啊，永远的第二个二十岁。

却也会为他心痛。他的创造能量像瑰丽的焰火，渴望一片盛放的天空。但他没有领地和天空的管辖权，难以避免地，他会寄望领主们提供燃放点。但领主们总是另有安排——酒吧，商场，餐馆，霓虹灯……总之，任老师的大部分焰火只能躺在自己的笔下和心中。假如他不曾为说服领主们而奔走，会怎样？必有更多更瑰丽的焰火被他默默造出。是的，必会如此。

聊完自己的近况，他会问我又写了什么。

我说，在写一点作家论，就像您总想避免沾上"学院气"，我也总想避免沾染"文坛气"。

他说，不沾染文坛气，又要做批评，那是免不了得罪人的。

我说，得罪人倒没什么，可投入赤诚若只落个得罪人，就毫无价值。几乎没有圈子外的好读者愿意读批评文章——因为没有什么让他们牵挂的作品，使他们关心对这作品的评论，这才是文学批评的可悲之处。

何必看着别人写不好，在那干搓手呢？他说。重要问题也不可能透过对次要作品的批评，得到深刻的探讨。创作是创造生命，是在生活，批评么，毕竟是二手生活了。还是创作吧。

我会的，只是现在觉得还没有被充满。我说。

后来，真的放下文学批评，心无旁骛地写话剧了。2016年3月底，我编剧的《大先生》几经辗转，在北京首演，遂邀请任老师和师母来国话剧场看戏。舞台是一把巨大的血红座椅，椅上顶天立地着一个巨人半身像，像的头是空的，里面也有一把血红椅子。戏剧起始，穿长衫的鲁迅在弥留之际，被地狱使者换上白衬衫牛仔裤，扔到巨椅上。整部剧就是鲁迅的临终意识流。剧场效果让任老师大为感奋，给我打来长长的电话。他将编剧和导演的意图一览无余，我蓦地感到，在他的注视下，我和导演、演员的一切付出都值得了。

《大先生》研讨会上,他关于"椅子"的谈论,我仍记得:"椅子,自然比锁链近人,而且诱人,但是戏中椅子的寓言,不是空位、缺位,——这不够,要去掉这把椅子,毁掉这把椅子。没有椅子就不会有椅子上的自我囚禁,也不会有椅子下面的膜拜或者是跪拜。无椅子的解放和自由。世上有很多椅子。李静去椅子——椅子就是位置,留下位置,也就是留下位置上的囚禁和位置下的膜拜与跪拜。去掉位置才是真正的自由。"

次年,我编剧的《秦国喜剧》上演,邀任老师和师母来中间剧场观看。这部剧是纯粹的反历史叙事,讲战国末年,一个戏班班主如何因自己创作的"菜人"("菜人"者,用为菜肴之人也)喜剧,在秦王嬴政和韩非李斯的帮教下,反复修改,身陷囹圄,最后脱身的故事。三场戏中戏分别被导演以京剧、二人转和音乐剧的形式演出,观众看得欢乐异常。演出结束后,大雨倾盆,直至夜半。正担心任老师和师母能否安然开车到家,他打了电话来,声音雀跃:"这个戏,没有受到历史的捆绑,反而把历史重新解构、重新组合了,让历史和想象成了新的材料,构筑你的'永远现在时'的生命世界。从这个作品看,你真的自由了!祝贺你!"

现在想来,这"免于历史捆绑"的疫苗,诚然是在我二十多年前做他学生的时候种下的。

——为什么没有告诉任老师这句话？为什么没有？
——因为你是个自我陶醉虚荣迟钝的傻瓜。

2019年的中秋节和教师节挨得很近，我和师姐王向晖（即王陌尘）相约，一起去看任老师。我热烈地盼着和他见面交谈，因为几天前读他的自选集《任洪渊的诗》，读到了《1967，我悲怆地望着我们这一代人》：

我悲怆地望着我们这一代人
虽然没有一个人转身回望我的悲怆
我走过弯下腰的长街，屈膝跪地的校园
走过一个个低垂着头颅的广场
我逃避，不再有逃遁的角落

……

谁也不曾有等待枪杀的期许
庄严走尽辞世的一步，高贵赴死
不被流徙的自我放逐
不被监禁的自我囚徒
不被行刑的自我掩埋

阳光下，跪倒成一代人的葬仪
掩埋尽自己的天性，天赋和天姿
无坟，无陵，无碑铭无墓志
没有留下未来的遗嘱
也没有留下过去的遗址

……

不能在地狱门前，思想的头颅
重压着双肩，不惜压沉脚下的土地
踯躅在人的门口，那就自塑
这一座低首、折腰、跪膝的遗像
耻辱年代最后的自赎

这是八十岁诗人的忏悔录和自画像。向谁忏悔？为谁自画？向自己的良心，为未来的孩子。

人到中年的我，已不再能置身事外地看待这首诗——它已然也是替我写的。在这个时代里，我何尝不是那样一尊"低首、折腰、跪膝"的塑像呢。这才是历史与自我的悲剧。我想跟任老师聊聊这些。

见面时，依然是聊文学，时世，彼此近况，他依然是敏锐赤诚的"第二个二十岁"。中午，师生三人出北师大东门，走过街天桥，到同春园吃饭。任老师拒绝搀扶，走过街天桥时，步履加倍轻盈，我们都赞他身体超好，跟我们上学时状态一样。他开怀，一直说一直说，桌上美食似乎是些耽误说话的物体。他谈到他上大学时，周末会在父亲的老朋友——一位部长家里度过。那似乎是父亲向他补偿父爱的唯一方式。有时他也参加达官贵人及其子女亲眷们的舞会。他的舞跳得不错。他因此明白了阿尔别宁——莱蒙托夫《假面舞会》里虚无而酷忍的男主人公。他也因此知晓了舞厅内外两个世界的巨大反差。

这时我才意识到，任老师是个老牌的"红二代"。上学时竟全没注意。他如何长成一个跟自己的出身无关的人？

他说，因为痛苦的童年。

1937年他出生时，共产党员父亲在蹲国民党的监狱。他六岁时，母亲改嫁他人——娶她的，是一直暗恋她的国民党军官。他选择在奶奶身边度过孤苦的童年。他十三岁时，在武汉为官的父亲（"文革"时，这位父亲因自己在1930年代的被捕和释放而百口莫辩，饱受折磨）把他和奶奶接来，与自己的新家庭共住。缺失父爱母爱的早年，使他终其一生都是个极力自我喂养却又饥渴于爱的孩子。（师母对我如此慨叹。）他的母亲（被他称为"一个30年代新女性"）和父亲的命运，早早为他彰显了人生与历史的荒诞。在他的第三人称自传里，这些只写了寥寥几笔，却堪称一

随笔 时光的碎片——忆任洪渊老师

部大戏：

一个30年代新女性的二次选择，简直是一场布莱希特式的演出：舞台景深的文昌阁影，时近时远，在舞台一侧，他的母亲，18岁，到成都一座监狱为第一个丈夫送饭，无须暗转，30岁，到同一座监狱为第二个丈夫送饭。对称的，在舞台另一侧，他的父亲，前半生中的10年，在秘密的追捕、囚禁中，同样无须暗转，后半生中的10年，在公开的审查、批斗中。

而被这舞台两边抛出的孤独，把他保护在舞台的外面。

那时，他的自传只写了几章。我和向晖此起彼伏地催促他："您放下所有其他的事，先把这自传写完吧！这一定是您一生里最辉煌、读者最多的作品！"

他露出得意的笑容："好，听你们的。写完这个，我还有小说要写呢。"

创造的火焰在他的双眼里跳动不息。

2020，大疫之年，内心的剧情颠簸不堪。先是什么也写不下去，后来只想着为这一年写点什么。正煎熬着，6月2日清晨，突接师母微信，告知任老师已胃癌晚期，住进了北大国际医院。我不敢相信自己的眼睛。怎么会？！去年9

月他还神采飞扬！电话向师母求证，无可更改：是的，胃癌晚期。

脑中空白，茫然四顾，向谁求救？唯有跪下，切切祷告。

啊，求你记念你说过的话。你说："你们祈求，就给你们；寻找，就寻见；叩门，就给你们开门。"那么，我现在就祈求：求你医治任洪渊老师，赐给他得救的时间。求你亲自叩他的门，使他认识你的真理，得到在你里面的新生命。也求你赐我能力和勇气，向他传得救的好消息。

中午，给任老师打电话。他的嗓音沙哑细弱："李静，你不要难过，我是唯物论者，能平静地接受死亡。还剩下不多的时间，我要把我的自传写完。还有一件事，我想托付你，等我们见面谈……你不要忧伤，关键是，在死亡到来之前，把事情安排好。"

"好的，任老师，"我感到喉咙滞塞，"您好好休息，到时我也跟您谈一件事……"

从未如此功利地渴望全能者对肉体生命的拯救，也从未如此清晰地想起那些关于神迹奇事的见证。我将请求任老师，只要他对至高者说："我不知道你是否存在，但假如你存在，请你医治我，让我经历你。"什么都有可能发生。

6月5日下午，我和向晖师姐去北大国际医院看望任老师。他住一个单间，一位男护工在尽心照料。躺在床上，本就瘦小的躯体在棕色条纹被单下像是瘦了一半，白色的长寿眉显得更长了。他不能吃什么，早晨半碗疙瘩汤，中午一碗粥，打营养针。刚抽取腹水，在等待检查结果。

他已将文集出版之事交托给沈浩波师弟。对我，他说："有这么几个人，在我走后，你通知他们，如果他们愿意，可以写一点诚实真挚的文章。"人数不多，是他的朋友、弟子、忘年交，他以为知音的人。他感念地一一细数他们对自己的帮助，一起共度的欢乐，像知足的富翁数点金子。我把这些名字记住，不争气地泪如雨下——为人世，也为自己，对他的亏欠。他反过来劝慰道："不要忧伤，我只是在最坏地打算，坦然地治疗。我先把事情交代好，再专心致志把自传写完。"

奇怪地，我的勇气突然丧失，只软弱地说了一句"我会为您祷告的……"就再也不能说出那想好的话。因为他听到"祷告"二字而突然锐利冷淡的目光？因为他的这些交托所暗示的，对可见人世的全部专注与信仰？因为身边惊讶地看着我的师姐和护工？因为病房的寂静？总之，我默默把话咽了回去，寄望于下次见面，或者再打电话时。

告别，没有合影，也没有握手。有意地做成绝不是最后一面的样子。彼此像是都相信未来还有许多日子。走出病房，来到楼下，我和向晖相拥而泣。夕阳的光线柔和金黄，不久它将迅速沉落。

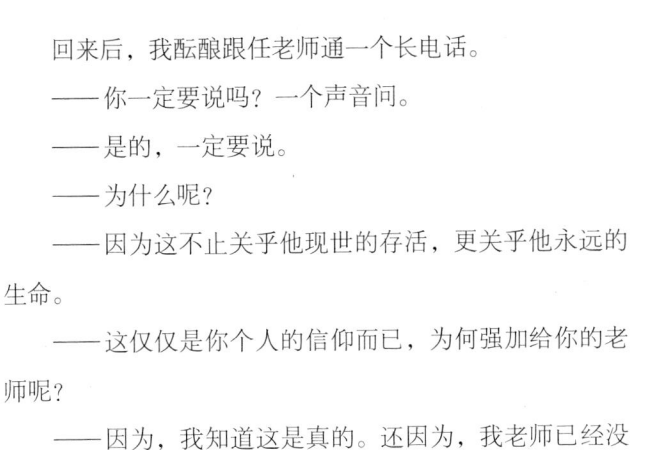

回来后,我酝酿跟任老师通一个长电话。

——你一定要说吗?一个声音问。

——是的,一定要说。

——为什么呢?

——因为这不止关乎他现世的存活,更关乎他永远的生命。

——这仅仅是你个人的信仰而已,为何强加给你的老师呢?

——因为,我知道这是真的。还因为,我老师已经没有时间求证了。就算他压根儿不信,他可以试!他可以证伪!他实在没有时间了!

——你打算跟他谈什么呢?

——谈谈人的罪,奇妙的恩,谈谈悔改和得救。他将因此得医治,得重生。我就不再怕他死去。因为,他还有永恒。

"死啊,你得胜的权势在哪里?

死啊,你的毒钩在哪里?"

——他是坚定的人文主义者,只信仰人的自由和尊严。他怎能在生命的最后时刻,向无法证明其存在的上帝屈膝呢?他即使死去,也不会再向任何力量屈膝。这是一生的价值和尊严问题。你和他谈,徒增尴尬和隔膜而已。

这声音如此强硬,使我一直延宕跟任老师的通话。每隔几天，我微信问师母，老师的状况如何。师母说，北大国际医院因有新冠感染病例，他已转院到北京大学首钢医院，正在全力以赴口授自传，让她转告亲戚们，不要电话他、看望他，他没有时间接受慰问。

我似乎更有了延宕的理由。

8月12日晚八点左右，我下定决心：马上给任老师打电话，尴尬就尴尬吧！隔膜就隔膜吧！瞬刻，电闪雷鸣，大雨如注。我又松了一口气：这种天气打手机有点儿危险，明天吧。

8月13日上午，天气晴好，我手机静音写剧本。休息时看了下短信，如坠深渊，是汀汀的："我父亲昨晚21：49走了。他走得平静安详。"

我该如何原谅自己？！啊，我的神我的神，我该如何补救？！

"假如不到宇宙史的150亿年，银河繁星的密度和引力，就不会正好把我的太阳和地球和伴月转动在今天这样的时空方位、远近、轨道与周期里。选定150亿年的是谁？假如太阳不是把地球抛在14959.8万公里远的阳光下，假如地球再靠近太阳，赤道早就融掉两极的冰雪，热死了夏天；或者相反，太阳再远离地球，两极的冰雪就将漫过赤道，冻死冬天。不能想象没有夏没有冬没有四季的生命，选定14959.8万公里的是谁？假如碳核的内部激活点，不是非常在常态之上的7.653百万电子伏特，就永远不会合成碳核，碳，有机化合物，地球上就永远不会有第一点绿，第一朵红，第一滴血，第一次摇撼地球的性冲动，第一个呼喊的词。7.653引人遐思，而非7.653拒绝冥想。选定非常的7.653百万电子伏特的是谁？再假如光速不是29万公里／秒，就不会有我的星光月光的诗意，而且最根本的，就不会有星月同辉的我的目光、灵视与神思，就不会有人与宇宙相同的时间方向与空间维度，当然，也就不会有我的'视通万里'与'思接千载'。29万公里／秒的光速是一切信息的极限。跑不出光速的人，选定29万公里／秒的又是谁？

是谁在无穷数中选定了这一系列常数值，选定了人？又选定人来选定什么？"

在任老师辞世七个月后，在一篇写于2007年的文章里，我突然翻到他的这段话。十几年前，他就触摸过这个神秘的问题。但那时，我没有读懂。

没有人知道，弥留之际的灵魂里究竟发生了什么。也许就在那最后几秒钟，他写过的这些句子，他提出的这些疑问，突然回到他的意识中，使他截获一个神秘而确切的答案：唯有造物主！所有这一切精妙的数字，居住着生命的地球在浩瀚宇宙里如同被精密微调的奇妙存在，绝无可能由偶然造成！也许他瞬刻之间领悟了这奥秘，于是向至高者转回。于是TA说：天地都废去，我的话不会废去。凡祈求的，就得着；寻找的，就寻见；叩门的，就给他开门。来，我已开门，与我同行。

"他走得平静安详。"我深信，我的老师此刻在天国里。

评论

291 一世读阿城

贾行家

Reading Ah Cheng a Generation Later

309 隔离与超生——波拉尼奥《智利之夜》

许志强

Isolation and Rebirth :
On Roberto Bolaño's *By Night in Chile*

329 美国文学摭言

徐兆正

Notes on American Literature

一世读阿城

撰文 贾行家

评论 □ 一世读阿城

一世就是三十年。我这一拨,年纪和阿城相距三十年。

也不敢感慨什么。太多的时间被浪费在感慨时间上。近几年只见到一句好的:"越古老的沙粒,越接近球型"。电影《星际穿越》展示的时间是黏稠的,韧性很强,可以列在架子上查找,前后的方向可逆。要不是电影介绍高级物理,我这样的人,没法知道世界的这一面。还有个热爱跳伞的人说:从天上看,大地是球型的。

半个世纪前,时间还剩下什么意思,对于还留在城里的年轻人来说,下乡的日子是无始无终的。

我父亲的年纪比阿城大几岁,赶上60年代最后的高考。他没有像同学,喝多了就合唱革命歌曲——人人需要祷告,词语和对象倒不要紧——但也泄露过一回,他90年代去湖南出差,说见到那里有个水洞,水洞里有九条天生的石头龙……我听了肚子里暗笑,现在回想:他这个工科生是在抒情。他赶上了,也躲过了,成了第一批经过出身审查、没有什么历史问题的知识分子，前后比一比，很想通过感激把幸运合理化。那时的人真像列在架子上，一目了然，万千草芥，任人搬来搬去。这种搬运仿佛在提醒年轻人，生命的到来不需要代价，现在要付了。彼时是非，此时是非，"历史问题"是一种面向未来的问题。

从古希腊时，历史和理性就是一对反义词，在历史里能找到的不是逻辑理性，逻辑理性是"我思故我在"，历史的理性是"我在故我思"。

在鲁尔福的小说《佩德罗·巴拉莫》里，一个年轻人死在了遥远的村庄，身边的人对他说："现在谁也不会使你害怕了。你得想一些愉快的事情，因为我们将会被埋葬很长的时间。"也是如此，没什么道理可以讲。我父亲考上大学，最高兴的是我四叔，因为他的书念得比我父亲好，两年后轮到他，高考取消了，他在村里多待了几十年。倒是不用下乡了。

我妻子的大姨是早产儿，十六七了，也没长舒展，在那一年里耷拉着两根黄绒毛的辫子去插队，力气攒不上心气，眼见高她一头的漂亮女孩子被一个接一个地挑走，最风光的在人民大会堂当服务员。北京知青往这边来，她挺着胸往北京去。坐从天上看几条江水绕出来的北大荒，不知道是什么样子？直到第六年，大姨的姑父到凤翔搞三线建设，多出个名额，总算她也走了。再见她时，她娘说："你

评论 □ 一世读阿城

咋学会从底下往上看人啦?"今天,这大年头化作小辈人看不懂的家务琐事,她总被诘难:"他们凭啥,你又图啥?"

我生在一场余波里,听时间又响了一下,一直沉吟至今。比我再晚三十年的,用得着知道"上山下乡"吗?连我也是辗转听来的。而且,当事人讲时也只是抒情,和事实没什么关系。我的长辈正在默许之下,逐个沉默下去。只有我这类不相干的人还想"凭什么"。

阿城写,"风来了,雨来了,又都过去了。遇到拉肚子的时候,索性脱掉裤子,随时排泄。看看差不多可以收工了,就撕掉腿后已经风干的排泄物,让它们成为蝼蚁的可疑食品。在溪流里洗净全身和农具,下山去"。我读时双眼一热,觉得后面有很大的沉痛。我这种人放在乡下无所谓,虽然还是自己蹉跎自己好,但结果无非蹉跎。有些人不该如此,他们愿意,也应该走到更大的世上去,帮助我们和我们的后代去知道和感受。

也许作者写这话未必有多么大的痛惜,你看《棋王》开头就视野不同:城市里来的赤贫少年觉得生活提高了,有固定的工资和食堂。何况知青有个地方可想,可回,乡下人什么都没有,一直什么都没有,譬如我的叔叔和堂兄弟们。这篇故事写出来,给中国小说紧了一紧手脸。

经过者才有资格分辨那是什么,然而也未必说得清那是什么。

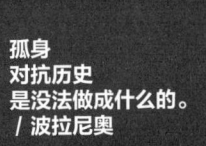

孤身
对抗历史
是没法做成什么的。
／波拉尼奥

我和村里的房东老太太聊天，她说下乡的最后一年，省城来了一伙知青，都安排好了工作，都是"老谁家的小谁"，下来溜个马趟子就回去的。大队就她这么一个女团员，派给女孩子当队长。春天四点多钟天亮，那就要四点到地头，干到六点，再吃早饭。苞米地里一片清亮亮的哭声，鸟扑啦扑啦地飞，她说别哭啦别哭啦，今天刨完刨不完都算你们刨完了。四十年后，她还是笑，说家里从小养队上的牲口，从来不睡整宿的觉。如今，这个村子只有下雪时可以将就看看，夏秋时，河沟里的垃圾和农药瓶子被烤出刺鼻的气味儿，等着下一场雨，冲到下游去。直到哪个地方被当成全世界的下游。

我母亲在她的弟弟妹妹们下乡的时候已经上班了，也躲过了。她再下乡劳动时，当然不好意思觉得苦——按说，有伤感主义而没有痛苦主义，说明痛苦是客观的、不能选择的。我们说的苦，无论看起来多么具体和沉重，大约还是伤感，只是因为伤感不是民间词汇。遇上闹鸡瘟，全村有数的几十只鸡，都叫她和另一个不怕死的村民吃掉了。她从此建立了群众威信。村里孩子喜欢追着什么跑，汽车，拖拉机，自行车。母亲走路慢，他们就跑到前面去预报："夹鼻子的人，夹鼻子的人来了"。他们从来没见过眼镜。

有一张照片，是阿城在云南某地一个长途汽车站上拍的，没有戴眼镜。不知道是不是弄坏了，没地方配。估计又是我多想。我大舅体弱，性子又懒又硬，插队时整天望天儿，一块块的土褐、绿色和蓝色，把他的近视眼给治好了。"三王"有一种不合作之气，我的理解，"不合作"就是眼里没有，你的刀架在我的脖子上，我眼里依旧可以没有你。对魏晋的人来说，这是一种思考的结果。"不合作"要先想清楚自己。

当年的编辑朱伟在文章里讲，《棋王》另有个结局：王一生懒得调到省里，就留在地区下棋，因为伙食好。他分析说：吃代表着出世。我点完了头，又有点犯糊涂了：世有很多层，吃也可以是入世。体工队的那层入世，不是老百姓的世道，不入也罢了。现在来看，依旧"也罢"。那一天的十盘棋足够日后抒情，写到这个结果上，问题算是解决了。写小说要心硬。这个结尾不拿回来大概也可以的。

而且时间不同，比我年轻的读者阅读经验丰富，可以轻易读出小说里同性之间的情感冲动。是的，他们还读这篇小说。记忆并不服管，总有不能抹除之处……

那到底是什么呢？

阿城当众谈论过"绝境"。能思考绝境，要触到边境，而且想跨过去。对着绝境却摸不到边儿，或者摸到它越高、越坚固，就越觉得心里踏实的人，不懂何谓绝境算福分，很多年头都要靠这种福分来安身立命。绝境是公道的。阔人以古老的魄力投资研究永生，得知道无尽是另一种牢笼，取消了死就取消了生的意义。绝境因意识存在，是不是真穿过去了，只能自己判断，这不用骗人，因为不容易换钱。

我第一次读阿城是中学时看"三王"，看到了文字的天生神力。我当年还在张承志的《西省暗杀考》上见过类似的神力，我知道他们两个人的发力是完全不一样的。

阿城在《遍地风流》前面有几句话："青春难写，还在于写者要成熟到能感觉感觉。理会到感觉，写出来的不是感觉，而是理会。感觉到感觉，写出来才会是感觉。这个意思不玄，只是难理会得"。我总想起阿城拍照片的那个长途站，想到另一部好莱坞电影《肖申克的救赎》，胆子也跟着大了一些。既然已经走到云南，那时候，会不会有人索性走过边境，找一个那头的女孩子，边学着暖洋洋的话，边生出一大堆黑黑的光腚的孩子？如果有的话，那个故事我也会喜欢。

等到阿城回到城市这一边，习惯了在大街上看到警察和汽车，又以写小说出名，就走到没人知道这个"名"的外边去了，据他的描述，所做的是四处看，本以为已经没有的东西，原来别的地方还在。看他那时候写的《威尼斯日记》，就像看安迪在海边刷蓝色的船，不去摸墙的高矮，而是走进新的世界，我起初觉得是勇敢，后来觉得是自在，现在想：勇敢不正是自在吗？

容我从《威尼斯日记》里抄五六句出来。

1. 古人最是这闲笔好，令文章一下荡开。

2. 黎明前的黑暗中，鸟的嗓子还有点哑，它们会像人那样起床后先咳嗽几下，清理清理。

3. 中国为什么要发明印刷术呢？可能是预测到可以印钞票吧。

4. 意大利人非常懂得器物之美。美国的美，在于未开发的元气。

5. 深夜回到威尼斯，看着船尾模糊的浪花，忽然对自己说，一个是罗密欧的家，一个是茱丽叶的家。

再附几则自己写在页边上的话：

1. 这书叫《日记》，也是上好的笔记。小说仍是"核心文类"。喜欢读或记笔记的人，不是太多。中国人的生活，很难契合出比笔记更畅通的文字形态。也是闲笔好，让几种生活和察看方式，自然地回响在一起。

2. 察看有角度，有"分辨率"。角度高，要离地远；分辨率高，则耗费大量的感知和运算。怕就怕这种一乎离地高，一乎又要听或看得很仔细。闲笔里有险峻。

3. 印钞票好像是和五代人冯道有点儿关系。在中国古代，活字向来不是主流，包天笑印杂志时，还用的是雕版。一种说法是有许多技术难题，但我猜还是需求问题——雕版和纸张很早就齐备了，只是宋代之前犯不着大量复制什么。如果是关于吃的发明，一早就解决了。做豆腐并不比活字印刷简单。

4. 摘这句话算是发牢骚。毕竟直到写《威尼斯日记》这一年，想找一本《教坊记》或者《扬州画舫录》都不容易。这类"精神"的集大成者是乾隆——打着文化的旗号毁灭文化，不知道是精密的权术，还是真对文化各有理解。前几天和人发的另外一通牢骚是：梦回唐朝是有的，梦回康乾就算了，真要"再借五百年"，那就只能剩下一本《三国演义》，而且还是毛批的。

5. 这本书在威尼斯出版时，很多段落会引起威尼斯人微笑。有两位作家写威尼斯写得好——简·莫里斯和布罗茨基，和本地水土不一样的人，会写出另一种好。威尼斯如美人。所谓美人，无论男女，从梳妆到衣着，到涵养出气概，到气概变得苍凉浑然，是很感人的过程。对观看的人来说，见到美人不再心旌摇晃，也会肃然起敬。已经发生的事情也不用指责，无知等于痛苦，这张票已经买完了。

6. 这句话也想不起来具体谁说的了：旅行是文化最初的发明和渴望。各种各样的游或行，在社会阶层之间，在空间、文化或人类智慧里……它是一种观看，它不必验证什么。

评论 □ 一世读阿城

威尼斯有而我们没有的东西,大概是阿城所说的"世俗"。他说世俗要"无观的自在",先"无观",把观点转化成常识里的"道",确认自己有没有说和表态的资格。可是票已经卖完了,我在北京住得离圆明园不算远,但没想过要去看,我的想象力很一般,还能看到什么呢?先遭火劫,又有木劫、石劫、土劫,直到劫无可劫,想不出什么新的糟蹋方法,只好重新开出垄沟种粮食种菜。一旦开始种粮食,那就是最大的正确。

再往下该看《常识与通识》了。据说,里面那种边角相互压住的句子,慢慢把翘起来的书边角摩挲平的姿势,是阿城在偿还房龙为普及常识做过的事情。"**教教孩子,就是教给他们什么是常识**"——把话说到这个地步,在阿城也不算平常了。

去年的新版《闲话闲说》里增补了2016年的《再谈》,说原书是"反映了上个世纪九十年代初听众的水平"。《常识与通识》也是如此,把90年代的常识水平推进了一步。我常听人说,这本书不像"三王",已经"过时"了,焉知"过时"才是常识的归宿,就像美人迟暮是人间的一大快事。

这个年代听众的水平是什么?但愿可以理解《洛书河图》《昙曜五窟》里讲的文明造型起源,这是我近几年最常看的阿城的书。按我的猜测，阿城思考这类事情，是从80年代的文章《文化制约着人类》开始的。他对文化的定义和各个学科都不一样，像是为了明确自己要做的事情——带年轻学生去山西看石刻，去西南收集巫的遗迹——而收缩的。

谈论常识只是谈论文化的起点，这个起点是今天的知识方式：社会科学逐渐疏远物理亲近生理，谈人要从神经科学的发现说起，谈人类要从动物说起。

生物学对行为的发现，经常比想象离奇。他在《爱情与化学》说：爬虫类脑相当于精神分析里所说的"原我"，新哺乳类脑里的前额叶区，相当于"超我"，（当时的研究）并不知道"自我"在哪里。萨特说：自我像冰箱里的灯，需要你打开冰箱门。也就是属于第二等级的反思意识。这个比方被神经科学家听说，可能会不以为然，他们得到的结果是：人的精神特质由基因和大脑发育所决定，反思与否也属于"命定"。又说，人的一部分脑，总在解释和欺骗另一部分脑，方法就是编故事。

今年有本英国科学家的新书《大脑的一天》，讲了新的假说：人脑产生意识的核心机制是神经元聚合，那不是发生于单独的某个脑区，而是数以百万的神经元同时同步工作，是处于中间水平上的"介观尺度"的大脑进程。已经建立的神经连接对每个人的独特记忆进行着反应，同时，你经历的个人体验又在更新着这些连接，并且永远改变了它们。这种特异性就是我们的独一无二。我照着《常识与通识》的方式，把它们拉到一起看，左看看，右看看，虽然看不出所以然来，但觉得有意思。

技术是用来传递消息的，短视频也可以是青铜器的后代，未来有没有纸张印的书，是情感和习惯的问题，那时候的人配得上什么就拥有什么，用不着操心。目下看来，纸书如信物，使我感到牢靠。越来越多的传递形式，则让我不担心知识禁绝，常识阻断，找不到一本《教坊记》。迄今为止，我们和科学的关系是让彼此放心。

待到人类进化出意识和理性，外化为生存方式时，文化产生了。如今，我们对文化好奇，不止是一种群体意识或情感，我们想寻回这个过程，从"是什么"知道"为什么"，运气好的话，看一看"怎么办"。阿城用造型说的，依旧是中国文化的常识："保天下的'天下'的意思，实际上是文脉。这个文脉，其中含有执行文脉的礼的意思。觉醒者孔子所说的礼，基础是仁，而觉醒的最高境界是'吾与点'的自由状态。这个文脉，不管……有何异化，总还是有的。区分在于执行不执行这个文明之礼，不执行也没什么，蛮夷自己活得也挺好……这个文脉里，没有民族之分，不是民族主义。"

上帝之后，圣人之外，宇宙自有其心，生民各立其命，谁都没什么了不起。这一代人能做的事，也许是为将来的

"怎么办"留下些凭据,把文明的阶梯凿得平缓些,让自己加入一个更值得自豪的行列。能做的事情,除了从土地下、田野里一件件地拾获,反复摩挲,还有什么别的办法吗?

我看过一个阿城讲古代造型艺术的视频,他说人类学家张光直嘱咐他去看巴黎的一只青铜器底下有什么。到了那博物馆,问能不能翻过来看。博物馆说可以啊,陈列文物就是为了研究。原来底下有一条大蛇,这个形象在上古与医药有关,于是明白了这件器物的意思,而"明白的越多,越容易明白"。

我们从阿城这里学到一种和知识相处的风度。

作为用中国话写字的人,最后要说《闲话闲说》。

张爱玲生于1920年,和阿城那一拨也隔着三十年。1995年9月,张爱玲去世时,阿城写了《适得其志,逝得其所》,文中对妄人骚扰张爱玲的愤怒,也不太平常。他对张爱玲的尊敬,可以从《闲话闲说》的这句话里来看:"*表达方式与一九四九年后大陆形成的共和国文体格格不入,这是我读她的小说时觉得'新'的地方*"。书中第六十五又说"*如此惊人,近代白话文到他们(张爱玲和钱锺书)手里才是弓马娴熟了*"。这么多年,对张爱玲说好说歹的人都多了,钱锺书夫妇就不说她什么好,比较确定的一条是:写字的人万万不要去学她。

评论 | 一世读阿城

一种全新的、不能学的文体，居然来自三十年前的旧人——仔细想想这种事，也真是沉痛。

爱写点儿什么的人知道：这三十年里，阿城是大陆这边的文体家。他站在废墟上，看起来堕甑不顾，重写中国话，或许是因为清楚了前后左右的处境，见到好的也不能学，只能另开一桌。我现在回忆，关于诗人崛起于80年代的印象，似乎是错的，正确的说法是：诗人和诗歌消逝在那个年代。从那以后，漂浮在时代表面的文字，日益面目可憎。

书中第六十六写道："**中国大陆到了八〇年代开始有世俗之眼的作品，是汪曾祺先生的《受戒》。**"写字儿的人也知道，汪曾祺是来自文字废墟那头的文体家。汪曾祺那时候，计较文体类似"白专路线"，不算什么褒义，"文体家"这顶帽子没有权利成分，没人争抢，他才戴在了自己头上。

《受戒》唤起的是普遍的世俗生活渴望，而汪个人的世俗，是直到90年代才相对舒展的。他那时寿眉呈两只白白的角，面貌衰老得很快，只眼角有精光。这个年纪了，就算把拉皮条和乱伦写得襟怀坦荡，自由自在，晚辈也不好说什么。他在一篇不大重要的文章里，重写当年在沙岭子看青，终于写出"'闹渠一榔'，就是操她一回"，解放了世俗语言的原貌，也解放了正确的表达，我也跟着出了口恶气，同时为文体家需要如此曲折用心而悲哀。

人的思考收拢进语言，结构和形式在剧烈变化。如果说人是想法，那人也是语言。一位南方朋友第一次到我们东北，连连感慨"什么时候能用这种口头语思考，什么时候才能进入这个文化结界"。他说我们东北有"文化"，实在居心良善，他又说希伯来语的每个字母都有意义，用这语言说话，人的表情会有种凝重感。在意生活和思想的质量，再明白语言的性命攸关，才会理解诗人和文体家的荣耀与孤独。

《闲话闲说》走了另一路数清理中国语言的面目，以那时能有的材料，把文字言说放回到生活的书面之下，理出一条头绪。这本书还开辟了面对面说话的姿态，阿城和一群人说话时，也犹如和一个人说话。用他喜欢的形容词，这是一种"健朗"，语言何必只有文字？

话语是公器，且一直是法器。今天看到的，从趋势判断，还没到最坏的时候。我总听到它的锣鼓在宣布它正在路上，我们一次次回去，回的又不是同一个地方。有时，语言的对面是喑哑，有时是花花绿绿的吵闹。仿佛是说：空洞的头脑和混沌的头脑，你总要选一个。

真到了那一天，我的答案现在就准备好了：先回到阿城，之后看运气。

隔离与超生——
波拉尼奥《智利之夜》

撰文 许志强

评论 □ 隔离与超生——波拉尼奥《智利之夜》

一

罗贝托·波拉尼奥的小说,专爱写文坛三事:文学评论、文学奖项和文学沙龙。前两者作为小说的取材,作家通常是不喜欢的,因其显而易见的无趣和专业化的归口,而文学沙龙是18世纪欧洲文学的宠儿,普鲁斯特之后的小说对它不大有兴趣了。这些波拉尼奥都爱写,藉此拓展一个有其独特标志的文学世界。

从取材角度讲,不妨说这是一则经营之道,写人之所未写或不常写。波拉尼奥要承受的不仅是智利文学传统,拉丁美洲和欧美的传统都要面对。尤其是博尔赫斯、马尔克斯这两波辉煌的文学爆炸之后,拉丁美洲的任何天才或准天才都像是盛宴的迟来者,感觉有诸多不利因素;总之,得想办法走出一条路。《2666》第一卷的标题是《文学评论家》,以操此种职业的人为小说主角,给人别开生面之感；读者被勾起的好奇心在曲折丰富的叙述中得到满足，感到这个题材是多么有趣！我们对波拉尼奥的经营成功表示赞许；感到在文学的百货店里他让一些东西靠前并让一些东西退后因而显示了大师的力量。

就个人经历而言，波拉尼奥的选材也很自然。他和笔下的人物一样，频繁和作家、编辑、评论家打交道，将报刊的文学奖金视为一项收入来源。《地球上最后的夜晚》收录的短篇，诗人和文学青年进进出出的那些短篇，感觉是在写他自己的经历：在流动图书馆完成自学，靠有一搭没一搭的稿费和奖金糊口，在文人聚堆的地方没完没了地饮酒闲扯……

访谈和自述生平的散文（有一篇写他如何在书店偷书）所刻画的波拉尼奥，直言无忌，落拓不羁；他的魅力来自流浪汉和学院派的混合。他阅读的广博令人惊叹，而且他喜爱文学评论。好像没见过拉美大师级作家如此倾心于评论。由于马尔克斯对评论家众所周知的嘲讽（惹得一帮小作家跟着瞎起哄），对比就更鲜明了。《2666》致敬大批评家乔治·斯坦纳（George Steiner）和哈罗德·布鲁姆（Harold Bloom），而且在此书第二卷《阿玛尔菲塔诺》中塑造了一个怪异的文学教授，他在墨西哥沙漠之城的一所大学任教，老婆跟别人跑了。这个故事感人的色调（或者不如说，这个故事瘆人的荒凉）让读者难以忘怀。阿玛尔

评论 □ 隔离与超生——波拉尼奥《智利之夜》

菲塔诺教授是个失败者,他的生活只剩下了爱和怪癖。而我们会说,塑造了阿玛尔菲塔诺的作家是一个真正有教养的作家。

波拉尼奥声称:"基本上,我对西方文学感兴趣,而且对全部作品都相当熟悉。"他承认自己的阅读胃口,并且不失时机地表达博尔赫斯式的存在观:"以这样或那样的方式,我们停泊在某本书中。"他还在访谈中作惊人之语:搞文学评论比搞文学创作更有意思;"事实就是——阅读往往比写作更重要!"——这位年轻时在书店偷书的作家如是说。

一个由书籍构筑起来的文学乌托邦,时而听任现实世界的不理想因素的渗漏。这是波拉尼奥习用的创作主题。除了《2666》等篇,出版于2000年的《智利之夜》就表达了这个主题。而如上所说的关于取材的几个特点,在《智利之夜》中也都具备。

二

《智利之夜》的故事从文学评论开始。小说主角,一个姓拉克鲁瓦的年轻神父,拜访智利著名文学评论家费尔韦尔,希望向后者学习评论写作。"在这个世界上没有什么能比想要阅读,随后用优美的散文语句大声抒发自己的阅读心得这一愿望更加令人感到满足。"拉克鲁瓦神父羞怯地说道。

老前辈颔首赞许，正色告诫道：这条路不好走，年轻人……在这个"野蛮人的国度"，在这个"庄园主掌控的国家"，"文学是异数"，你以为你懂得阅读就会得到赞赏了？

费尔韦尔还说："一切都会被埋没，时光将吞噬一切，但最先被吞噬的就是智利人。"

可想而知，费尔韦尔的警世危言将不谙世故的年轻人吓得不轻，但后者仍有足够的悟性领会到，在这个"野蛮人的国度"里文学有其存在的理由。文学是异数并不等于文学不算数。费尔韦尔本人就是榜样和证明。形象高大的费尔韦尔同时扮演普罗米修斯、该隐、夏娃和蛇，一个从专制之神那里解放出来的象征。

《智利之夜》展开的是主人公弥留之际的生平回顾，第一人称自述，故事的年代可以从叙述者中年经历了皮诺切特军事政变等大事件来测定，亦即20世纪六七十年代，智利的多事之秋。这个国家也在享受文学上的蜜月期，聂鲁达继米斯特拉尔（Gabriela Mistra）再度获得诺贝尔文学奖（1971年）。小说开篇聂鲁达光临费尔韦尔的文学沙龙，谈论《神曲》。因此不能凭费尔韦尔的警世危言就得出结论，以为那是一片文化上光秃秃的不毛之地。从广延的维度

评论 □ 隔离与超生——波拉尼奥《智利之夜》

看,是不毛之地——文盲太多了嘛,惹得该篇叙事人大声疾呼:"再多一点文化!再多一点文化!看在上帝的分上。"但从局部范围看,首都圣地亚哥城郊别墅的文学沙龙却不乏奇遇和惊喜,证明荆棘丛中同样有玫瑰怒放。拉克鲁瓦神父不是被教会派到欧洲去考察教堂吗?他不是给皮诺切特将军及其幕僚授课,讲解马克思主义原理吗?费尔韦尔的文学沙龙之后不是又有玛利亚·卡纳莱斯的沙龙吗?拉克鲁瓦神父悲叹的并不是一般意义上的文化缺失,而一种特定理念的缺失。换言之,这些人是乡土背景的世界主义者,比普通民众更容易看到文化的贫瘠和落差,也更容易感受到蒙昧主义的阴影。

从文化意识形态的角度讲,《智利之夜》应该同何塞·多诺索的《"文学爆炸"亲历记》和《淫秽的夜鸟》、马尔克斯的《百年孤独》和《族长的秋天》、科塔萨尔的《跳房子》以及富恩特斯的《最明净的地区》等著作放在一起看。这部小说并未显示波拉尼奥和前辈作家的区别,尽管他发起"现实以下主义"运动,特别注意不和魔幻现实主义或"文学爆炸"沾亲带故。故事的年代和氛围是相似的。人文主义者的困境和孤独的感受是相似的。《"文学爆炸"亲历记》中讲到的"文化孤儿",《百年孤独》或《跳房子》中显得与世隔绝的读书小组,在《智利之夜》中一样呈现;那种彷徨迷闷之情,相比之下丝毫不减其重浊。

对拉克鲁瓦神父来说，"文化"是"人文主义"的同义词；他呼吁"再多一点文化"，就是指在人文主义总体欠缺的地方要求人文主义。

对故事背景和作者生平稍有了解的读者或许会觉得，这部涉及皮诺切特政变的小说好像文气了点。拉克鲁瓦神父的自白是内向的，把我们带入时而清醒时而谵妄的内心世界。作者曾参加抵制皮诺切特政变的活动，为圣地亚哥的一个平民共产主义组织站岗放哨，被捕入狱后奇迹般地逃脱，这段经历虽有人表示存疑，作为素材却有利用价值。然而读者看到的是和库切的《铁器时代》相近的一种处理：硝烟和战斗只在迷雾中隐隐透露，主人公是一个严肃的文学知识分子，和时代保持距离，像是悬挂在晦昧的虚空中。

也就是说，它写的是有关隔离的主题。在主人公的意识形态化的自述中，其显著的表征便是道德、精神、思想的自我隔离。拉克鲁瓦神父的观点，和费尔韦尔当年的警世危言如出一辙。他说，"在这个被上帝之手遗弃了的国家里，只有极少数人是真正有文化的。其余的人什么都不懂"；"文学就是如此被创作的——至少是因为我们为了避免跌入垃圾堆里，我们才称其为文学"。他说，他脑袋里存放着"如今已经死去了的诗人们"；"由于遗忘必将到来，他们在我的头颅里，为他们的名字，为他们那用黑色马粪纸剪出来的侧影,为他们那些被摧毁的作品,建起卑微的墓穴"……

暴力、死亡、孤独、摧毁和遗忘,这些是诗人兼评论家的神父基于现实的感受;只有拿人文主义遗产的每一寸珍贵的思想来衡量,这些苦难才能显现出来,处在主观却真实的透视之中,并且有必要一再被记录和书写。我们看到,从专制之神那里解放出来的普罗米修斯、该隐、夏娃和蛇,从象征的层面上讲,仍然是在利维坦的阴影中打转儿,不得不又进入国族寓言的罗网,套上象征宿命的紧箍咒——要被灼热的蓝天笼罩,被荒凉的沙漠包围。

三

有两种说法与我们的论题有关,不妨在此转引一下。

其一是来自《波拉尼奥:最后的访谈》。波拉尼奥在访谈中指出,"严格说来,我们没有几位作家形成了幻想主义风格——可能就没有一位,因为除了其他一些原因,经济欠发达就难容亚类型发展。欠发达的经济只容得下宏大的文学作品。较小的作品,在这单调乏味或末世预言似的背景下,是难以企及的奢侈"。他认为,"只有阿根廷和墨西哥时而成功逃离这一命定的文学传统"。也就是说,国族寓言的宏大叙事是拉美作家在20世纪(及21世纪的一段时间里）进行模仿和抵制的主要通道，而像《福尔摩斯探案集》、《化身博士》这种亚类型或阿兰-傅尼埃（Alain-Fournier）的《大莫纳》这类小珍品则几乎显得无从谈起，因为缺乏相应的土壤。

波拉尼奥的说法，部分说明了《智利之夜》的来源和属性；这部中译不过十万字的长篇小说，显示拉美文学习见的意识形态化的叙述。不管作者是否真的想从这种定式中逃脱出来，不管他多么喜欢或多么希望尝试亚类型的创作，他写的"侦探小说"多半也是混合变种或是隐喻意义上的类型，如《荒野侦探》等。作者本人对此有清醒的认识。

另一个说法来自克里斯托弗·希钦斯（Christopher Eric Hitchens）的《致一位"愤青"的信》，说的是异议作家的悲观主义问题。谈到切斯瓦夫·米沃什（Czesław Miłosz）和米兰·昆德拉（Milan Kundera）的著作（《被禁锢的头脑》《笑忘书》等），希钦斯表示敬佩，但不赞同这两位东欧作家的思想基调，他们把东欧的"可怕现状说成是永久的、不可挽回的"，而他认为这种对悲观主义的使用可能是有些过度了。希钦斯补充说，"我希望我并没有误解存在于他们著作中的那种斯多葛哲学本质；有时候，这项事业好像是无望的，但他们却不肯放弃"；"面对这种极度困难的局面，有一种方法就是尽可能做到无情，把所有

评论 □ 隔离与超生——波拉尼奥《智利之夜》

的希望都当成幻觉对待";"对于那些面临着长期退却和一系列失败的人来说,悲观主义可以说是一种盟友",云云。

这段阐述几乎可以一字不漏地移用到小说叙事人拉克鲁瓦神父身上,说明《智利之夜》中的隔离的主题本质上是悲观主义的。希钦斯对悲观主义的效用还做了一个形象化的阐释:"就像有些美国印第安人也发现的那样,呈现最阴暗、最赤裸裸的画面往往具有调动情感和智慧这种荒谬的效果。"这一点也是小说留给我们的印象。在沙龙主持人玛利亚·卡莱纳斯家的地下室里,迷路的客人撞见一个被绑在金属床上的伤痕累累的政治犯。这个场景的惊悚让人起鸡皮疙瘩。还有描写皮诺切特将军戴着墨镜听课的那几个段落,内景阴森可疑,给人前途莫测之感。确实,这些是小说中增长见识的迷人画面。然而,叙事人水深火热,却无力解决什么问题,也得不到安慰和解脱;他只是站成一个姿态,表达其噩梦般的痛苦和认知,仿佛在说:"我站在这里,我只能这样做了。"

希钦斯的批评某种意义上讲是有道理的。历史的发展证明有些状况似乎不是永久而无可挽回的,因此对悲观主义的使用好像应该有所节制,而不宜用末日预言式的语调反复涂抹,"把所有的希望都当成幻觉对待"。仔细阅读《智利之夜》会发现,这正是拉克鲁瓦神父的自我聆听的声音,是他的自我分裂的对话中出现的一个思想。小说中反复提及的那个"业已衰老的年轻人"是叙事人的另一个自我；神父背负着"业已衰老的年轻人"，正如圣克里斯托弗背负小孩过河。只不过，那个小孩代表着一种纯精神的非历史化的意识，一种不合作的否定，一份纯全的良知，故而以衰老的孩子的面目出之。叙事人在临终之际说道：

> 从很久之前开始，那个业已衰老的年轻人就保持着沉默。他现在不再对我出言不逊，也不对那些作家大放厥词。这有解决方案吗？在智利就是这样创作文学的，就是这样创作伟大的西方文学的。把这一点强加到你的脑袋里去，我对他说。那个业已衰老的年轻人，他残存的那部分躯壳，动了动嘴唇，发出了一声无法被听清楚的"不"。我的精神力量已经阻止了他。或许历史就是这样的。孤身对抗历史是没法做成什么的。那个业已衰老的年轻人总是独自一人，而我则一直跟随着历史。

那个"业已衰老的年轻人"并非总是独自一人，而"我"也未必一直跟随着历史。这里我们看到的、读到的、听到的，不外乎是神父的隔离状态的抑郁，时而是颤抖的良知发出的声音，时而是复杂的抗辩展示的无奈。波拉尼奥谈到幻想主义和亚类型的拉美文学难以发育，自然是在重述这种宿命般的隔离状态的抑郁，而希钦斯恐怕没有认

评论 □ 隔离与超生——波拉尼奥《智利之夜》

识到，那种历史的死胡同里回荡着的悲观主义可能是对暴力和死亡的最文雅的叙述了，正如卡夫卡和贝克特、昆德拉和米沃什，因为此后就连悲观主义都怕是不再时兴，而暴力和死亡则不会少掉一分一毫，这一点是毫无疑问的。

四

《智利之夜》中译本扉页有一幅超现实主义风格的摄影图片，呈现月光下火山岩隔离墙，死火山尖顶和层叠的山城，哨兵般伫立的羊驼，孤零零的十字架和一棵树，等等；图片中央上方有一只人工猫眼，赋予画面诡谲的气息。这种半明半暗的墓园情调，可能是在隐喻精神的隔离，也可能是在隐喻精神的超生；究竟是意味着死亡还是超度，这要取决于语言对历史境况的描述所采用的距离，以及此种描述能够抵达的疆域。

波拉尼奥自称是现实主义作家。这个问题需要一点解释；要界定他是还是否，这等于是界定坟场气息的果戈理小说是不是现实主义，《堂吉诃德》是不是现实主义。就对历史境况的审视而言，他毫无疑问是的，《智利之夜》表达尖刻的讽刺和过人的担当。但是鉴于文本的编织方式，这样说比较稳妥：这是带有现代主义风格的现实主义，是有后现代小说特点的现实主义。

《智利之夜》具有后现代元小说的特点，真伪杂糅，文字游戏，插曲式叙事，混淆恐怖与滑稽的界线，等等。真伪参半的游戏在开篇的叙述中就暴露出来：聂鲁达这样的文化名人进入小说，而该篇主要角色、"智利最伟大的文学评论家"费尔韦尔则查无此人。中译本第004页的脚注说：

据查证，智利文学史上并不存在一位名叫冈萨雷斯·拉马尔卡（后文会提到）、笔名为费尔韦尔（Farewell）的著名文学评论家，这极可能是作者杜撰的人物，尽管在本书中出现了其他为数众多的真实历史人物。不过费尔韦尔这一笔名，恰是书中频繁出现的智利诗人聂鲁达的一首著名诗歌的标题。这个细节很可能是作者刻意为之。

我们看到，费尔韦尔的庄园别墅的名字（"在那里"）和法国作家于斯曼（Huysmans）的一部小说的标题有关。费尔韦尔给拉克鲁瓦神父上了一堂中世纪欧洲文学课，谈起13世纪意大利行吟诗人索尔德罗，他也是《神曲》中的人物。篇中提到文艺复兴时期画家朱塞佩·阿琴波尔多，让人想到《2666》的主角阿琴波尔迪这个名字的由来。如此等等，不一而足。

读波拉尼奥的小说，经常让人觉得是在上文学课。总是出现一些名字冷僻的作家和画家。欧美死去和活着的诗

评论 ▯ 隔离与超生——波拉尼奥《智利之夜》

人、学者和艺术家进进出出,煞是热闹。一个典故编织的文本(中译本的尾注简介就有九页),其真伪杂糅的文本编码方式是后现代小说的做法。当然你可以说,这也是向塞万提斯传统的回归。元叙述游戏本来就是西语文学的一笔遗产,《堂吉诃德》的创作在后现代叙述中更加能够突显出来。不过,从波拉尼奥偏爱的文学启蒙教育模式(英国批评家称之为"启蒙说教主义")来看,他试图呈现的既不是后现代的断裂,也不是后殖民的自治,而是对启蒙的一种回溯和衔接,在空想(乌托邦)的意义上。该篇叙事人倡导"在智利创作伟大的西方文学",也是在表达这种衔接的意图。这一点需要加以分辨。换言之,《智利之夜》的创作无法和欧洲文学传统分割开来。其语言编码的方式(包括典故的征引)实际上是在突显这种不能分割的联系。

以索尔德罗的典故为例。费尔韦尔讲到的这个人,出现在《神曲:炼狱篇》第六章,就是那个"像一头狮子俯卧着旁观"的鬼魂,听说维吉尔是曼图亚人,就一跃来到他身边——

说:"曼图亚人哪,我是索尔德罗,
跟你同乡!"说时把维吉尔搂住
啊,遭奴役的意大利——那愁苦之所,
没有舵手的船只受袭于大风暴,

你不是各省的公主，是娼妓窝！

那位高尚的灵魂，只因为听到

自己故城的美名，就这样急切

立即在那里欢迎同乡的文豪。（黄国彬译）

但丁把索尔德罗塑造为爱国之心的象征。传记作家说此人是"美男子，优秀的歌唱家，优秀的行吟诗人，伟大的情人"。田德望译本有较详细的注释，其中一段说："他的诗都是用普罗旺斯语写的，其中最著名的一首是1236年的《哀悼卜拉卡茨先生之死》（Compianto in morte di ser Blacatz）。诗中指名责备当代的君主神圣罗马皇帝腓特烈二世以及法国国王、阿拉冈国王等人的软弱无能，邀请他们分食卜拉卡茨的心，以摄取他的勇气和魄力。"

费尔韦尔勾引年轻的神父时鼓励说："索尔德罗，他毫无恐惧，从不害怕，无所畏惧！"还有"食人宴的邀请""尝尝卜拉卡茨的心脏"等句子，从这段注释中可以找到出处。此外，聂鲁达询问和索尔德罗相关的《神曲》段落，费尔韦尔作答，但小说未交代是哪几句。应该就是上面摘引的那一节，其中"啊，遭奴役的意大利……"三行诗，经常被引用。小说这段插曲占了五页（中译本），主要有两个意思：一是召唤魄力和勇气；一是戏谑一下诗人，连索尔德罗这个典故都不知道（"索尔德罗，哪个索尔

评论 □ 隔离与超生——波拉尼奥《智利之夜》

德罗？"变成贯穿全篇的一句顺口溜），顺便告诫年轻的神父：写诗的没学问就这样子，你搞评论应该多看点书哦。

逐字逐句解释典故未免有点冗赘。不了解其含义则难以读得通透。我们确实应该停下来思考文本编织的动机。作者不会无缘无故为一个典故花去五个页码。小说的引用往往会机智地歪曲典故的原意，但也会唤起对原意的关注。不要忘记，索尔德罗的指责纯然是政治性的，但丁的诗句也是政治性的；那么，《智利之夜》使用索尔德罗的典故所包含的这种影射难道可以排除吗？此外，费尔韦尔和拉克鲁瓦神父的关系是不是有点像维吉尔和但丁的关系？你会说，这种联想未免有些牵强，维吉尔可不会色眯眯地把手搭在但丁的腰部。是的，充其量这是一种歪斜的对应关系的释读。可既然乔伊斯的《尤利西斯》能在适度歪曲的意义上对应《荷马史诗》，为什么波拉尼奥的小说不可以这么做？

《智利之夜》和《神曲》的关联不限于上述所言。小说对教堂庭院里盘旋下降的猎鹰的描绘，可以在《地狱篇》第十七章找到对应。从《地狱篇》《炼狱篇》的色调和氛围去感受《智利之夜》，我们会意识到后者通篇都是在用一种相仿的浓缩和加压，用《神曲》开篇所确立的基调——梦醒的愁惨幻象——讲述主人公的生活历程。换言之，活人的世界被无边的死亡包围；活着的叙事人像是在一个死后出现的世界游荡，不管其所见的事物何等多姿多彩，都像是蒙蒙然隔着一层烟雾而近乎单色调了。我们会想，《佩德罗·巴拉莫》不正是如此吗？一种斩去了《天堂篇》的《神曲》式处理，呈现死亡和隔离的状态。"隔离"正是《神曲》带来的一个传统主题；在但丁的继承人果戈理、波德莱尔、贝克特、胡安·鲁尔福等人手上，我们看到这个主题被突显出来，被刻意模仿和构造，并且被反复加以体验。

从哲学上讲，隔离是源于对主体性的强调，是对主体性权利的一种伸张，突显主客体的分裂或对立。它将道德的灵魂建筑在纯真的倾向上，因此总是意味着乡愿的反面，抵制庸俗主义、妥协主义、折中主义和苟安主义。它的存在是放逐，表现为一系列激烈的讽刺和怨诉，像是对此岸世界的摇撼。大致说来，波拉尼奥对历史境况的描述是基于文化意识形态批判和自我放逐的前提，因此从理论上讲，这种描述将经历一个类似于《神曲》的内在生成机制，即从隔离的孤独、死亡而抵达纯真的破裂或超生。但事实上，它不会有但丁式的垂直攀升，而是在冥河附近往返追溯，构成叙述的循环（由一个极长的段落和一个单句构成的循环），仿佛执意要从死亡和隔离中汲取能量。

拉克鲁瓦神父像波德莱尔笔下的那只天鹅，"动作痴呆，/仿佛又可笑又崇高的流亡者，/被无限的希望噬咬！"

（郭宏安译）。他临终的自白有时也像贝克特的叙述："我只看到了我的书册，我的卧室的墙壁，一扇介于昏暗和明亮之间的窗户。"而他看见幻象的方式最像但丁——"逐渐地，真相像一具尸体一样上升。一具从大海的深处，或是从悬崖的深处升起来的尸体。我看到了它上升的影子。它摇晃着影子。它那仿佛是从一个已经化石化的星球的山丘上升起来的影子"……

叙述容纳磅礴的幻象，因为它试图抵达无限。如我们在《2666》中看到，透视历史境况的目光可以如此冷峻深远（一个来自二六六六年的注视）；一种无边的现实主义；其创作的视野和规模迄今还不能被我们充分理解。相比之下，《智利之夜》是一个小长篇，其插曲式叙事（鞋匠的故事和画家的故事）虽有塞万提斯那种"硬语盘空、截断众流"的力量，规模毕竟小得多。但是不要忘记，波拉尼奥对这个星球的讲述，他那种末世预言式的景观，正是从这个小规模地压缩和膨胀的隔离状态中产生的。

2020 年 12 月 10 日，杭州城西主要参考书：

罗贝托·波拉尼奥《智利之夜》，徐泉译，上海人民出版社，2018年

《波拉尼奥：最后的访谈》，普照译，中信出版集团，2019年

克里斯托弗·希钦斯《致一位"愤青"的信》，苏晓军译，上海人民出版社，2005年

美国文学摭言

撰文 徐兆正

评论 | 美国文学撷言

一

在《太阳照常升起》还不叫"The Sun Also Rises"这个名字以前，海明威曾认真考虑过将其定名为"迷惘的一代"。此书出版时扉页上有两句题词，第一个题词"你们都是迷惘的一代"，转引自作者同格特鲁德·斯泰因（Gertrude Stein）的谈话；第二个题词标示了题目的出处：《旧约·传道书》第一章的三至五节（和合本）。与"迷惘"呼应之处正是《传道书》提及的"虚空"。不过，将两句话并置在一起到底还是有些突兀："你们"究竟指的是海明威与他那些皆有战时经历、"对任何事情缺乏敬畏之心……活得醉生梦死"的朋友，还是去今近三千年的所罗门王观照的世人？进一步说，如果迷惘的时代情绪并不罕见，那么有待被指责的是20年代斯泰因小姐口中的"你们"，还是从公元前九百余年便延续下来的"我们"？

冥冥对观，海明威生前写定的最后一部文稿《流动的盛宴》，多少揭开了这里的迷雾。作者在四十五年后的追忆中，首先对"你们都是迷惘的一代"做了正本溯源：它原本是一位修车行老板的醉话，恰巧被因不能插队抱怨不已的斯泰因小姐听见了。回顾完这段往事，海明威继续写道："那晚回家的路上，我想起那个修车行的年轻人，想着那些汽车被改装成救护车后，他有没有被拉去当司机。我记得他们是如何运送满满一车伤员下山的。由于刹车踩到失灵，只能一直踩到底，最后改用倒车挡。我记得最后一批救护车如何空车行驶在山路上，为的是去换一辆有高速挡和金属刹车片的菲亚特牌卡车。我想着斯泰因小姐和舍伍德·安德森（Sherwood Anderson），想着与自律精神截然相反的自我中心主义和思想上的懒惰。我想是谁在叫谁'迷惘的一代'？"[1]

此后我重读了《太阳照常升起》，印象与最初并不一致——一个时代的人们果真都在某个形容词的针尖上出生、繁衍、衰老与死亡吗？诚然，时代乱流下的青年"想要用爱情、友谊和寻欢作乐来解脱精神上的痛苦，企图在富有刺激性的活动中使自己振奋起来"[2]，因之都很相似：罗

---

[1] 海明威：《流动的盛宴》，刘子超译，中信出版社，2016年，第33页。
[2] 海明威：《太阳照常升起》，赵静男译，上海译文出版社，2009年，译者前言第2页。

伯特·科恩是这样,斗牛士佩德罗·罗梅罗也是如此,但小说主人公杰克·巴恩斯也要被归入"迷惘的一代"吗?"你是一名流亡者。你已经和土地失去了联系。你变得矫揉造作。……你嗜酒如命。你头脑里摆脱不了性的问题。你不务实事,整天消磨在高谈阔论之中。你是一名流亡者,明白吗?"[1]比尔对巴恩斯做出这番评价,发生于故事中段,而故事开始时,巴恩斯已在第一次世界大战中身负重伤。战后他旅居巴黎,成了一家美国报馆的驻欧记者。战争给巴恩斯带来了精神与肉体的双重创伤。精神的创伤无疑是原有理想的失落,身体的创伤则印证于其性能力的丧失——此或仍可归诸20世纪虚无主义的隐喻:当巴恩斯无法寻索形而上的意义,他也同时丢掉了形而下的寻欢作乐的可能。

但巴恩斯是否因此向着更深处沉沦呢?书中的女主角勃莱特原是阿施利夫人,在第一次世界大战中当过护士,战后她乔居巴黎。巴恩斯显然"不知道她真的想要什么";即便知道,恐怕也无法满足。他对勃莱特的意义在故事之初也就奠定基调:巴恩斯唯有宽容,也只能宽容。他接二连三地目睹勃莱特同科恩、迈克尔去了圣塞瓦斯蒂安同居。在此之前,勃莱特先后结过两次婚;在此之后,巴恩斯、

---

[1] 海明威:《太阳照常升起》,第145页。

勃莱特、她的情人迈克尔、爱慕者科恩以及巴恩斯的朋友比尔等人四处旅行。勃莱特四处招蜂引蝶，同行的几位朋友对她觊觎不已，这一切巴恩斯都看在眼里，却一概采取隐忍态度。他只是等待着勃莱特的征召，以便赶去为后者收拾残局。我这么说，仅仅是想要指出巴恩斯内心深处有关自己的认识：勃莱特对他的依赖回应了他对勃莱特亏欠的爱。

在勃莱特与罗梅罗私奔几个月后，巴恩斯几乎是预见性地收到了前者打来的电报。总共两封，内容一致："能否来马德里蒙大拿旅馆我处境不佳勃莱特"。看到电报后，他立刻订了一张前往马德里的快车车票，并回复电报："马德里蒙大拿旅馆阿施利夫人乘南方快车明抵爱你的杰克"[1]。说是预见并非由于此时的巴恩斯对她仍有什么期待，他只是在处理一个问题："这样处理看来可以解决问题了。就是这样。送一个女人跟一个男人出走。把她介绍给另一个男人，让她陪他出走。现在又要去把她接回来。而且在电报上写上'爱你的'。事实就是这样。我进屋吃中饭。"[2]而勃莱特关于巴恩斯的仅有想象，或云期待，正是这种数不胜数的救场、"解决问题"，仿佛一个可以无限重复下去的动

---

[1] 海明威：《太阳照常升起》，第303页。
[2] 海明威：《太阳照常升起》，第304页。

作,如《百年孤独》中那个患有失眠症的民族在不断讲述的阉鸡故事。总之,对于后者的感情我们难以认识,有关前者的内心我们又不忍理解。巴恩斯对爱情的态度,也许有两个词可以形容:其一是伟大,其二是无能。于勃莱特的爱如果可以称作宽容,那么他无疑称得上伟大;虽然这宽容在局外人眼中因之超越了人们平日有关宽容的想象不免过火,似乎又只是无能。

巴恩斯不是英雄——既然斯泰因小姐认为战后没有英雄——但他也没有心安理得地在斯泰因或比尔的命名中做一个懦夫。在巴恩斯所能做到的范围里,他始终要比其他人显得高大一些。康普生先生的话用在巴恩斯身上并不突兀:"那时候的人物也因此更具英雄色彩,不那么侏儒化,不那么过于复杂而是个性突出,胸怀坦荡,有一种痛痛快快爱一回或死一回的天赋,而不是那种松松垮垮、散掉了架的家伙。"[1]在我看来,"太阳照常升起"在原文语境的意思可能恰恰是对"你们都是迷惘的一代"的否定。时代必然如此,但个体至少可以不做同谋;时代也或迟或早发生改变,但转机的时刻并不在于准确地描述一个时代。后者不过是虚无主义的消极症候。

---

[1] 福克纳:《押沙龙,押沙龙!》,李文俊译,上海译文出版社,2010年,第75页。

二

《流动的盛宴》是海明威根据他在1956年找到的、三十多年前寄存在里兹酒店的那批材料写成的回忆录，因此也不妨看作是作家20年代在巴黎生活的见证。在这本书里，斯泰因小姐的妙论迭出不暇，除了那句"你们全是迷惘的一代"，我们还被告知了不少她的谆谆教导（书中一章题为"斯泰因小姐的教诲"），如她认为海明威"不应该写那些不适合发表的东西。那毫无意义。那是错误的，也是愚蠢的"。[1]可是下文作者即提到那本无从发表的《美国人的形成》（*The Making of Americans*）是经他校对并强迫福特在《跨大西洋评论》连载一事。斯泰因还认为海明威不该读阿道司·赫胥黎，因为"他的写作已经行将就木"，是"夸夸其谈的垃圾"；同样，也不必读劳伦斯，因为"这个人可怜又荒谬，作品写得像一个病人"。她推荐海明威去读玛丽·贝洛克·朗兹（Marie Lowndes）的书[2]。

20年代的斯泰因小姐既是巴黎的圣伯夫[3]，又是沙龙的

---

1 海明威：《流动的盛宴》，第16页。
2 海明威：《流动的盛宴》，第26—28页。
3 沙尔－奥古斯丁·圣伯夫（Charles-Augustin Sainte-Beuve，1804—1869），法国作家、文艺批评家。1857年至1861年在巴黎高等师范学院任教，他作为批评家的名声在第二帝国时期达到顶峰。

维尔迪兰夫人[1]。她像后者一样热情好客，饶舌地谈论着文学，也像前者那样从未涉及"真正的文学"（此处借用普鲁斯特的说法）。这种混淆可以说是灾难性的。譬如当"她并没有把舍伍德·安德森当作家谈论，而是当成一个男人"时，她对安德森文学成就的推崇便匪夷所思地始于《暗笑》（*Dark Langhter*）。西利尔·康诺利（Cyril Connolly）《现代主义运动》（*The Modern Movement*）一书对斯泰因评价有云："我受不了她那种滔滔不绝的自发创作，也受不了她自传里的自我吹嘘。"[2]联系海明威的种种追忆，可知此言不虚。

本书另一个有趣之处是作者对司各特·菲茨杰拉德夫妇的回忆。菲茨杰拉德对写作的看法大体与斯泰因一拍即合，即作者应对修改的理路了然于心，"以使作品成为容易出手的、杂志喜欢刊登的类型"。海明威直言这与卖淫没什么两样，后者倒也坦率地承认。不过既然如此，这个"迷惘的一代"还有什么共性可言吗？罗伯特·佩恩·沃伦（Robert Penn Warren）提醒我们：海明威的小说里只有行动的时刻而没有绵延的时间。因此，时间感的匮乏也就导致在他的笔下并不存在历史的延续。因为这个原因，

---

[1] 普鲁斯特《追忆似水年华》中的人物。
[2] 西利尔·康诺利：《现代主义运动》，漓江出版社1988年版，第10页。

即使他在写作上稍有自觉,他与菲茨杰拉德以及斯泰因这批旅居欧洲的作家恐怕也没有任何本质上的区别。他们都可以长期滞留在巴黎、马德里这些世界之都,而不会意识到自己的家乡此刻正在经受着工业化的决定性压抑。《流动的盛宴》使我看到的正是这一点。许多年后,马尔克斯还要现身巴黎像个乡巴佬一样冲着海明威结结巴巴地高喊"大——大——大师!",这真是历史的循环。

三

"迷惘的一代"(Lost Generation)关注的是战争之后那个他们曾为之争取和平又反过来伤害他们的世界。这是"迷惘的一代"诞生的源始困境。20世纪的另一个著名文学代际,是第二次世界大战之后的"垮掉的一代"(Beat Generation)。与迷惘一代不同的是,垮掉一代的真谛与冷战时期的高压气氛密不可分——任何话语实践的成立都有赖于对时代精神的回应——用霍姆斯的话说,它是在"无力信仰仍旧坚持信仰时表现出的意志"[1],由此具备了积极的虚无主义特色。

---

[1] 转引自《这一次快了:杰克·凯鲁亚克与<在路上>的创作》,凯鲁亚克:《在路上:原稿本》,上海译文出版社,2012年,第59页。

"垮掉的一代"此后普遍转向禅宗意义的自省与诗学活动，这一点绝非偶然。沉思使得他们愿意主动承担、再造，由此摆脱了"迷惘的一代"身上的惰性。要而言之，重要的不是青年对习俗仪轨的厌倦，而是这个概念开始具备它的反思性。"垮掉的一代"始终都在寻求拯救与重建自我的渠道。唯其如此，我们才能将《太阳照常升起》中诸人的四处游荡、寻欢作乐与亨利·米勒的《柯利希的宁静日子》或杰克·凯鲁亚克的《在路上》这类文本区分开来。不错，小说中的青年人看起来有着一样的愤怒与迷惘，论者也自可从战后的社会情形来审视他们的具体差异，可是如若从虚无主义的历史来看，从"迷惘的一代"到"垮掉的一代"，已然是由消极虚无主义向积极虚无主义的一次过渡，而促成这一转折的，正是垮掉一代的精神先驱亨利·米勒。

亨利·米勒与"迷惘的一代"是同代人，在那本与《北回归线》同时期写成的小说《柯利希的宁静日子》中，作者记录了自己客居巴黎的生活片段。米勒身上有一种宁静与激越并存的气质（这一点大概也预言了垮掉一代日后的精神转向），如果《柯利希的宁静日子》代表的是这宁静的一面，《北回归线》便印证了他性格中激越的面向。20世纪反叛的作家有很多，那种似曾相识的反叛也大多可以归诸作家对现代文明的失望，但这里又分出两脉，一脉是对威权政治的批判，如米沃什、布罗茨基等人，一脉是对现代文明与人性异化的批判，此中即以米勒为重。《北回归线》一书起始写作家和他的朋友遭遇了虱子："昨晚鲍里斯发现身上生了虱子，于是我只好剃光他的腋毛，可他还是浑身发痒。"[1]读了几页，虱子又出现了："人就像虱子一样，它们钻到你皮肤下面，躲藏在那儿。于是你挠了又挠，直到挠出血来，可还是无法永远摆脱虱子的骚扰。"[2]可谓道出失望的实情。对现代文明感到绝望，对理性世界失掉信心，放纵与狂欢的出现便适逢其时。

在回答《巴黎评论》记者对于《北回归线》的赞赏时，米勒说道："当我重读《北回归线》的时候，我发现它比我自己原来印象中的要好。我喜欢它。……但写出《大石像》的我，是另一个层次的生命。我喜欢它的地方在于，它是一本愉快的书，它表达愉悦，它提供愉悦。"[3]《大石像》即《玛洛西的大石像》，它是亨利·米勒在第二次世界大战前在希腊游历的记录。如果说作者的"自传三部曲"（《北回归线》《黑色的春天》《南回归线》）与"殉色三部曲"（《性爱之旅》《情欲之网》《春梦之结》）都是他对西方文明不遗余力攻讦的那一"反"，代表"正"的则大概只有这一卷

---

[1] 亨利·米勒：《北回归线》，袁洪庚译，译林出版社，2013年，第1页。
[2] 亨利·米勒：《北回归线》，第12页。
[3] 亨利·米勒等：《巴黎评论·作家访谈 I》，黄昱宁等译，人民文学出版社2012年，第62页。

《玛洛西的大石像》：写作这本书时，米勒在巴黎的游荡早已结束，尽管欧洲给他的印象要好过美国，但二战前夕作者已将两者等而视之。所以，《玛洛西的大石像》又是作者试图在西方文明的发源地寻找克服现代危机的一次尝试。

"垮掉的一代"从亨利·米勒继承了什么？某种意义上，前者身上那"正"的面向是凯鲁亚克等人将来后知后觉之事。米勒对垮掉一代的直接影响是他对写作的认识。他曾经说过一段很有意思的话："听着，谁写了那些伟大的书？不是签上名字的我们。艺术家是什么？就是那些长着触角的人，知道如何追逐空气中、宇宙中涌动的电流的人……我们无非只是一种媒介，让空气中的某些东西变得有用的媒介，如此而已。"[1]米勒是那种极度注重感受的作家，这感受在他那里可以取代任何东西（情节、思想、结构）。所以无论是他的小说还是文论、游记，感受性的质地一概绵延在文本的第一个字与最后一个字之间。正是这一酒神式的耽于感官、沉醉狂喜的写作，直接影响了垮掉一代的集体书写。

《北回归线》原书是没有章节的（现在呈现的这十五章是译者袁洪庚先生加上的），诺曼·梅勒（Norman Mailer）据此认为米勒的书"致力于文体与文学意识的革新"。什

---

[1] 亨利·米勒等：《巴黎评论·作家访谈 I》，第44页。

么样的革新呢？此书充斥大量匪夷所思的议论，并且通常是在叙述过一些简单的生活片段后，那些感受性的经验便急不可遏地冒了出来，梦境与现实更是被不加选择地编排在了一起。所以，我们与其说米勒建构出一种全新文体，还不如说在他那里文体不再是一个问题。他打破一切文体，同时打破人物、情节等一干小说要素。因为写作方式的传承，我们可以注意到，下面这一段与被称为垮掉一代教父的威廉·巴勒斯（William Burroughs）的《裸体午餐》（*Naked Lunch*）是何其相似：

在极短的一刹那间，我体验到那种超然的明晰，据说只有癫痫病人才具有这种洞察力。我已完全丧失时间和空间幻觉，与此同时世界沿着一条没有轴的子午线在上演它的戏。在这转瞬即逝的永恒中我觉得一切都有道理，都是完全顺理成章的。我还体验到将这一团乱七八糟的东西都抛在后面的内心中的激烈思想斗争。我感到罪恶在这里蠢蠢欲动，将在明天大吵大闹地出现。我感受到如在杵臼中被捣碎的苦痛，感受到掩面痛哭的悲哀。在时间的子午线上毫无正义可言，只有创造真实和戏剧幻觉的行动诗篇。[1]

---

1 亨利·米勒：《北回归线》，第 86—87 页。

评论 ■ 美国文学摭言

　　《北回归线》与《裸体午餐》实为一派，都是将感受推到极致的写作，但后者恐怕就走得更远。《裸体午餐》呈现的是彻头彻尾的断裂，字义的断裂，上下文的断裂，时空的断裂。读者只能了解作者身处环境与精神状况，却无从体会他究竟想要表达什么。同样，从《北回归线》到《裸体午餐》还可以看到另一发展脉络：作家们都在疯狂而无序地召唤着酒神精神的到来，不过演进至《裸体午餐》时，艺术化的非理性已然随着叙述框架的分崩离析而败坏了。依我之见，这只是因为积极虚无主义在巴勒斯那里丧失了真诚；个体的悲观、犹疑、失望、痛苦、愤怒，也一概被玩世不恭的犬儒取代。所谓艺术化，正是去谨慎地处理语言在艺术中的位置，而它也必须带领读者去重新领略人类内心深处的自我斗争；若非如此，恐怕就是艺术的歧途。

四

　　好在"垮掉的一代"还有凯鲁亚克，而我们对凯鲁亚克的爱从来都不是错爱。在1968年接受的一次采访中，凯鲁亚克直接否认了这个群体的存在，认为这个群体的集体性只是基于某些人的政治思想，而他们能够聚到一起，则是"就着葡萄酒找到了很多乐趣"而已。所以"垮掉的

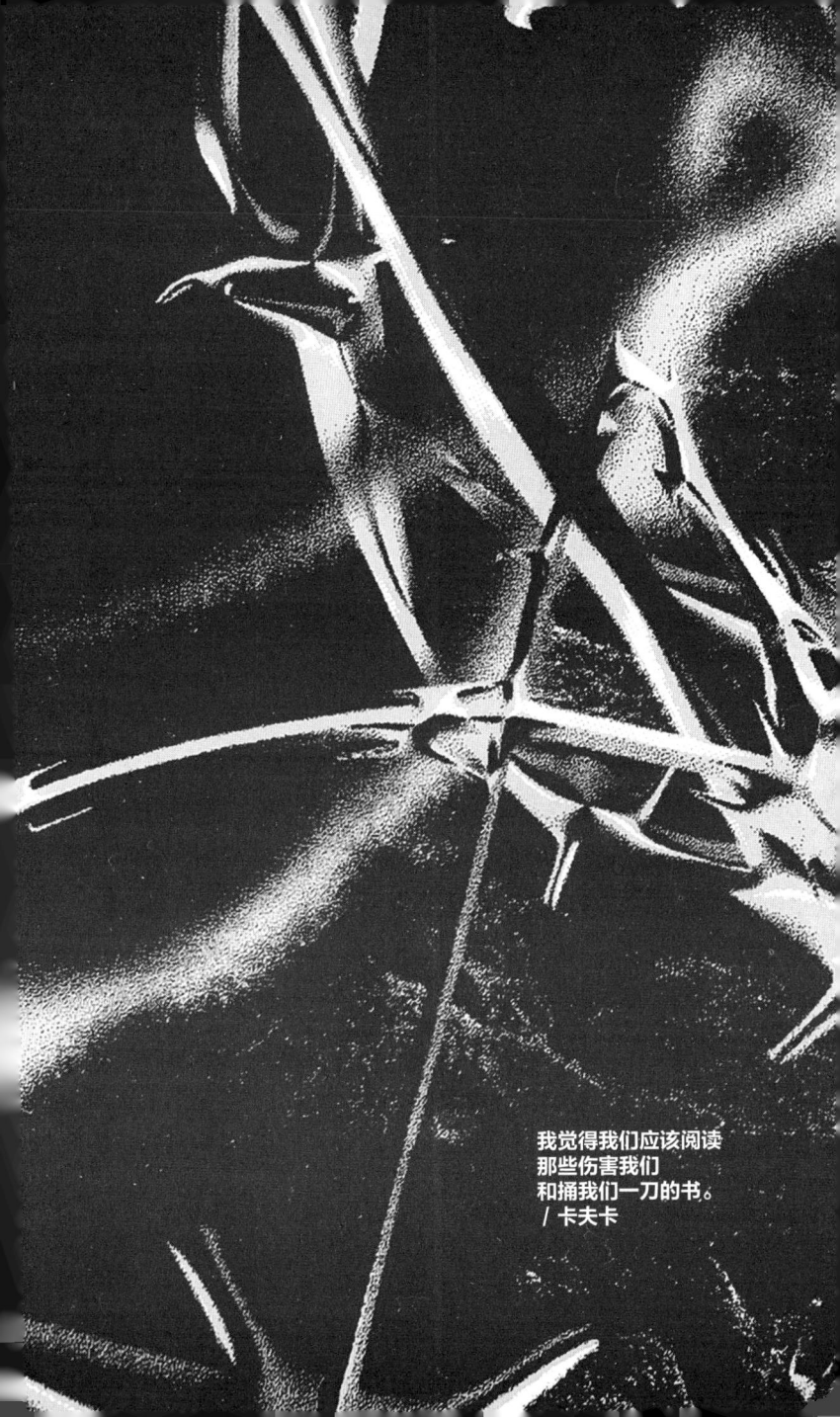

我觉得我们应该阅读
那些伤害我们
和捅我们一刀的书。
/ 卡夫卡

一代"在60年代的解散,在他看来无非是"各走各的路"罢了。艾伦·金斯伯格对左派政治发生了兴趣,凯鲁亚克却不想如此,他自认是一个孤独的人,只愿与非知识分子混在一起,回归安稳的家庭生活,但这大概也是他的一面之词;正如他的妻子乔伊斯·约翰逊所言,凯鲁亚克是"一个无家之人,在不同的地点随处停歇,然后再度出发。我想,也许他总是幻想在某个新的终点,他就能够找到对新奇事物及友情的渴望和离群隐遁的个性之间的某种平衡"。[1]

因为这种性格,婚姻反倒让生活"能提供给凯鲁亚克的激情越来越少",让他关于往昔的记述背后隐隐渗出一个人无法面对自己的哀伤。在1949年写给尼尔·卡萨迪的信中,凯鲁亚克写道:"独自待在一间房子里或家里是最后的一种不幸。"他真的想要回归日常生活么?很有可能的是,他只是在接受自己预言的"最后的一种不幸"。此外,这种安稳必得由家庭赋予,抑或还是如乔伊斯·约翰逊所言,家庭生活是凯鲁亚克在二十多岁时曾经幻想过的一种乌托邦?——他想要与自己的朋友在一个自给自足的农庄生活。曾经有过的狂热复归虚空,凯鲁亚克似乎只得乞灵于写作来拯救自己的孤独。

---

[1] 凯鲁亚克:《孤独天使》,娅子译,重庆出版社,2008年,乔伊斯·约翰逊《序言》第8页。

评论 | 美国文学摭言

在他的处女作《镇与城》中,我们读到了凯鲁亚克孤独的源头加洛韦镇。这是一个"原野和森林之间的工业小镇",故事中的马丁一家长久栖居在此。小镇上有从新罕布什尔发源的梅里马克河,有广阔安宁的盆地,有草木繁茂的谷地,有雷霆飒飒的瀑布等无数优美阒静的风物,但也有桥梁、工厂、杂货店、酒吧和广场等现代文明的标志。"根植于土地,根植于生活、劳作、死亡古老脉动的小镇,让它的人民成为小镇之民而不是城市之民。"[1]《镇与城》循环着描写了马丁一家每个成员的成长和生活,父亲乔治·马丁,母亲玛格丽特·库尔贝,长子乔,次子弗朗西斯,三弟彼得,此外还有三个弟弟,三个姊妹。主人公是彼得,他从小深味孤独之苦,知晓"在母亲子宫之外……孤独是他们的继承之物"。他通过打橄榄球进入名牌大学,父亲乔治·马丁对彼得的期望最大,父亲是一个典型的美国男子,热情、乐观,酷爱赌马,也忠于家庭,即使是生意破产,也没有摧折他对于生活"涌动的热情"。

可是,随着彼得一家搬到了书名中的那个"城"——纽约——之后,这个家庭便无可避免地走向分崩离析。搬到纽约之后,整个家庭除了那位坚强的母亲,其他成员都开始迅速地衰老。马丁先生的女儿伊丽莎白早在加洛韦

---

[1] 凯鲁亚克:《镇与城》,莫柒译,人民文学出版社,2013年,第5页。

即已私奔。抵达纽约后,弗朗西斯摇身一变为一个冷漠的知识分子。至于彼得,他放弃大学学业,通过工作来贴补家用,结果却得不到父亲的谅解,父子间的嫌隙越来越大,直至彼得最终成为垮掉一代的成员。马丁先生一直以来都在关注着子女的生活,但此刻却又像是在目睹他们如下坠的星辰一般没于黑暗。他什么也做不了,除了像是命定一般地见证着这个家庭的崩坏。故事最后,乔治·马丁死于癌症,支离破碎的家庭因之又一次汇合,他们从各地回到纽约的家中(其实有的不过住在家附近,但他们很少回来)。

故事以此渐驶入尾声,彼得再一次出走:"他又上路了,漫游大陆,向西而去,去往以后再以后的岁月,一个人在生命的水边,一个人,望向河岬的灯光,望向城里温暖燃烧的细长蜡烛,沿海岸俯瞰,想起亲爱的父亲和所有生命。"[1]《镇与城》前半部分的调子是欢快的,间或伴有伤感的杂音,后半部分的调子却是癫狂,其中随时都有剧烈回响,其风格也向后来的"自发式写作""自动散文"偏移。这本朴素动人的小说无疑是《在路上》的序幕:随着马丁一家故事的结束,作者"在路上"的生涯正式开启。不过,凯鲁亚克日后写作的全部基调,以及他自己的全部

---

[1] 凯鲁亚克:《镇与城》,2013年,第499页。

生命，也早已由《镇与城》所言中——"忧郁的心呵，你为何不肯安息，是什么刺得你双脚流血地奔逃……你究竟期待着什么？"[1]

五

布考斯基的《苦水音乐》书后附有《戳穿这个徒有其表的世界》一文，朱白在文中写道："如果说杰克·凯鲁亚克、艾伦·金斯伯格等人的文学还需建立在佛教和迷幻剂等其他领域之上，那么布考斯基的非主流人格和叛逆气质则是建立在不停地践踏他自己生活的基础之上。"[2]可谓一语破的。此中有两个事实值得注意：其一，布考斯基与卡佛是同时代人；其二，布考斯基延续了垮掉一代的反叛气质。这两个事实使得他衔接住了凯鲁亚克、威廉·巴勒斯与卡佛、耶茨这两个文学代际。布考斯基既有前一代际中的暴力质地，也陷入到普遍困扰后一代际的生活泥潭。两者共同铸造了布考斯基独一无二的特质：全力以赴地追求真实。

在我的感觉中，布考斯基的短篇故事明显好过他的长

---

[1] 尼采：《尼采诗集》，周国平译，中国文联出版社，1986年，第165页。
[2] 布考斯基：《苦水音乐》，巫土、杨敬译，广西师范大学出版社，2013年，第266页。

篇，前者更粗犷，更利落，可谓寸刀寸断，如《大诗人》一篇讲述"我"去拜访著名诗人伯纳德·斯塔奇曼，却发现他的生活凌乱不堪；《人渣的幻想》记述"我"去听维克多·瓦洛夫的诗歌朗诵会，忍不住在台下嘲笑这个小白脸；诗人一本正经，"我"反讽频仍。小说的题目本出自瓦洛夫的诗，可又被布考斯基用来作为题目……集中所收都是这类肮脏生猛的故事，结局虽不开放，亦同样落实在还没开始就已结束的干净之中。读者如听掌故，如与作者长夜喝酒，他一个一个讲给你听，推杯换盏间，能令公怒，能令公喜。

但更多是心碎。你还没从方才的大笑中缓过神来，便被作者不由分说地拉入他的愤怒、绝望与心碎之中。在《破商品》这篇小说里，主人公弗兰克是一位蓝领，他的妻子每天例行公事般与他吵架，办公室里也有一个不时寻衅开除他的助理经理。弗兰克开车回家的路上，心想："也许不需要那么赶。就算弗兰在等着。一边是弗兰，另一边是麦尔斯。他唯一需要独处的时刻，唯一不会被压迫的时刻，就是开车上下班的时候，或睡着的时候。"[1]长篇小说《邮差》也有这样的桥段。此时的布考斯基仿佛就是卡佛与米勒的混合，他的求真意志在世俗庸常中毫无用武之地。于

---

[1] 布考斯基：《苦水音乐》，第215页。

评论 ▢▢ 美国文学摭言

是,他最后的要求仅仅就是上岸喘一口气罢了。《长途酒醉》里,托尼凌晨三点接到了前女友的电话,后者是打来炫耀其新生活的。托尼听完电话,挂断,小说也至此结束。这个故事的结尾是这样的:

弗朗西斯翻身过来对着他,他伸手搂住她。凌晨三点。全美国的酒鬼都正瞪着墙壁,终于放弃了。你不需要变成酒鬼才会受伤害,才会被一个女人榨光,但是你可能会因为受到伤害而变成酒鬼。你会思索片刻,特别是当你年轻的时候,可能会以为运气总是在你这一边,有时候的确如此。但是就算当你以为一切都很顺利时,依旧会有各种几率与法则在运作着,你一点都不会察觉到。一天晚上,某个炎热的夏天周四晚上,你就变成了酒鬼,你一个人孤零零地住在租来的廉价房间中,不管你已经经历过多少次,都没有帮助,甚至每况愈下,因为你会以为自己将不需要再面对这种事情了。你只能再点燃一根香烟,再倒一杯酒,看着剥落的墙壁上是否有红唇与杏眼。男人与女人彼此之间的折磨真是让人想不透。

托尼把弗朗西斯搂得更近一些,安静地把自己的身体靠得更紧,聆听着她的呼吸。再次把这些狗屁事情当真,真是很可怕。

洛杉矶真是非常奇怪。他倾听着。鸟儿已经起来了,叽叽喳喳的，但是天空还是一片漆黑。不久人们就会驶上公路。你会听到公路的声音，还有汽车开始在街道穿梭。但是此时凌晨三点，全世界的酒鬼都躺在床上，想要入睡而徒劳，他们应该得到休息，假如他们做得到。[1]

作者全然没有交代托尼与前女友的往事，可这个结尾已让读者领悟一切，托尼的疲惫也一览无遗。还是那个论断：20世纪反叛的作家有很多……但是，又有多少作家仅仅是梦中的逃亡之徒？只有到了夜晚，那些白天顺服的良民才开始表演自己全套的把戏……布考斯基的另类意义也许就在此处：他不宽恕这个世界，尤其是他眼中的"美国梦"；因为求真意志，他也将用命来迎接这个世界的一切恩赐与损害。他诅咒任何期待，又全盘接受诅咒降临在自己身上，或者如作者在小说中写到的，他只是望着天花板等待好运到来，这两者是一回事。文学与生活在布考斯基这里自成一体，前者是对后者的一次延宕回应，是偶然发生的事，但当他将自己所信的身体力行推到极致，我们就得以明白什么是"纯而又纯的精确，或者说是一种精而又精的纯粹"（福克纳评安德森语）。有赖于此，布考斯基不需要任何口号、任何标语或任何图腾，便屹立在20世纪的

---

[1] 布考斯基：《苦水音乐》，第259—260页。

诸多反叛者之上，完成了一次次"文学上的致命高潮"[1]。

六

布考斯基写出了"文学中的致命高潮"，恰似帮助亨利·米勒率先将《北回归线》在巴黎出版的庞德对此书的评价——他说这"大概是一个人可以从中求得快感的唯一一本书"。他们说得都很好，不过，"高潮"究竟还是与布考斯基、卡佛、理查德·耶茨所在的世界格格不入。"垮掉的一代"纷纷坠落之后，这个文学的世界还有高潮吗？《在路上》有一段话迄今令我难忘："一起沿着马路狂奔用他们最初的态度观察一切这态度到现在已经变得忧伤起来变得敏锐起来……不过他们一路上行为古怪地手舞足蹈而我跟平时一样在后面跟跟跄跄地尾随我一直都是跟在让我感兴趣的人的后面，因为唯一让我感兴趣的人就是那些疯狂的人、疯狂地生活的人、疯狂地说话的人，想要同时拥有一切，那些从来不打哈欠的人、从来不说陈词滥调的人……而是不断地烧呀、烧呀，就像罗马焰火筒在夜空燃

---

[1] 布考斯基：《苦水音乐》，第273页。

放。"[1]垮掉一代以降,这个世界也许只剩下了陈词滥调,当它打起哈欠,又像火焰熄灭之后的余烬。从卡佛到麦金纳尼,从耶茨到德里罗,我们从他们那里读到的就是这样一个日渐冷却的世界。

翻译家孙仲旭在耶茨《复活节游行》的序言里,曾经引用过卡夫卡的一句话:"我觉得我们应该阅读那些伤害我们和捅我们一刀的书"。对《复活节游行》而言,这是一个非常准确的评价:它显然过于冷酷,耶茨三言两语便将一家四代聚散的苍茫清楚写出,同时一反以往作家将目光聚于事实冲突的层面,仅只对冲突过后的残局加以描述。作家在写法上的突破来自一种反高潮的眼光。如故事中姐妹二人在对待婚姻以至人世的看法上,我们便找不到任何相似。作为典型的传统女性,萨拉对一切容忍视之,希冀以此换来家庭的安稳,爱米莉则是思想自由的新女性,有无数相依而眠的伴侣,超然物外一心享乐。但作者恐怕还不是要在萨拉与爱米莉之间划定一条标明孰是孰非的界线。书中各色人物,读者唯一能报以同情的只有姐姐萨拉,可是耶茨又对这份同情断然拒绝,所以不等故事完结,便让前者一死了之。

---

[1] 转引自《这一次快了:杰克·凯鲁亚克与〈在路上〉的创作》,凯鲁亚克:《在路上:原稿本》,上海译文出版社 2012 年版,第 36 页。

至于爱米莉，耶茨对她的着墨更多。书中有一句话至少解释了《复活节游行》一半的内容："她想要自由，她一直把自己比作《玩偶之家》中的那个女人。"从这一角度看，那句来自冯内古特的赞誉（"福楼拜以来，少有人对那些生活得苦不堪言的女性报以如此的同情"），即属隔教之语。说来作者若是仅仅止步"报以同情"，其成就必定远逊于此，而这一点又有赖我们对萨特与福楼拜两段文献的厘清：其一，萨特在谈到福楼拜的性格时曾说："他憎恶自己，在插述他的主要人物时，对他们有一种可怕的虐待狂和受虐狂的态度：他因这些人物就是自己而折磨他们，而这也显示了人们和这个世界在折磨着他。但他也因这些人物不是自己而折磨他们，他是一个总想要折磨别人的恶毒的虐待狂。他的不幸的人物很少好运而忍受着一切。"[1] 其二，假定冯内古特的那句评语没有出诸他的幽默，仅就前提来说，甚至连福楼拜本人都要一口否决："为了想象我的人物并让他们说话，我需要做出巨大的努力，因为我对他们深恶痛绝。"[2]

在爱米莉虚情假意地婉拒了姐姐的求助后（或许这直接导致了萨拉的死），耶茨描述了前者的心态："所以问题

---

[1] 萨特：《萨特自述》，黄忠晶、黄巍译，天津人民出版社，2008年，第203页。
[2] 福楼拜：《福楼拜文集》第5卷，李健吾等译，人民文学出版社，2014年，第95页。

解决了：萨拉会回去，爱米莉的白天黑夜都可以留给迈克尔·霍根，留给他之后长长的名单上的不管哪个男的。她得承认自己松了口气，但是这种松口气的感觉不能表现出来。"[1]所以《复活节游行》的另一半内容仍旧围绕着爱米莉展开，这一部分则是作者对于"冷漠"的指认。极致的冷漠，如爱米莉为了享乐而弃绝一切义务，而这又远比承担本来无可承担、宽恕原本无可宽恕的处境更加恐怖。姐姐萨拉莫名死去后，良心谴责之下，爱米莉再一次为了寻找身份费尽心思："后来的几年里，爱米莉每次想到姐姐——不是很经常——她都会提醒自己她已经尽力了。她已经跟托尼摊了牌，也提出过可以收留萨拉，还有谁能比那做得更多？有时候她觉得在跟男的聊天时，萨拉可以成为一个有趣的话题。"[2]又，"她跟一个男的那样说了——通常是已经半醉时，通常在深夜——之后会特别后悔，但是要想减轻自己的内疚感也不难，方法就是发誓自己再也不会那样做了。况且她也没时间感到不安，她当时忙忙碌碌。"[3]

耶茨是我读到的作家里在气质上最接近福楼拜的作家。

---

[1] 耶茨：《复活节游行》，孙仲旭译，上海译文出版社，2009年，第161页。
[2] 耶茨：《复活节游行》，第165页。
[3] 耶茨：《复活节游行》，第166页。

联结耶茨与福楼拜的，写法上的传承倒还在其次，归根结底，衣钵是不予同情，是不动声色。耶茨写作的当代已非福克纳写作的现代，那种重振与重整时代秩序的雄心壮志早已丧失殆尽。如此写出的小说——如果作家是忠实或真诚的，如果这忠实与真诚又一概指向了他对时代本身的洞悉，那么这样的作品便再无可能为读者提供廉价的安慰。是故，即便是本书译者，也一再地说《复活节游行》过于冷酷了。我想，耶茨是很冷酷的，但对当代的写作来说这又实在是无可奈何之事，作者也不必再次期待一个文学上的道德乌托邦能够降临人间。此时此刻，也许就是文学的末法时代。

七

福楼拜憎恨中产阶级，也正是这种憎恨使得20世纪诸多各不相同的作家得以归为一类。唯当这种憎恨消失了，日常生活被从容地接纳为一种先天正当的存在方式，甚至是梦想，美国文学的末法时代也就随之开始。这个时代始于卡佛、耶茨，此后又衍生出"超市现实主义""肮脏现实主义"等诸多流派。凯鲁亚克无法回家，是因为家庭无法允诺他思考的激情；"蓝领作家"渴望回家，所以曾经在垮掉一代身上闪现的自省精神也被日常生活的灰色消融。

在末法时代，对西方文明的失望出乎人们意料地发生了价值上的倒转（失望，然后生活），而美国当代作家也不约而同地回归一种过分现实的现实主义。因为过分现实，博比·安·梅森（Bobbie Ann Mason）等人笔下的生活甚至连幻灭都谈不上，小说在此已经变成了日常生活的镜像。

在梅森的《夏伊洛公园》中，丈夫勒罗伊因为车祸回家养伤，预备给妻子盖一座小房子，却发现他们的婚姻早已走到尽头。作为读者，我所能描述的只有这些，而婚姻走向尽头的原因则必须在小说的每一句对话中加以察觉。妻子的母亲劝他们去夏伊洛公园重归于好，可公园恰恰像是婚姻的那个句点。妻子诺玛·吉恩在悬崖边做扩胸运动，丈夫勒罗伊觉得"天空异乎寻常地灰白——像梅布尔为他们做的床罩的颜色"[1]。小说至此戛然而止。在故事里妻子诺玛·吉恩自言自语道："当年我并不喜欢这些老歌，"她说，"但是我现在有个奇怪的感觉，我肯定错过了什么。"勒罗伊却说："你什么都没有错过。"[2]他们错过了什么？这个答案，就是《第三个星期一》中鲁比轻松说出的那句话："二十世纪剥夺了生活中所有的神秘"[3]。因为一切生活都被

---

[1] 梅森：《夏伊洛公园》，汤伟、方玉译，重庆大学出版社，2014年，第20页。
[2] 梅森：《夏伊洛公园》，第4页。
[3] 梅森：《夏伊洛公园》，第295页。

敞开然后又如实地加以记录,他们不会知道自己错过的正是生活本身。错过生活,人们的日子也就根本没有历史可言。

梅森笔下的人物喜欢谈论错过,他们试图理解这一点,却终究无解。这里暗含的情绪也许就是他们之于崩溃的忧惧。他们恐惧于生活忽遭崩溃,也恐惧生活的安稳被现实世界的大他者收回。此类隐隐崩溃的预感长时间以来都是当代美国作家的灵感源泉,又如保罗·奥斯特的那本《偶然的音乐》,原本在波士顿当消防员的纳什自从继承了一大批财产,这种预感便开始困扰他。奥斯特写道:"这就是他开始感觉到崩溃的地方。尽管在那些天里,庆祝和怀旧的情绪依旧,但纳什渐渐明白形势已经无法补救了。"[1]安稳的生活仿佛随时随地都能被无从察觉的危机中断。最初的时刻,继承得来的巨额财产提供给纳什以安全感,不过随着账面上的数字越来越小,安全感也就随之消磨殆尽。到最后,为了清偿在赌局中积累的巨额债务,纳什与波齐开始为赢家建造一座莫名其妙的建筑。小说的场景就此转变为封闭的苦役之地,而纳什曾经的自由也幻灭为实在的枷锁。平静永不再来。

从一种绝望过渡到另一种绝望,从无所顾忌的自由坠

---

[1] 奥斯特:《偶然的音乐》,纪洪译,上海人民出版社,2011年,第4页。

落为无休无止的掠夺，奥斯特驾轻就熟地将生活的两种极端内化于故事。纳什先后的两种选择，恐怕作者都无法赞同。刚刚上路的纳什曾这样想到："这么做他也不是全无痛苦，但纳什差不多开始欢迎这种痛苦，开始体会到一种大无畏的高贵感，好像与过去分离得越彻底，他的未来就会越光明似的。他就像那些终于鼓起勇气给自己脑袋一枪的人——但这颗子弹带来的不是死亡，而是新生，是一次新世界诞生的大爆炸。"[1]在城堡服了数月苦役的纳什则最终学会了完全的顺从。这也是一种或两种寓言，而它们无一例外指涉了当代人关于生活的幻觉。

吉姆·纳什可能不会了解，从他第一次驾车上路开始，他对生活便抱有一种可笑的认识，即认为疯狂能够终结疯狂，暴力可以成全暴力。引擎一旦发动，他就乐观地相信朝着错误方向的全速前进能够抵达某个应许之地。关于这一点，小说的最后一幕已在隐喻般地加以证伪：重获自由的纳什再一次开车上路，从六十码加到了八十五码。"正当车速冲到八十五的那一刻，穆克斯上前关掉了收音机。这突然的安静犹如电击，他猛地回过头来，警告老头别多管闲事。"[2]这一次作者没有再给纳什机会，他直接启用一个新

---

[1] 奥斯特：《偶然的音乐》，第9页。
[2] 奥斯特：《偶然的音乐》，第214页。

的隐喻（发出一束强光的卡车）终结了上一个隐喻。

《偶然的音乐》对生活究竟应当怎样做了极为出色的论证。某种程度上，奥斯特与萨特同样相信人是自由的，但这种自由意味着自从人被抛入这个世界之后便不得不自由，因而又必须为自己的一切行为负责。这本小说完成的1991年早已不是那些垮掉一代呼啸上路的年岁。时代内核像是生出故障的挂钟重又被拨回理性视角。咔噔一声，这既是子弹出膛的声音，也像是奥斯特向人们发出的回归安稳日夜的昭告。

八

我打算用唐·德里罗发表于1997年的巨著《地下世界》作为此文的收尾。至少在本文所列举的这些作品中，《地下世界》值得标举的意义有以下几点：首先，唐·德里罗在20世纪行将结束的时候，用这本书恢复了文学对现代文明进行指认与批判的能力；其次，这部小说扩展了文学观照生活的视野，令文学不再仅限于描绘日常生活一隅，转而开始带有俯瞰性与宏观性；最后，《地下世界》是一种价值判断与事实判断的综合，它的宏大卷幅既是其事实判断的明证，其价值判断也并非吝于提出。因此，德里罗显然又恢复了文学与时代精神进行对话的能力。《偶然的音乐》

能够对生活进行论证，在于它是一部寓言，《地下世界》同样如此。如果我们将它同赫胥黎的《美丽新世界》、扎米亚京的《我们》、莱文的《这完美的一天》对照来看，即更能理解此书特质，换言之，它们与奥威尔写的都不太一样；有别于《1984》之处，是他们描述的都是"此时"以后的事，是乌托邦已从政治乌托邦发展为科技乌托邦，亦即"科技治国论下的乌托邦"。比较起来，《地下世界》写到的事情无疑更进一步。在这本书里，科技被置换为了一个我们熟知的概念：消费。消费社会给人类生活与政治带来了何种影响，是德里罗对于写一部伟大的美国小说的主要努力方向。

这部小说与一般意义上我们熟知的反乌托邦小说的不同之处就在这里：它是缺乏隐喻的。德里罗讲述的是我们实实在在、正在经历的生活——冷战时期与冷战结束之后，消费狂潮下精神世界被掠夺一空的生活。从这个意义上来说，它又承接了奥威尔的本意，二者的不同仅在于奥威尔是预言，德里罗却是讲述，诸如书中不时出现的"一架三角翼飞机从太阳方向飞过，然后慢慢升高，消失在令人头晕目眩的天空中，给人梦幻的感觉"[1]这样的句子，就在时刻提醒着读者故事发生的背景。小说最惊世骇俗的话

---

[1] 德里罗：《地下世界》，严忠志译，译林出版社2013年，第313页。

莫过于"不消费即死亡"一语，在一个经济高度发达的社会，消费就是人们的信仰。如果虚无主义是一个历史进程，其内容是最高价值的丧失，那么消费社会的实质正是未被终结的虚无主义运动在今天的最新阶段，它在小说中主要表现为以下几种症候：其一，现代人无法通过自我发现自我；其二，消费宰制下的生活丧失了它的现实性；其三，生活成了一场漫无目的的等待；其四，为了抵抗虚无，人们强迫症式地命令自己紧张起来；其五，在物的包围下，现代人愈发感到孤独。

小说是需要戏剧性的，可是《地下世界》缺乏这一因素。然而，由于戏剧性和隐喻的缺席，这部上承50年代（1951年秋），下启90年代（1992年春夏）的小说反倒让我们感同身受。1951年的世界职业棒球锦标赛、1963年的美国总统肯尼迪遇刺、1969年"阿波罗"11号飞船登月等众多历史事件，皆被作者收入其中；同时，隐喻的缺席还增强了文本的警示力量：这些重大事件为我们可见，被写进历史——后世将通过它们了解这段时间——不容辩驳地接受，那么多灾多难的20世纪，尤其是它的后半程，是否也就存在着被遮蔽的可能？《地下世界》这个书名的含义出自小说第446页至447页："这场活动是展播谢尔盖·爱森斯坦的一部具有传奇色彩的失踪影片，片名叫《地下世界》"；"这部片子的主题在某种层次上涉及生活在阴影之中的人物,所以几十年来被人藏了起来。苏联政府或者相关政府,德意志民主共和国和苏联,封杀了这部影片,它直到现在才得以与观众见面。"[1] 影片的遭遇隐喻着更为广泛意义上的平民历史。在我看来,德里罗对于写一本伟大美国小说的主要努力,就这样系于一种具体的志向,即揭开任何一个时期都蕴藉的显性历史的另一面:那注定遭到掩盖的平民生活的历史。

我们再来看这部被虚构出来的影片情节:"影片的情节很难把握。其实根本没有情节,只有孤独和荒凉,男人们被追杀,被射线枪击倒。这一切全都发生在某个地下场所之中。影片中根本没有苏联传统上宣扬的那种跨阶级的团结,没有人头攒动的场面,没有社会动机的感觉,没有作为英雄的群众,没有刻意营造的大规模的群众运动。"[2] 影片的情节同样与德里罗要在这部巨著中努力呈现的历史遥相呼应,平民生活无时无刻不在被彰明的历史改变走向,但它们又具体落实在每一个家庭,只不过"根本没有情节,只有孤独和荒凉"。因此,德里罗分而写下的这两种历史在全书并行不悖,它们往往是作者"记录"下一个特定的历史事件发生前后世人的生活实景,如可能爆发的核战争、

---

[1] 德里罗:《地下世界》,第446—447页。
[2] 德里罗:《地下世界》,严忠志译,译林出版社2013年,第453页。

尚未终结的冷战对峙、已经到来的网络时代，如遍及全球的恐怖主义、灾难深重的商业文明、毫无价值的传媒娱乐、肆无忌惮的军事扩张、未经考察的科技滥用、岌岌可危的个人隐私……这些都是德里罗在书中试图呈现的现代文明的困境。什么是现代文明呢？作者在书中不同段落极尽可能地做了解释，例如：

> 某些东西在消退，减弱。国家解体，装配线缩短，与其他国家的装配线互相影响。这就是欲望看来要求的东西。一种生产方式迎合文化需求和个人需求，而不是迎合带有巨大统一性的冷战意识形态。系统自称与之相伴，变得更有柔韧性，利用更多资源，对刚性范畴的依赖越来越少。可是，即使欲望倾向于专门化，变得顺滑，私密，汇合起来的市场力量却形成一种实时资本。这种资本以光速运行，划过地平线，形成某种更深层的同一性，刨除带有特殊性的个别事物，给一切事物带来影响，从建筑到休闲时间，一直到人们吃饭、睡觉和做梦的方式。[1]

上面这一段话是全书最重要的意见，它直接点明了《地下世界》与反乌托邦小说的联系，而作者的良苦用心亦

---

[1] 德里罗：《地下世界》，严忠志译，译林出版社2013年，第835页。

是表露无遗。在小说最后一页，德里罗放弃了对两种历史相互纠缠的叙述，开始用前面876页不曾出现的一种温情口吻再次审视他所见到的这个国家与整个20世纪下半叶的人类生活：小孩子在院子里奔跑玩耍，午餐盘里的苹果核，木质桌面的清晰纹络，在电话机旁燃着的蜡烛，杯沿缺损的马克杯，斜放在杯中的黄铅笔，在面包碎屑边缓滞熔化的黄油……脱离了屏幕与网络的生活历历在目，富有质感的生活，人人可见的生活。这大概不是疲倦，而属于一次诞生于末法时代的关于现代文明的重新期待。

最后一段，只有两个字：和平。

⓪ FICTION

003 Guanyin Lane

Guo Yujie

045 80 km/h

Zheng Zaihuan

073 Child of Pain

Kuai Lehao

107 Hunt to Kill

Suo Er

135 The Narrow Gate

Shuang Xuetao

151 The Night Walkers

Sun Yisheng

✛ ART

214 Dream Moons

Yurian Quintanas Nobel

||| POETRY

231 After Shipwreck

Hu Bo

≈ ESSAY

255 Scraps of Time : Remembering Ren Hongyuan

Li Jing

▢ COMMENTARY

291 Reading Ah Cheng a Generation Later

Jia Hangjia

309 Isolation and Rebirth :

On Roberto Bolaño's *By Night in Chile*

Xu Zhiqiang

329 Notes on American Literature

Xu Zhaozheng

⋈ FACING-PAGE

How I fell in Love with the Well-documented

Life of Alexander Whelan

Yan Ge

撰稿人

郭玉洁，媒体人，专栏作家。北京大学中文系毕业，先后任《财经》记者、编辑，《生活》《单向街》(后更名为《单读》)主编，《lens》主笔，路透中文网、纽约时报中文网、彭博商业周刊专栏作家，《界面·正午》联合创始人，《正午故事》主笔。2011年前往台湾东华大学攻读创意写作学位。著有非虚构作品合集《众声》。

郑在欢，九零后作家，音乐人。生于河南驻马店，长居北京，作品包括《驻马店伤心故事集》等。

蒯乐昊，资深媒体人，《南方人物周刊》总主笔，先后从事过经济、时政、社会等领域的报道。写作外，她兴趣广泛，业余写小说，画画，热爱古器物，迷恋科学和神秘主义，亦从事文学翻译，2020年出版首部短篇小说集《时间的仆人》。

索耳，1992年生于广东湛江，毕业于武汉大学。编过杂志，做过媒体，策过展。小说见于《花城》《钟山》《山花》《长江文艺》《鲤》《ONE·一个》等刊。曾获香港青年文学奖、押沙龙短篇小说奖。《伐木之夜》是他出版的第一部长篇小说。

双雪涛，出生于八〇年代，沈阳人，小说家。首届华文世界电影小说奖首奖，第三届单向街·书店文学奖"年度青年作家"，第三届宝珀理想国文学奖首奖得主。已出版作品包括长篇小说《天吾手记》《聋哑时代》《翅鬼》和短篇小说集《平原上的摩西》《飞行家》《猎人》。

孙一圣,85后,山东菏泽人,曾做过酒店服务生、水泥厂保安、化工厂操作工和农药厂实验员。现居北京。小说见于《上海文学》《人民文学》《文艺风赏》《天南》(已停刊)等杂志。出版作品有《你家有龙多少回》。曾获得"2015年紫金·人民文学之星奖""南方日报月度作家"等。

尤里安·金塔纳斯·诺贝尔(Yurian Quintanas Nobel),1983年出生于阿姆斯特丹,后成长并居住于西班牙的加泰罗尼亚。在他的个人摄影项目中,他通过摄影来接近生活中无形的、被隐藏的一面,探索其中的奥秘。他拍摄照片并不是为了传递信息,尽管他照片中的一切——地点、物件、人物——都是现实存在的,但被他自有的对真实的表现手法所呈现。尤里安的作品已于各类国际展览展出,并获得了 SFR Jeunes Talents for ParisPhoto(2014)、the Open Call Award of the Encontros da Imagem(2015)、LensCulture Emerging Talent(2018)等奖项。

胡波,作家,导演。出生于山东济南,毕业于北京电影学院导演系。台湾第六届华文世界电影小说奖首奖得主。出版作品包括《大裂》《牛蛙》《远处的拉莫》《大象席地而坐》。

李静,剧作家,著有话剧《大先生》《秦国喜剧》,随笔集《捕风记》《必须冒犯观众》等。

贾行家,1978年生人,非职业作者。出版有散文集《尘土》《潦草》。

许志强，浙江大学世界文学和比较文学研究所教授、博导，著有《马孔多神话和魔幻现实主义》，译有《加西亚·马尔克斯访谈录》《在西方的注视下》《水手比利·巴德》《文化和价值：维特根斯坦笔记》等。

徐兆正，青年批评家。哲学硕士，北京师范大学中国现当代文学在读博士。北京文艺评论家协会会员。主要从事中国当代文学与西方现代主义文学经典研究。在《读书》《今天》《当代文坛》《当代作家评论》《当代外国文学》《小说评论》《上海文化》《中国图书评论》《青年文学》等刊物发表文章50余篇，在《文艺报》《文学报》《北京日报》《新京报》等报纸发表文章80余篇。

颜歌，1984年生于四川成都。她是一名同时用中文和英文创作的双语作家。她的中文作品包括长篇小说《我们家》《五月女王》和短篇小说集《平乐镇伤心故事集》等，已被翻译成英文、法文、德文等多国文字出版。颜歌自2016年开始英文写作，她的英文作品发表于《纽约时报》《洛杉矶书评》、The TLS、《爱尔兰时报》(*The Irish Times*)、《刺痛的苍蝇》(*The Stinging Fly*)、《砖块》(*Brick*)等，并入选了爱尔兰国家图书奖短篇小说奖的长名单。颜歌的首部英文短篇小说集《别处》(*Elsewhere*)将由英国的Faber&Faber出版社和美国的Scribner出版社在2023年出版。

金逸明，80后，上海人，复旦大学英语系本科硕士毕业后留校任教6年，后移居美国。曾获2018年爱尔兰文学会驻都柏林圣三一大学国际译者奖，翻译作品有《艺伎回忆录》《第十三个故事》《黑暗的另一半》《夜晚马戏团》《小报戏梦》《耶路撒冷，一个女人》等。

《单读》荣誉出版人

龙瑾	昕骐	唐胜	苗蕾	袁小惠	宋莉	白晓萱
杨茜	邵竞竹	徐苗溪	肖洪涛	阙海建	言木斤	祝兵
朱晓舟	刘思羽	刘小军	何海燕	霍冕	李顺军	吉云龙
傅晓岗	王树举	菜菜	唐莺	叶晓薇	小花	蒋和伶
禹婧	杜燕	梅卿	王炜文	唐静文	谢礼兰	安木
喻庆平	徐铭	路内	鲍鲸鲸	綦郑潇	吉晓祥	陈硕
孙博伟	黄岩	侯芳丽	荔馨	王剑光	任浩宁	王学文
薛坤	贝塔	张蕾	刘红燕	苏七七	廖怡	章文姬
李润雅	潘露平	王元义	王滨	刘颖	张维	王作辉
恩惠	吴俊宇	洪海	尤勇	涂涂	童瑶	冯婷婷
王小冬	宁不远	桃二	段雪曦	郭旭峥	粥左罗	武卓韵
关小羽	王小好	徐舸	杜蕾	杨怀新	桑桑	光妹

冯丹帅　初　孔晓红　郭东晓　王大江　姜静　冯欢欢
张华　李峰　李莉　马那　若菲　王一恒　闫蕴
李伟峰　吕墨杨　余勇　伍瑾　张若希　张海露　孟哲
景上　刘婧璇　刘婷　董涌祺　董怡林　刘伟　高晓松
梁鸿　姚晨　祁玉立　西川　张宇凌　秦海燕　于忠岩
李佳羽　七茗　罗君　段孟然　马丁　邵竞竹　喵小乐
刘亿帅　薛亦丁　马静　洪海　李泓堃　顾晓光　邹颉
裔照珺　方照雪　胡应兵　杨宁军　尹铁钢　王文雁　管洛克
李强　马塞洛　汪莎　四自　李大兵　孙起　王琼林
唐步云　于震坤　娄广博　金颖　陈菊芳　查涟波　王明峰
李亦寒　枕梦　曹越　向梦月　王峥　李杨　林巧云
李浩宇李浩翰　福璞美术馆　进步文化传媒　浙江台主持人张茜
雁楠山人　小明胜意　姚远东方　大志小冰　李鑫闻敬
俐安心语　白鹊艺术　上海彩虹室内合唱团　生命通识学院创始学员
SoulSaint WONG　JOYOU 悦随文化　文域設計謝鎮宇　听筝读诗
MUWU Studio　Jassie　sunsun　Grace　mybrightash　Rick Yang

（以上排名不分先后）

图书在版编目（CIP）数据

单读.27，死里逃生：2021原创小说选/吴琦主编. -- 上海：上海文艺出版社，2021
ISBN 978-7-5321-8048-6
Ⅰ.①单… Ⅱ.①吴… Ⅲ.①社会科学-文集②短篇小说-小说集-中国-当代 Ⅳ.①C53②I247.7
中国版本图书馆CIP数据核字(2021)第150246号

发 行 人：毕　胜
责任编辑：肖海鸥　邱宇同
特约编辑：刘　婧　罗丹妮
书籍设计：李政坷
内文制作：李政坷　李俊红

书　　名：单读.27，死里逃生：2021原创小说选
主　　编：吴　琦
出　　版：上海世纪出版集团　上海文艺出版社
地　　址：上海市绍兴路7号　200020
发　　行：上海文艺出版社发行中心发行
　　　　　上海市绍兴路50号　200020　www.ewen.co
印　　刷：山东临沂新华印刷物流集团有限责任公司
开　　本：787×1092　1/32
印　　张：11.75
插　　页：36
字　　数：220千字
印　　次：2021年8月第1版　2021年8月第1次印刷
Ｉ Ｓ Ｂ Ｎ：978-7-5321-8048-6 / I.6371
定　　价：59.00元

告读者：如发现本书有质量问题请与印刷厂质量科联系 T：021-37910000

情陷亚历克斯·韦伦

撰文
—
颜歌

译者
—
金逸明

本辑《单读》以别册的形式首次推出"中英小说对读"栏目,以此呈现不同的语言所带来的叙事差异。

作者颜歌自 2016 年起开始进行英文创作,在此之前,她已经在中文世界出版过多部小说(集)。本辑收录的短篇小说,是颜歌用英文写作、由中文译者翻译的。同一个故事,在两种语言中,会有怎样的不同吗?

当亚历克斯·韦伦成为我人生的一部分时，他已经去世了。然而，我是很久以后才意识到这一事实的。

我是在"外国无字幕电影"小组的一次聚会上遇见亚历克斯的。日期是3月2号。放映的影片是《秋刀鱼之味》[1]。聚会的地点是欧文（组织者）位于米斯街附近的工作室。收费是5欧元一人（其中包括一杯红葡萄或白葡萄酒）。

我到的时候，电影已经开始了。我弯下腰蹑手蹑脚地走进去，在后排的一个位置上坐下。亚历克斯就坐在我的旁边，但我们整场电影都没有说话。

---

[1] 《秋刀鱼之味》是1962年上映的一部日本电影，导演是小津安二郎。影片讲述了一位老年鳏夫为自己唯一的女儿安排婚姻的故事。——译者注，以下注解均为译者注。

电影结束时，他转向我，问我现在几点了。我看了一下手机，告诉他是9点15分。

"我喜欢他们在最后唱的那首歌。"他说，"你觉得这个电影讲的是什么？"

"感觉是那老头快死了，于是他给自己的女儿安排了一门亲事。"我说。

"我不这么认为。"他不同意我的看法，"我觉得他喜欢那个酒馆老板娘，所以他女儿决定把自己嫁出去，这样她父亲才可以寻找他自己的幸福。"

"那样的话，是不是也太过迂回了？"我皱起眉头。

"这确实算不上直截了当地交代。"他承认，"但日本文化不就是这样的吗？克制且暧昧。"

"我对日本文化不是很了解。"我冲他一笑。

"我叫亚历克斯。"他对我咧嘴笑笑。

"你好，亚历克斯。"

"你叫什么名字？"他问。

于是我告诉了他我的名字，并简单教了他一下我名字的发音。接着他问我的名字是什么意思。我便对我实则乏味的名字阐释了一通。他回应说这名字美得不可思议，我谦虚地点点头，再度接受一轮对我的文化和我自以为是的祖先们的赞美。

接下来全是老一套。我们聊了天气（老是下雨且多变），他是哪里人（基尔肯尼[1]），从那儿开车到都柏林要多久（一个半小时），以及其他一些事情。

"你在爱尔兰多久了？"聊了一会儿，他问我。

"如果我告诉你说，其实我来自蒂珀雷里[2]，你会相信吗？"我说。

他大笑起来。"你这是逗我玩的吧！"

他看看手机说，他要去修士街[3]会朋友，并问我是否有安排。

"我现在要回家了。"我说。"太晚了。"

"还不到十点啊。"

"蒂珀雷里很远[4]，你懂的。"我说着便拿起自己的挎包。

他笑得抽气。

"在脸书上加我，好吗？"我走之前，他问我，"名字是亚历克斯·韦伦。"

"行啊。"我点点头，走出门外。

---

[1] 基尔肯尼（Kilkenny）是爱尔兰东南部城市。
[2] 蒂珀雷里（Tipperary）是爱尔兰中南部的一个郡。
[3] 修士街（Vicar Street）不是一条街道，而是都柏林市内著名的一处艺术演出场所，位于都柏林 8 区的托马斯街 58 号。
[4] 有一首爱尔兰民歌就叫《蒂珀雷里很远》（"It's a Long Way To Tipperary"）。

★

抱歉让你费神了,我承认以上的对话不是特别有趣。然而,我必须把它的细节全都讲清楚,因为它是我和亚历克斯之间唯一的一次交谈。现在,我尽快讲一下故事的关键部分。事情是这样的:

回公寓的路上,我在脸书上加了亚历克斯,当时大概是晚上10点30分。

当我到家时,我的室友在她的卧室里,咖啡桌上剩了些玉米片和鹰嘴豆泥。于是我坐下来,一边吃一边在Instagram上逛,看了大约半小时,然后我去卫生间尿尿。那时候差不多是半夜12点了。

我吃了太多的玉米片和鹰嘴豆泥,睡不着。于是回到卧室,开始写论文/等着食物消化。我盯着Word文档盯了大约二十分钟,接着上Youtube看了大概三个小时的老中文电视剧。

终于,我决定准备睡觉了。我去卫生间盥洗,却被一则测试吸引住了("你是《权力游戏》中的哪个角色?"),又在马桶上坐了35到45分钟。

然后,我躺在床上,刷着手机,等着这一天沉淀下来。凌晨4点47分时,我收到了脸书的通知。亚历克斯·韦伦接受了您的好友请求。好小伙儿,我想。我想要点进他的主页看看,给他发条信息什么的，但我太累了，就放下手机睡过去了。

第二天，我在快中午的时候醒过来。我开始忙来忙去的，大约花五小时做了一堆有的没的。期间，我每过三五分钟就习惯性地看看手机，但没有来自亚历克斯的信息。

在热一罐乐购超市的速食汤，给两片苏打面包涂上黄油，准备拿它们当晚饭时，我决定私信亚历克斯。于是我点进他的脸书主页，就在那一刻，我看到他的动态墙上有帖子接连不断地冒出来。

安息，亚历克斯。听到这个消息，我的心都碎了，一个人的帖子说。

安息，兄弟。在那一边好好过，另一个帖子写道。

还有许多其他类似的帖子。

那是3月3号，晚上6点10分。我从他的脸书上得知，亚历克斯在那天早上死了。发生了一个意外，他被送到圣詹姆士医院，早上6点15分死在了那里。

我差点把手机掉进胡萝卜香菜汤里。

★

这不是我第一次经历网络死亡。但这一次死亡也发生在现实中。又或者,是这样的吗?整个晚上,我都在质疑这条消息的真实性。它会不会是亚历克斯和他的朋友们搞的一场恶作剧呢?

我构想的情形是这样的:

亚历克斯:我刚遇见了一个姑娘。她还蛮好看的。

友人甲:哦,是吗?

亚力克斯:她是中国人。其实我也不太确定。她说她是蒂珀雷里人。但她看上去像中国人,名字听起来也是中国名字。

友人甲:那么,假如看上去是鸭子,游水时也像鸭子……

亚历克斯:嘿!……等一下,她刚在脸书上加我了。

友人甲:酷。给我看看她的头像。

(亚历克斯给他朋友看了我的头像照片。)

友人甲:嗯……我不知道……你觉得这叫好看?

(亚历克斯打量着我的头像照片。)

亚历克斯:我不知道……也许吧?啊,不说了。

(亚力克斯收起手机。他们开始喝酒,接着现场表演开始了,于是他们听着音乐,嗨到很晚的时候。之后,他们去一个朋友的公寓,吸了些大麻。凌晨五点左右,每个人都酩酊大醉时,亚力克斯突然大喊了一声。)

亚力克斯：妈的！我好像不小心把她加上了！

友人乙：谁啊？

亚历克斯：我遇见的一个中国姑娘。

友人乙：你去过中国了？中国东西蛮好吃的。

友人丙：月亮要来抓我们啦！

亚历克斯：妈的！妈的！我现在没法取消操作。我该怎么办？

友人甲：我们该怎么办？是月亮人！月亮人正在弄死月亮！

友人乙：冷静点。看我来收拾你的烂摊子，废物！

（乙掏出手机，开始打字。）

友人乙：去看你的脸书，亚历克斯。

（亚历克斯掏出手机，看他的脸书。他歇斯底里地大笑起来。）

友人甲：怎么啦？给我看看！

（甲拿过亚历克斯的手机，大声念道：安息，亚历克斯。听到这个消息，我的心都碎了。）

友人甲：绝了！等一下！

（甲掏出手机，开始在亚历克斯的脸书墙上发帖。接着友人乙、丙、丁、戊纷纷加入发帖。）

我越想越觉得这很有可能。在这种情况下，亚历克斯依然还活着——他可能是一个混蛋，但应该还活着。所以，归根结底的问题是：如果你遇到一个男人，还有点喜欢他，结果却发现他是一个混蛋，你是想要他继续毫无歉意地做一个混蛋，假装自己死了呢，还是宁可他真的死了，却可能是一个好男人？

★

这并不是全无依据的猜测。首先，亚历克斯在脸书上有1257个好友。仅仅上个月，他就在修士街签到两次（2月10号和17号），格罗根三次（2月7号、8号和20号），爱德华勋爵两次（2月5号和22号），长厅三次（2月2号、14号和25号），鲍斯[1]四次（我甚至都懒得再次核对日期了）。

我明白你或许会说：但那可是2月份，他不去酒吧还能去哪里呢？但还是去太多了吧。而且，假如我告诉你说，在去酒吧的十四次里，亚历克斯有七次感觉疯狂，五次感觉兴奋，你又会怎么想呢？只有两次是别人@他，所以我没办法知道他到底是什

---

1 这里提到的格罗根（Grogan's）、爱德华勋爵（The Lord Edward）、长厅（The Long Hall）和鲍斯（Bowes）都是都柏林市中心著名的酒吧。

么感觉。但在他跟朋友们的合影里，他看上去状态好得很。他的朋友们也是如此。

那么有没有可能他就是一个花花公子，在脸书上搞了个恶作剧来捉弄我，因为在他的朋友甲看来，我并不好看？

另一方面，有些事却显示了一种略微不同的生活方式。比如，他在好读网上看过572本书，给493本书打过分（平均分是3.73），写过89则评论。他在"失眠爱尔兰"[1]做过无数次活动志愿者（23次），帮助咖啡成瘾或睡眠不足的人。他是一支乐队的吉他手，乐队在Bandcamp[2]上名叫"虚构香蕉"，他们共上传了三首歌曲（《如何谋杀月亮》、《河马》和《电视机开着》）。他还在爱彼迎上组织了一个叫"漫步凤凰公园：认识爱尔兰树木和灌木"的徒步游。收费30欧一人，有三个五星评价。

如此种种。

我弯腰弓背地坐在笔记本电脑前，搜索网上所有关于亚历克斯·韦伦的信息。我的室友过来敲我的房门，她说："你能不能不要看中国肥皂剧了？写

---

1 "失眠"（Insomnia）是爱尔兰著名的本土咖啡连锁店。
2 Bandcamp是美国的一家在线音乐公司，艺术家和音乐厂牌可以把音乐作品上传到Bandcamp的网站，自行定价在网站上售卖。

你的论文。""是不是我妈叫你这么说的?"我头也不转地问她。"不是!"她喊道。"她只是关心你,你明白吗?"

"别急。我这是在为写论文做研究。"我一边向下滚动亚历克斯的好友页面,一边说。

"我从这里能看见你屏幕上的脸书界面!"她吼了一句,然后走开了。

★

先别管什么论文了。此时此刻,我需要调查清楚这件事。我得知道亚历克斯·韦伦是一个什么样人,他真的死了吗?如果他真死了,那他是刚好在死之前在脸书上加了我吗?

我仔细研究他脸书上的1257个好友。他们中有202个人住在都柏林。于是我一一点开这202个人的主页,终于发现一个名叫米汉·哈宁根的人,他的脸书个人动态是公开的。

看来本周五晚上,米汉会去萧伯纳酒吧,参加一个叫"布莱克书店[1]之夜"的活动。于是我也去了,我在人群里搜索了几分钟,认出了他。

"嗨,米汉!"我到他身边,拍拍他的肩膀。

他看看我,明显有点摸不着头脑。"嗨?"他说。

"我是亚历克斯的朋友。"我说。"几周前我们在修士街见过,记得吗?"2月10号,他跟亚历克斯一起在修士街。

"哦!"他点点头。"我想起来了。你好,你最近怎么样?"

我松了一口气,调整一下站姿。"挺好的!我很好,你呢?"我问。

"不错。不错。"他说。

"亚历克斯的事太让人遗憾了。我简直不敢相信!"我叹息着摇摇头。

"可不是!我正在想这事,天哪!"他揉揉自己的眉毛。

我想要问下去,他却说:"不好意思,能再跟我说一下你的名字吗?我老是记不住别人的名字。"

"我叫克莱尔。"我说。

"哦。"他说。"克莱尔?"

---

[1] 《布莱克书店》(*Black Books*) 是英国一部以书店为背景的肥皂剧。

"克莱尔·科林斯。"我对他报上全名。

他似乎感到满意。连名带姓,那一定是真名。

于是我们继续聊天。他这周都在忙着编程,试图修复一个基本上无法修复的应用程序。"质保部门不停地把它发回给我!我叫他们把它发给工程师,但没人听我的。于是它就一直被发回到我手里。"我这星期过得也不怎么样。苦熬三个晚上后,我在最后期限前把论文交了上去,却发现教授在罢工。"提前一周让我们知道,省得我喝掉一整罐咖啡,会让他死吗?"另一波来自俄国的寒流正在袭来。南威廉街上有一家超棒的桑拿。"说到这个,现在都柏林的餐饮业越来越繁荣了,简直让人难以置信,不是吗?"从这里我们顺水推舟地聊起了不用特别动脑子的饮食话题,我心不在焉地跟他聊了大约十五分钟,才抓住一个机会结束谈话。

"跟你聊天非常开心。但我现在真的得走了。"我说。"对了,如果你不介意的话,我想问一下,亚历克斯是怎么……你知道吗?我听说是一场意外。是怎么发生的呢?"

"哦,你没听说吗?没错,他们大概也不想到处宣传……他自杀的。在卫生间割腕。你能相信吗?"他摇头补充道。

我的脑子陷入一片空白,我听到他问:"那么我们在脸书上已经是好友了吗？不是的话，加我。"

★

我是从我妈那里学会这点的：如果你想打听某件特别重要的事情，得把它留到最后问。"不要一上来就问。那样不礼貌。"她说。"你得跟别人聊天。你得听别人说话。你要跟人家热络起来，向他们显示你很上心。到了最后再问你真正想问的事情。问的时候态度要自然。"

我妈是我认识的最能干的女人。她聪明，勤劳，适应力强得惊人。我爸在我小时候去世后（她告诉我说，当时我才十八个月大），她独自一人抚养我。2005年，她在网上碰到一个离婚的男人，他们很快就好上了。那年夏天他来中国见她，离开前在机场向她求婚。他们订婚，并在2007年春天领了证。之后，我妈卖掉我们的公寓，我们跟她的新丈夫尤金·科林斯一起来到爱尔兰。

科林斯先生和夫人依然幸福地生活在蒂珀雷里郡风景如画的凯尔镇。她给自己改名叫作艾米，跟别人说我叫克莱尔。"克莱尔·科林斯。"她试图让我接受这个名字。"听上去很合适，你不觉得吗？"

"那就不是我的名字。"我告诉她说。

"但这样对大家而言都更方便!好啦,晓寒。这是为你好!"她说。

我妈永远知道什么对我最好。最终,我接受了这个名字,并开始乐于观察当人们听到我说我是克莱尔·科林斯时的表情变化。"是的,那是我。这有点搞。说来话长。"我会说。总的来说,这是很好的开场白,也是一个讨喜的消遣话题。

但是,我遇到亚力斯克时却没有那么做。出于某种原因,我跟他说了我的真名,并教他如何发音。

"笑,汉。"我记得他念道。

"好极了!"我笑起来。我没跟他说,我其实都不记得上次别人叫我"晓寒"是什么时候了。

★

跟米汉·哈宁根聊天后,因为感到头晕,我打了车回家。我的室友和她男朋友在客厅看电视。"嗨,克莱尔,你今晚过得如何?"我进门时,她的男朋友朝我挥挥手。我的室友说:"你一会儿能给艾米打个电话吗?她说你已经一周没有给她打电话了。"

"我会给她打电话的。"我说,然后关上卧室门。

亚历克斯在2016年11月8号发了这个帖子：

我们视为理所当然的东西：一品脱健力士。洗好包装好的菠菜。八只产自哥斯达黎加的香蕉只需一欧半。气泡水。电插座。公共洗手间里的厕纸。弗兰兹·卡夫卡的短篇小说。免费的流媒体音乐。谷歌地图。4G数据。脸书好友。身为白人。欧盟。一位民主党美国总统。团结。全球化。理性主义。自由。生命。

这个帖子有210个赞和三条评论。

我坐在床上，把它读了十来遍，一字一句轻轻地念出来，仿佛它们是一条咒语。

我想在这个帖子下面发一条有意义的回复。我试了试，失败了。

于是我给它点赞。

211个赞。

如果亚历克斯没有死掉的话，我想我是不会被他的这个帖子打动的。死亡是一个巨大的乐摸滤镜，透过它，每一个字、每一节段落、每一行代码、每一种算法都显得庄严肃穆、充满先知。

3月3号清晨，看完日本电影《秋刀鱼之味》（无字幕版），在修士街喝过几杯，接受了我的好友请求后，亚历克斯·韦伦对他自己宣判了死刑。

他留下的是这个在美国总统选举结束后发的帖子，还有其他的帖子是关于他听到的新闻、读过的书籍和喜欢的音乐。再加上表情符，照片，短视频，活动；实际上，他留下的是他的整个脸书账户，他的Instagram，推特，品趣志，快拍，汤博乐，贝宝……一整个世界。

我想我已经说得很明白了：这是一个爱情故事。这是一个关于男孩遇见女孩的爱情故事。一个爱尔兰男孩在都柏林遇见了一个中国女孩。他们一见钟情，决定成为脸书好友。很快他们就会真的开始约会，男孩却死了。尽管如此，他留下了一个规模巨大、自我衍生的网络档案，它让中国女孩一下子就沦陷了。

★

我们第一次约会将是这样的：

我们相约周四在托马斯街上的曼宁烘焙咖啡馆吃午饭。去之前，我查猫途鹰，发现大多数顾客都推荐他家的胡萝卜蛋糕。

我：我要一块胡萝卜蛋糕。还有，一杯拿铁。

服务员：好的。

（她重复并记下我们点的东西，然后走开了。）

亚历克斯：你吃蛋糕当午饭？

我：为什么不可以？今天是周四。

亚历克斯：周四有什么特别吗？

我：因为它的缺乏特点而特别。

（亚历克斯笑得抽气。）

我：那么你是做什么的？

亚历克斯：我在疯魔无政府主义公司上班。

我：这不是一个真的单位。

亚历克斯：我的脸书是这么说的。

我：但你怎么说呢？

亚历克斯：我说我们应该相信我的脸书。

（我笑起来。服务员拿来我们点的东西。她摆好餐具、杯子和盘子，便走开了。亚历克斯喝了一口咖啡。我用叉子切下胡萝卜蛋糕的一角。）

我：假如我可以就这么相信你的网上资料，那我们为什么还需要见面？有什么你可以当面告诉我、你的脸书却不能告诉我的事吗？

（亚历克斯想了一会儿。）

亚历克斯：这么说吧：你如何定义认识一个人？比方说，假如我们在一起一个月，我们共享空间，我们吃饭，我们喝水，我们看电视，我们做爱。但我们不交谈——我们有日常交流，但我们不会真正地对话。你不知道我喜欢什么，不喜欢什么，我上的是哪个大学，我最喜欢的作家是谁，诸如此类。但我们在一起的时间很多很多。在这种情况下，你能说你认识我吗？另一种情况是：你看了我的脸书和其他网上档案，而我们可以相信它们提供的所有信息，对吧？你了解我的一切。我喜欢 The Cure，讨厌 Maroon 5[1]。我的母校是都柏林大学学院。我最喜欢的作家是卡夫卡。你知道我所有的想法，完全明白我是怎样的一个人，但你其实从未跟我共处过很久——就是说，我们只是短暂相遇过。那么，你能说你认识我吗？

（亚历克斯说话的时候，我慢慢地吃完了我的胡萝卜蛋糕。喝着我的咖啡。）

我：你说的这些都是假设。但现实的情况是：我们正坐在这里——你最常来的咖啡店，我想要直接问你一些问题，可以吗？

亚历克斯：问吧。

我：告诉我，你为什么自杀？还有，为什么你

---

[1] 中文资料常把 The Cure 翻译成"治疗乐队"，把 Maroon 5 翻译成"魔力红"。

刚加完我,就自杀?假如我当时立刻给你发个消息,情况会有所不同吗?

(亚历克斯看着我。他微微一笑。)

亚历克斯:你觉得呢?

★

亚历克斯死前的一周,发了这个帖子:

我在考虑搬去异国他乡。我说的不是加拿大,新西兰,阿联酋或西班牙。我说的是真正的异国他乡。不是什么另一种版本的小爱尔兰。那里没有培根煮卷心菜,没有炸鱼薯条,没有任何诸如此类的家乡菜。没人说英语。我想要把自己从现在的生活中彻底抽离出来,开始一种全新的生活——我不懂那里的语言,不了解任何文化背景,也看不到半个我的同类人。脸书上的大家,有什么推荐吗?

一些人建议中国。还有一个更为懂行的愤青朋友回复说:朝鲜?

我完全明白他在说什么。我来爱尔兰的第一年,在语言学校读书时,就是这样的感觉。接着是第二年。第三年。第四年,第五年,第六年。

"克莱尔。"我的室友敲门说。"史蒂芬和我要去格罗根见朋友。你要一起去吗?应该会很好玩的。"

于是我跟他们去了格罗根。那里,他们的朋友围坐在两张拼在一起的桌子边:戴着闪亮首饰的漂亮金发女人,抹着香氛发胶的高大男人。

我被示意去坐在一个脸上挂着友善微笑的小个子男人旁边。"艾伦。"他自我介绍说。

"我叫克莱尔。"我笑着回应。

"你是怎么认识劳拉和史蒂芬的?"艾伦问我。

"劳拉和我妈是朋友。"我说。

"哦?"他愣了一下,看了一眼劳拉。

"我开玩笑的。我是她的继妹。"

"我猜也是。我以前听说过你。"他松了一口气,笑着说。

史蒂芬帮我拿来啤酒。我口渴地喝了一大口。

"那么,你来自中国?"我们继续聊天。

"没错。"我点点头。

"跟我说说,中国是什么样的?我一直想去那里。"

"我也说不清楚。我离开已经快十年了。现在那里大概很不一样了。"我又喝了一大口。

"哇,十年。那么你想念中国吗?"

"有时候。"

"你觉得爱尔兰怎么样?"

"挺好的。美丽的国家。友善的人民。"我说,并喝完了啤酒。

"你喝得真快!"他终于注意到了。"我再给你要一杯?"

"不用了。"我放下玻璃杯,靠在椅背上。"我很好。我们聊天吧。"

在适度酒精的作用下,我开始对我们的谈话有了兴趣。我们聊天,大笑。然后站起来,去酒吧/洗手间,不动声色地换了位子。新饮料。新朋友。握手,微笑。我是克莱尔。我来自中国。哪里哪里,我的英语不是很好,但谢谢你的夸奖。是的,我很喜欢爱尔兰。美丽的国家。友善的人民。

之后,在回家的出租车上,劳拉说:"我很高兴你来了。看上去你玩得很开心。"

"是的。我玩得很开心。"我说。

"那么,艾伦怎么样?"史蒂芬从前座转过来问。

"什么艾伦怎么样?"我反问。

"你觉得他怎么样?聊天有意思吗?"他追问道。

"我不知道。我只跟他聊了一会儿,十分钟吧。"

"那么就是没意思?"劳拉说。

"没意思。"我肯定地说,确保她在跟我妈汇报时包括这一点。

★

我循环播放亚历克斯乐队的那首《河马》,继续写我的论文。这是一首轻松的歌曲,曲调婉转,有点北欧独立音乐的风格。

曾经,我快死了
被炒鱿鱼,被女友踢出家门
她说,下地狱吧,混蛋
她说,不要回来,除非你给我买菲拉格慕

曾经,我快死了
我坐在休斯敦车站[1]外,乞讨零钱
我说我饿死了,行行好,我饿死了
我说我想吃一个春卷,否则我就会死掉

终于,一个来自斯莱戈[2]的男人朝我走来
他说给你,孩子,一张都柏林动物园的门票
他说相信我,你就是需要看看动物
你需要看看动物,你就永远不会死

---

1 休斯敦车站(Heuston Station)位于都柏林8区,是爱尔兰的主要火车站之一。
2 斯莱戈(Sligo)是爱尔兰北部的一个海滨小镇。

曾经，我差点死掉
我去都柏林动物园，去看动物
我看到了长颈鹿，大象和猴子
海狮，斑马和火烈鸟
而且，我甚至没忘记去看河马

长颈鹿，大象和猴子
海狮，斑马和火烈鸟
而且，哦，别忘记还有河马
河马，河马，河马，大河马

★

  网站上没说明，但我相信歌词是亚历克斯写的。他看上去像是那种去动物园不会忘记看河马的人。

  我发现自己又在网上晃荡，追溯亚力克斯的足迹。他死了有两星期了。他的脸书主页上，之前，悼念的帖子一个接一个地出现在他的动态墙上，犹如一波汹涌的浪潮。如今他的动态墙则静了下来。一天里只有一两次，浮现出一句随意的"安息"，或一个红蜡烛和祈祷手势的表情符。

自然而然地，我决定阅读所有这203个帖子，研究人们对亚历克斯的看法和记忆。很多朋友形容他"慷慨大方"。"热情洋溢"一词出现了五十二次。其次是"敢于冒险"（三十一次），"有情有义"（二十八次），"直觉敏锐"（十七次），"独具创意"（十四次），还有"品位风雅"（十次）。一个人说他想念他的"古灵精怪"。另一个人说他"妙趣横生"。还有一个苏珊·伯恩斯写道，"他是都柏林最有魅力的人物"。

我们失去了都柏林最有魅力的人物。我不知道你们大家会怎么做，但今晚我要酩酊大醉，她发帖说。

最令人吃惊的帖子出现在三天前。它说：于是我辞去工作，结束租约，买了一张去曼谷的机票。你是对的，我的兄弟。我们在这里的生活变成了一只怪兽，是时候逃跑了。在它生吞活剥你之前，抽身离开。

发帖人是米汉·哈宁根。我点击他的主页，他出现在屏幕上，身穿三文鱼般橙粉色的短袖衬衫，头戴太阳眼镜，手持热带鸡尾酒，面对相机咧嘴笑着，已经在曼谷的红糖酒吧[1]签到过了。

---

1 红糖（Brown Sugar）是曼谷一家著名的爵士酒吧。

我大笑起来，拼命地笑，一直笑到开始咳嗽。我费劲地撑着桌子站起来，合上手提电脑。

早就是下午了，我却还没吃饭。我走进厨房，搜寻可以填肚子的东西。冰箱里有一块吃了一半的芝士蛋糕，保质期就到今天。

当我在厨房的餐桌边坐下，拯救这块即将腐烂的芝士蛋糕时，我想到了生活的怪兽。我想到它其实可能就藏在我的卫生间里。它很黑。很重。皮肤光秃无毛。呼出的气又脏又臭。眼睛小而凶残。嘴巴巨大贪婪。是这只怪兽吞噬了亚历克斯的生命，它现在正藏在我的卫生间里，监视着我。

"克莱尔！"劳拉在我背后喊道。我哆嗦了一下。

"干什么？你吓死我了！"我转过身。

"别怪我。"她把她的手机递给我。"艾米打来电话。她要跟你说话。"

★

"哈喽，克莱尔。"我妈讲话听上去很像英语听力测验。

"嗨，妈妈。"我说。

"你到哪里去了？你上个星期没有给我打电话。

我让劳拉叫你打电话给我的。"

"是的,没错。她有跟我说。"我说。"我上周很忙。"

"每个人都忙的。我们所有人都需要处理不同的事情。但我给你打电话。我给你打电话,因为我觉得这很重要。我分轻重缓急。"她摆事实讲道理地说。

"我的一个朋友死了。"我说。

"哦。"她略微惊叫了一声。"好吧,这是个让人难过的消息。"

我不知道该说什么,她继续说道:"你知道我们中文里怎么讲的,近朱者赤近墨者黑。你交朋友应该谨慎一点。都柏林是一个鱼龙混杂的城市。"

我了解我妈,我真的不该感到惊讶的,但我依然震惊不已。深吸了一口气,我说:"不是你想的那样。他是一个好人。"

"我相信他是好人。"她表示同意。"无论如何,我刚从劳拉那里听说,你不喜欢她的朋友。她说你觉得他不是很有趣?克莱尔,我不敢相信我又在对你重复这点:在做任何决定前,你能不能先掂量一下你自己?你不是一个非常有吸引力的女人。你在这个国家是一个外国人。你已经二十七岁了,却还在上大学本科,读新闻专业。"她特别强调了"新闻专业"。"所以,不要犯傻了,不要做什么白马王子的白日梦了——那是不会发生在你身上的。实际点,做人有点效率。我们已经浪费了许多时间。我们来爱尔兰时,你不得不先去读语言学校,之后又回高中重修了两年。所以你现在必须采取行动。听着,我安排你跟劳拉住在一起,是有原因的……"

她没完没了。我猜测她可能过了糟糕的一天,然后又很想我。自从我搬来都柏林读大学,她就变得越来越神经质,每次打电话来都咄咄逼人。或者,可能是我们的母语让我们退化成原始状态,让我们变得异常敏感和脆弱。我感觉我的喉咙像在火烧。极其难受。

她上一次打电话来是两周以前。那天晚上有"外国无字幕电影"小组聚会,我已经要迟到了,她却喋喋不休地一直说到七点过。

我到了欧文的工作室后,发信息给他,他下来开门让我进去。电影已经开始了。房间里坐着六七个人。只能看见他们的剪影。巨大的下拉屏幕上,一个苍白的日本女人面无表情,直勾勾地凝视着前方。投影仪发出的嗡嗡声给整个房间平添了一种诡异的寂静。

很快我便意识到,这部电影是关于一对父女,丧偶的父亲和未婚的女儿,一起生活在他们老而破旧的房子里。他们坐在一张小桌子边，一起吃饭，各自面前放着一盘蔬菜和一碗米饭。我哭了起来。电影十分安静，所以我咬住嘴唇，握紧拳头。

正在那时，最最奇怪的事情发生了。坐在我旁边的是一个男人。我发现他的肩膀颤抖起来，还不时吸着鼻子。

他也在哭。泪水从我的眼睛里涌出来。这是我和亚历克斯，我们的剪影颤抖着，无声地哭泣；与此同时，日本父亲和女儿在说话，用一种陌生的语言，在黑白的银幕上，没有字幕。

《情陷亚力克斯》（How I fell in Love with the Well-documented Life of Alexander Whelan），原载于《多种多样：新爱尔兰短篇小说》(*Being Various: New Irish Short Stories*, by Faber & Faber Press, May 2019)，这篇小说入选了2019年爱尔兰图书奖（Irish Book Awards）年度短篇小说长名单。

By the time Alex Whelan became part of my life he had already died. However, it was not until much later that I became aware of this fact.

I met Alex at a meeting of the Foreign Movies No Subtitles (FMNS) group. The date was March 2nd. The movie was *An Autumn Afternoon*. The meet-up place was Eoin (the organiser)'s studio off Meath Street. And the fee was 5 euro per person (with a glass of red/white wine).

When I arrived the movie had already started. I stooped and sneaked in, taking a seat at the back. Alex was sitting right beside me but we didn't talk for the duration of the movie. Only when it was over did he turn to me and ask for the time. I checked my phone and told him it was 9.15.

'I like the song they sang at the end,' he then said. 'What do you think this movie is about?'

'It seemed the old man was about to die so he

arranged a marriage for his daughter,' I said.

'I don't think so,' he disagreed. 'I think he liked that hostess woman and the daughter decided to get married so her dad could find his own happiness.'

'Wouldn't that be too much of a twist?' I frowned.

'It wasn't straightforward anyway,' he admitted. 'But isn't that what Japanese culture is about? The forbearance and the elusive love.'

'I don't know much about Japanese culture.' I gave him a smile.

'I'm Alex,' he grinned.

'Hello, Alex.'

'What's your name?' he asked.

I told him my name and briefly coached him on the pronunciation. Then he asked me what it meant. I in turn elaborated on my factually tedious name. In response, he said it was unbelievably beautiful and I nodded humbly to accept yet another round of applause for my culture and my smart-arsed ancestors.

It was all cliché. We then talked about the weather (wet and changeable), the place he came from (Kilkenny) and how long it took to drive there from Dublin (an hour and a half), among other things.

'How long have you been in Ireland?' he asked me at a certain point.

'Would you believe me if I told you I'm actually from Tipperary?' I said.

He laughed loudly. 'You must be kidding me!'

He checked his phone, saying he needed to head to Vicar Street to join the lads and he wondered if I had any plans.

'I need to go home now,' I said. 'It's too late.'

'It's not ten yet.'

'Long way to Tipperary, you know,' I said, and picked up my satchel bag.

He wheezed.

'Add me on Facebook, will you?' he asked me before I left. 'The name is Alexander Whelan,'.

'Sure,' I nodded and walked out of the door.

Apologies if I have challenged your attention span and I admit the dialogue above isn't particularly interesting. However, I had to show it in full detail because it was the only time we spoke. I'll go through the crucial part of the story very quickly now. What happened was:

On my way back to the apartment I added Alex on Facebook and it was approximately 10.30 p.m.

When I got home, my roommate was in her bedroom, having left some tortilla chips and hummus on the coffee table. So I sat down, had some food and lingered on Instagram for about half an hour before I went to the bathroom to pee. It was almost 12 a.m.

I had eaten too many tortilla chips and hummus to sleep. So I went back to my bedroom to work on my thesis/wait for the food to digest. I stared at the Word document for about twenty minutes and went to YouTube where I watched some old Chinese TV series for about three hours.

Eventually I decided to get ready for bed. I went to the bathroom to wash up and got caught up in a test (Which Game of Thrones Character Are You?) and sat on the toilet for another thirty-five to forty-five minutes.

Then I lay on my bed, browsing through my phone to allow my day to sink in. It was 4.47 a.m. when I got the notification from Facebook. Alexander Whelan accepted your friend request. Good man, I thought. I wanted to click into his page and maybe send a message but I was too tired so I put my phone down and fell asleep.

The next day I woke up around 12 p.m. I was running around and doing whatnot for about five hours during which I routinely checked my phone every three to five minutes but there was no message from Alex.

I decided to PM him while I was preparing dinner, heating up a Tesco soup and buttering two slices of brown bread. So I went to his Facebook page and that was when I saw the posts coming up on his wall.

R.i.p. Alex. My heart was broken when I heard the news, one person posted.

R.I.P. Bro. Have a good one on the other side, another message read.

And many others.

It was 6.10 p.m., March 3rd. I learnt from his Facebook that Alex had died that morning. There was an accident and he was sent to St James's Hospital and died there at 6.15 a.m.

I almost dropped my phone into my carrot and coriander soup.

It wasn't the first Cyberdeath I'd experienced. But this one also took place in real life. Or did it? I spent the whole evening questioning the authenticity of this news. Could it be a prank played by Alex and his friends?

This was how I pictured the situation:

Alex: So I just met this girl. She is kind of cute.

Friend A: Oh yeah?

Alex: She is Chinese. Actually I'm not sure. She said she's from Tipp. But she looks Chinese and her name sounds Chinese.

Friend A: Well, if it looks like a duck and swims like a duck ...

Alex: Hey! ... Wait, she just added me on Facebook.

Friend A: Cool. Show me her profile photo.

(Alex shows his friend my profile photo.)

Friend A: Hmmm . . . I don't know . . . You call this cute?

(Alex checks my profile photo.)

Alex: I don't know . . . Maybe? Ah never mind.

(Alex puts away his phone. They go drinking and then the gig is on so they enjoy the music until very late in the evening. Afterwards, they go to a friend's apartment to smoke some hash. It is around five in the morning when everybody is stoned and Alex cries out.)

Alex: Shit! I think I just accidently added her!

Friend B: Who?

Alex: This Chinese girl I met.

Friend B: You were in China? China has good food.

Friend C: The moon is coming to get us!

Alex: Shit. Shit. I can't undo this now. What do I do?

Friend A: What are we gonna do? It's the moon man! Moon man is murdering the moon!

Friend B: Chill out. Watch me save your ass, loser!

(B takes out his phone and types.)

Friend B: Check your Facebook now, Alex.

(Alex takes his phone out and checks his Facebook. He laughs out loud hysterically.)

Friend A: What? Show us!

(A grabs Alex's phone and reads out: R.i.p. Alex. My heart was broken when I heard the news.)

Friend A: Epic! Wait!

(A takes out his phone and started to post on Alex's wall. Then friends C D E F join in.)

The more I thought about it, the more it felt plausible. In this case, Alex would still be alive. He might be a dick but he would be alive.

Here is the fundamental question: if you meet a guy who you sort of like and he turns out to be a dick, would you like him to remain, unapologetically, a dick and pretend he is dead, or would you prefer he is actually dead, but possibly a good guy?

It was not entirely rootless speculation. For the start, Alex had 1,257 Facebook friends. And just in the last month, he had checked in at Vicar Street twice (Feb 10th and 17th), Grogan's three times (Feb 7th, 8th and 20th), The Lord Edward twice (Feb 5th and 22nd), The Long Hall three times (Feb 2nd, 14th and 25th), and Bowes four times (I don't even bother to recheck the dates).

I understand you might say: But sure it's February, where can he go if not the pub? But still. Plus, how would you feel if I told you that among the fourteen visits to local pubs, Alex was feeling crazy for seven of them, and excited on five of these occasions. There were only two times where he was tagged so I wouldn't be able to know how exactly he felt. But he certainly looked very well in the photos with his friends. And so did his friends.

So is it possible that he was a philanderer who played a prank on me via Facebook, because I was, according to Friend A, not cute?

On the other hand, there were things that suggested a slightly different lifestyle. For instance, he had read 572 books on Goodreads, rated 493 of them (3.73 avg) and written 89 reviews. He volunteered for numerous (23) events at Insomnia Ireland, helping people who suffer from either coffee addiction or sleep deprivation. He was the guitarist in a band named Imaginary Bananas on Bandcamp, where they had uploaded three songs (*How to Murder the Moon, Hippopotamus* and *The Telly is On*). He also hosted a tour on Airbnb, which was called Phoenix Park Walk: learn about Irish trees and shrubs. He charged 30 euro per person and had three five-star reviews.

And so on and so forth.

I slouched in front of my laptop, searching through all the online statistics of Alex Whelan. My roommate came over to knock on my door and she said: 'Would you stop watching Chinese soap operas? Work on your thesis.' 'Did my mother tell

you to say this?' I asked her without turning back.
'No!' she exclaimed. 'She is only concerned about you, you know?'

'Relax. I am doing research for my thesis,' I said, scrolling down Alex's friends' pages.

'I can see from here that's Facebook!' she bellowed and left.

Never mind the thesis. For now, I needed to get to the bottom of this. I needed to know what kind of person Alex Whelan was, whether he was really dead, and if so did he add me on Facebook right before the time of his death?

I looked into his 1,257 Facebook friends. There were 202 of them living in Dublin. So I clicked into the profiles of these 202 people and finally found a Micheál Hannigan who shared his timeline with the public.

It seemed there would be a Black Books night at the Bernard Shaw on Friday evening and Micheál was going. So I went and got a visual on him after a few minutes of scanning the crowd.

'Hi! Micheál!' I approached and tapped him on the shoulder.

He looked at me and was for a second visibly confused. 'Hi?' he said.

'I'm a friend of Alex. We met at Vicar Street a couple of weeks ago, remember?' He was at Vicar

Street with Alex on February 10th.

'Oh!' he nodded. 'I remember now. Hello, how are you?'

I relaxed and poised myself. 'Good! I'm good, how are you?' I asked.

'Not bad. Not bad,' he said.

'So sorry about Alex. I couldn't believe it!' I sighed and shook my head.

'I know! I was just thinking. Jesus!' He rubbed his eyebrows.

I wanted to proceed but he asked: 'Sorry, can you remind me of your name again? I'm terrible with names.'

'I'm Claire,' I said.

'Oh,' he said. 'Claire?'

'Claire Collins,' I assured him.

He seemed satisfied. If it came with a surname it must be real.

And then we conversed. He'd had a very busy week programming, fixing a new application that was basically unfixable. 'The QA keep sending it back to me! I said send it to the engineers but nobody listened. It just keeps coming back to me.' My week wasn't great either. After three nights of toil I sent in my thesis before the deadline only to find out that the professor was on strike. 'Would it kill him to let us know the week before so I could save myself a full tin of coffee.' Another cold wave was coming from Russia. There was an amazing sauna place on South William Street. 'Speaking of which, isn't it incredible, the emerging culinary scene in Dublin?' From there we slid into the friction-free zone of food talk, where I went on autopilot for about fifteen minutes before I seized a window to terminate the conversation.

'It was so nice talking to you. But I really need to run now,' I said. 'And, if you don't mind me asking, how did Alex, you know? I heard it was an accident. How did it happen?'

'Oh, you didn't hear? Right, they probably don't want to advertise it . . . He killed himself. Cut his wrist in the bathroom. Can you believe it?' he added, shaking his head.

I went numb and I heard him asking: 'So are we friends on Facebook yet? Add me if we're not.'

I learnt this from my mother: if you want to ask something really important, leave it till the end. 'Don't just go in and ask. It's impolite,' she said. 'You have to talk to people. You have to listen to them. You have to warm them up and show them you care. And then ask what you really want at the end of it. Ask casually.'

My mother is the most capable woman I know. She is bright, hardworking and unbelievably adaptable. She raised me all by herself after my father passed away when I was small (eighteen months, she told me). In 2005, she met a divorcee on the internet and they soon fell in love. He came to China to visit her in the summer and proposed at the airport before he left. They got engaged and tied the knot in the spring of 2007. Afterwards, my mother sold our apartment and we moved to Ireland with her new husband, Eugene Collins.

Mr and Mrs Collins still live happily in the picturesque town of Cahir, Co. Tipperary. She renamed herself Amy and introduced me as Claire. 'Claire Collins.' She tried to sell the name to me. 'It sounds right, don't you think?'

'That is just not my name,' I told her.

'But it'll be easier for everybody! Come on, Xiaohan. It'd be good for you!' she said.

My mother always knows what is best for me. In the end, I embraced the name and learnt to take pleasure watching people's faces change when I said I was Claire Collins. 'Yes, that's me. It's a bit mixed up. Long story,' I'd say. Overall, it was a great conversation starter and a delightful pastime.

I didn't do this when I met Alex, though. For some reason, I told him my real name and coached him on the pronunciation.

'Sh-aw, H-ung,' I remembered him saying.

'That's perfect!' I laughed. I didn't let him know that I couldn't really remember the last time someone called me Xiaohan.

After talking to Micheál Hannigan, I felt light-headed and took a taxi home. My roommate and her boyfriend were watching TV in the sitting room. 'Hi, Claire, how's your evening so far?' the boyfriend waved at me upon my entry. My roommate said: 'Can you call Amy later? She said you haven't called for a week.'

'I'll call her,' I said, and closed my bedroom door.

Alex posted this on November 8th 2016:

Things we take for granted: A pint of Guinness. Packed and pre-washed spinach. Eight bananas from Costa Rica for one fifty. Sparkling water. Electric sockets. Toilet paper in public bathrooms. Short stories of Franz Kafka. Free streaming music. Google Maps. 4G data. Facebook friends. Being white. European Union. A Democratic president of the United States. Solidarity. Globalisation. Rationalism. Freedom. Life.

It got 210 likes and three comments.

Sitting on my bed, I read it about ten times, whispering the words through my lips, as if they were a spell.

I wanted to respond with something meaningful under the post. I tried and failed.

So I liked it.

211 likes.

I didn't think I would have been moved by Alex's post had he not been dead. Death was a titanic LOMO lens, through which every word and paragraph, every line of code and every algorithm looked solemn and prophetic.

In the early morning of March 3rd, after watching the Japanese movie *An Autumn Afternoon* (without subtitles), after a few drinks at Vicar Street, and after accepting my friend request, Alexander Whelan sentenced himself death.

What he left behind was this post, which was written right after the American presidential election, along with other posts about news he heard, books he read and music he enjoyed. There were also emojis, photos, video clips, events; in fact, his whole Facebook account, his Instagram, Twitter, Pinterest, Snapchat, Tumblr, PayPal . . . an entire world.

I believe I've made myself clear: this is a love story. This is a love story about boy meets girl. An Irish boy meets a Chinese girl in Dublin. They like each other instantly and decide to be friends on Facebook. It won't be long before they actually start seeing each other but the boy is dead. Except that in this case he leaves behind an enormous and self-proliferating online archive with which the Chinese girl will find no problem falling in love.

This is what our first date is going to look like:

We are meeting for Thursday lunch at Manning's Bakery and Cafe on Thomas Street. Before I go, I check on TripAdvisor and learn most customers recommend their carrot cake.

Me: I'll have a slice of carrot cake, then. And a latte.

The waitress: Good.

(She repeats and writes down our orders and leaves.)

Alex: So you're having cake for lunch.

Me: Why not? It's Thursday.

Alex: What's special about Thursday?

Me: Its lack of identity.

(Alex wheezes.)

Me: So what do you do?

Alex: I work at Maniac & Anarchist Co.

Me: That's not a real company.

Alex: This is what my Facebook says.

Me: And what do you say?

Alex: I say we should just trust my Facebook.

(I laugh. The waitress arrives with our orders. She lays out the cutlery, the cups and the plates, and leaves. Alex takes a sip of his coffee. I cut a corner of my carrot cake with the fork.)

Me: If I could just read and trust your online profiles, why would we need to meet in person? Is there anything you can tell me in the flesh that your

Facebook can't?

(Alex thinks for a while.)

Alex: Here's the thing: how do you define knowing a person? If we have spent, say, a month together, we share the space, we eat, we drink, we watch TV and we have sex. But we don't talk – we talk about basic stuff but we don't have conversations. You don't know what I like and dislike, which college I went to, who my favourite writer is, etc. But we spend tons of time together. In these circumstances, can you say you know me? Or, you've read my Facebook and other online archives, and we can trust all of them, Okay? And you've learnt all about me. I like The Cure and I hate Maroon Five. I went to UCD. My favourite writer is Kafka. You know all my thoughts and understand comprehensively what kind of a person I am but you have never actually spent much time with me – like, we just met really briefly. Then, can you say you know me?

(I work on my carrot cake and finish it when Alex is talking. And I drink my coffee.)

Me: You are speaking hypothetically. But this is the reality: we are sitting here in your most visited cafe and I want to know something directly from you. Is that OK?

Alex: Shoot.

Me: Tell me, why did you kill yourself? And why

did you add me right before you did it? If I had sent you a message there straight away, would it have made a difference?

(Alex looks at me. And he smiles.)

Alex: What do you think?

Alex posted this a week before his death:

I'm thinking about moving to a foreign country. I'm not talking about Canada, New Zealand, the UAE or Spain. I'm talking about REAL FOREIGN. Not any version of little Ireland. No bacon and cabbage, fish and chips or any comfort food for that matter. No English. What I wanted is to extract myself entirely from this life and to land in a brand new one, in which I have no language, no clue of any cultural context and can find no trace of my own kind. People on Facebook, any recommendations?

Some suggested China. And one savvier and more cynical friend replied: 'North Korea?'

I knew exactly what he was talking about. It was precisely how I felt the first year I came to Ireland and studied at the language school. And then the second year. And then the third. And the fourth the fifth the sixth.

'Claire.' My roommate knocked on my door. 'Stephen and I are going to Grogan's to meet friends. You want to come? It should be fun.'

So I went with them to Grogan's. And there were their friends, sitting around two tables pulled-together: beautiful blonde women in their shining jewellery, tall men and their scented hair gel.

I was directed to sit next to a smallish guy with a friendly smile. 'Alan,' he introduced himself.

'I'm Claire,' I smiled back.

'So how do you know Laura and Stephen?' Alan asked me.

'Laura and my mother are friends,' I said.

'Oh?' He paused and took a look at Laura.

'I was joking. I'm her stepsister.'

'I thought so. I've heard about you before.' He laughed with relief.

Stephen brought me a beer. I took a deep gulp out of thirst.

'So you're from China,' our conversation continued.

'Yep,' I nodded.

'Tell me, what's China like? I've always wanted to go there.'

'I can't really say. It's been almost ten years since I left. It is probably very different now.' I drank another mouthful.

'Wow, ten years. And do you miss China?'

'Sometimes.'

'And how do you find Ireland?'

'Good. Beautiful country. Nice people,' I said, and finished my beer.

'You're drinking fast!' he finally noticed. 'Can I

get you another one?'

'Nope.' I put down my glass and sat back. 'I'm good now. Let's talk.'

After taking a moderate amount of alcohol I became interested in the conversation. We talked and laughed. And then we got up to go to the bar/toilet and switched seats subtly. New drink. New friend. Shake hand and smile. I'm Claire. I came from China. No, my English is not really good but thank you very much. Yes, I do like Ireland. Beautiful country. Nice people.

Later, in the cab home, Laura said: 'I'm glad you came. It looked like you were enjoying yourself.'

'Yes. I had a good time,' I said.

'So, how's Alan?' Stephen turned from the front seat and asked.

'How's Alan?' I asked back.

'What do you think? Any craic?' he pursued.

'I don't know. I only talked to him for, like, ten minutes.'

'So no craic?' Laura said.

'No craic,' I said firmly, making sure she'd include this in her report to my mother.

I put *Hippopotamus* on repeat, the song from Alex's band, and went on working on my thesis. It was a light song with subtle and intricate melodies, a sort of Scandinavian indie type.

Once upon a time I was about to die
Fired from my job and kicked out by my girlfriend
She said go to hell you asshole
She said don't come back unless you buy me the Ferragamo

Once upon a time I was about to die
I sat outside Heuston Station, begging for change
I said I'm starved please I am starved
I said I want to have a spring roll or I am gonna die

Eventually my way walked a man from Sligo
He said here you go, son, a ticket for Dublin Zoo
He said trust me you just need to see the animals
You need to see the animals and you will never die

Once upon a time I almost died
I went to Dublin Zoo to see the animals
I saw giraffes, elephants and monkeys
Sea lions, zebras and flamingos
And I didn't even forget the hippopotamus

Giraffes, elephants and monkeys
Sea lions, zebras and flamingos
And oh don't forget the hippopotamus
Hippopotamus, hippopotamus, hippo, hippopotamus
It was not specified on the website but I believed

it was Alex who wrote the lyrics. He seemed like that kind of a guy who would not forget to see the hippopotamus when visiting the zoo.

I found myself roaming the internet again, tracing Alex's footsteps. It had been two weeks since he'd died. On his Facebook page, there used to be post after post of tributes, washing onto his wall like the most ferocious tide. And now his wall had gone quiet. Only once or twice a day, a casual *r.i.p.* would pop up, or a red candle emoji with praying hands.

Naturally, I decided to read all of these 203 posts, studying people's thoughts about Alex and their memories of him. He was described by lots of friends as *generous*. The word *passionate* came up fifty-two times. And then there were *adventurous* (thirty-one), *affectionate* (twenty-eight), *intuitive* (seventeen), *original* (fourteen), and *artistic* (ten). One said he missed his *whimsy*. Another called him *scintillating*. And a Susie Burns wrote he was *the most charismatic character in Dublin.*

We've lost the most charismatic character in Dublin. I don't know what you are gonna do people, but I'm getting DRUNK tonight, she posted.

The most surprising post came in three days ago. It said: *So I quit my job, ended my lease and bought a ticket to Bangkok. You were right, my brother. Our life here has turned into a monster and it's time to run. Get out before it eats you alive.*

It was from Micheál Hannigan. I clicked into his page and there he was, already checked in at Brown Sugar, Bangkok, wearing a salmon-pink short-sleeve and a pair of sunglasses, holding a tropical-looking cocktail, grinning at the camera.

I laughed out loud. I laughed so hard that I started coughing. Struggling, I pushed myself up from the desk and closed my laptop.

It was late in the afternoon and I hadn't eaten. I went to the kitchen, scavenging for food. There was a half-eaten cheesecake in the fridge and the expiration date was today.

As I sat by the kitchen table, saving the cheesecake from decay, I thought of the monster of life. I thought it might be hiding, actually, in my bathroom. It was dark. It was heavy. Its skin hairless. Its breath foul. Its eyes small and vicious. Its mouth enormous and greedy. It was this monster that had devoured Alex's life and it was now hiding in my bathroom, watching me.

'Claire!' Laura called behind my back. I shivered.

'What? You scared me!' I turned around.

'It's not me.' She passed me her phone. 'Amy is on the phone. She wants to talk to you.'

'Hello, Claire.' My mother had the voice of the English listening test.

'Hi, Mom,' I said.

'Where have you been? You didn't call me last week. I asked Laura to tell you to call me,' she said.

'Yes you did. And she told me,' I said. 'I was just busy.'

'Everybody is busy. We all have different things going on. But I call you. I call you because I think it's important. I prioritise.' She laid out the principles.

'A friend of mine died,' I said.

'Oh,' she exclaimed lightly. 'Well, I'm sorry to hear that.'

I didn't know what to say and she continued: 'You know what we say in Chinese, that *the one who stays near vermilion gets stained red, and the one who stays near ink gets stained black*. You should be careful about whom to be friends with. Dublin is a very mixed city.'

Knowing my mother, I really shouldn't have been surprised, but I was still stunned. I took a breath and said: 'It's not what you think. He was a good person.'

'I'm sure he was,' she agreed. 'Anyhow, I just heard from Laura that you didn't like her friend. She said you think he is not very interesting? Claire, I cannot believe I'm repeating this to you: before you make any decisions, can you evaluate yourself first? You are not a very attractive woman. You are a foreigner in this country. You are already twenty-seven and you're still in college, studying Journalism.' She stressed *Journalism*. 'So don't be silly, daydreaming about some Prince Charming – that's not going to happen for you. Be realistic and efficient. We've wasted time already. When we came to Ireland, you had to go to the language school and then back to secondary school for two more years. So now you must act. Listen, there are reasons I arranged for you to live with Laura . . .'

She went on and on. My understanding was she probably had a bad day and she missed me. Since I moved to Dublin for college, she had become more and more neurotic and then aggressive every time she called. Or it might just have been that Chinese, our native tongue, reduced us into the primitive form, made us incredibly susceptible and vulnerable. I felt a burning sensation in my throat. It was graphic.

The last time she'd called had been two weeks ago. It was the night of the FMNS meeting and I was running late but she wouldn't stop talking until after seven.

When I arrived at Eoin's I texted him and he came down to let me in. The movie had already started. There were six or seven people sitting in the room. Only silhouettes. On the big pull-down screen, a pale Japanese woman was staring blankly and uncannily. The buzzing sound of the projector rendered the space eerie and still.

It wasn't long before I realised the movie was about a father and a daughter, a widowed father and an unmarried daughter, living together in their old and run-down house. They sat by a small table and ate together, in front of each was a dish of vegetables and a bowl of rice. I started to cry. The movie was extremely quiet so I bit my lips and clenched my fists.

And that was when the strangest thing happened. There was this guy who was sitting beside me. I noticed his shoulder begin to tremble and his nose sniffing from time to time.

He was crying too. And tears were pouring out from my eyes. It was Alex and I, our silhouettes trembling, crying quietly while the Japanese father and daughter spoke, in a strange language, in black and white, without subtitles.

'How I fell in Love with the Well-documented
Life of Alexander Whelan',
Being Various: New Irish Short Stories,
by Faber & Faber Press, May 2019